中公文庫

十六夜《いざよい》荘《そう》ノート

古内一絵

中央公論新社

目次

十六夜荘ノート

つい、うたた寝をしていたようだ。

一面が結露《けつろ》した窓の外はすでに薄暗い。ロンドンの冬は曇天《どんてん》が多く、日の入りがいつか分からないまま暗くなる。

つけっぱなしにしていた暖房をとめ、幾筋もの水滴が流れる窓をあけた。

体の芯《しん》まで染《し》み入るような冷気が部屋の中に流れ込む。人の気配に驚いたのか、屋根の上から数羽の鳩が羽音をたてて飛びたった。

東の空。こちらではロンドンプレインと呼ばれるプラタナスの街路樹の上。雲の奥にもやりと霞《かす》む、月の姿に気づいて眼をとめた。

一瞬現れたしるしは、すぐに厚い雲の中にかき消される。

それでも垂れ込めた幕の奥に淡い輝きがあることを認めると、ふいに随分と大昔の記憶が甦《よみがえ》った。

大きな榧《かや》の木の下。

広い境内《けいだい》に立ち並ぶ、三つの阿弥陀堂《あみだどう》。

母を亡くしたばかりの頃、兄といつまでもその境内で遊んだ。

あれは、榧の木が緑色の外皮《がいひ》にくるまれたアーモンドのような実を、大量に空から降らせていた秋の日のこと。東の空を大きな月が昇ってきた。

——あ、見て、十五夜。

膝《ひざ》の上に広げたハンカチに緑のアーモンドを並べていたのも忘れて、思わず中腰になって指差した。前の晩、月見団子を作ってくれたキサさんに、秋の丸い月は「十五夜」と呼ぶのだと教わったばかりだった。

——違うよ、十五夜は昨日でお仕舞《しま》いだ。

膝からこぼれた榧の実を拾ってくれながら、兄も一緒に月を見る。

——あれはいざよいだ。十六の夜と書いて、いざよい。昨日の十五夜より少し欠けているから、なんだかきまりが悪くて、十六夜はなかなか出てこられない。これから月はどんどん欠けて、益々《ますます》出てこなくなるんだよ。

——欠けた月はどうなるの？

——最後は闇《やみ》に溶けてしまう。

兄の言葉に驚いて、ぼんやりと口をあけた。

ハンカチで茶巾《ちゃきん》の形に包んだ榧の実を差し出して、兄は優しく微笑《ほほえ》んだ。

——さぁ、そろそろ帰らないと、キサさんが心配するよ。

そのとき握った兄の指の少し湿った温かさと、黒々とした杉木立の上に蹲《うずくま》っているように見えた大きな月が、昨日のことのように思い起こされる。

窓を閉め、ライティングデスクに戻る。

書いてみようか。昔のことを。

まだ兄がいた、皆がいた、誰《だれ》も彼もが若かった、あの時代のことを。

見知らぬ遺産

どんな内容であっても、会議は九十分が限界だ。それ以上の打ち合わせは、冗漫《じょうまん》と疲弊《ひへい》しか生まない。

だが第一四半期を間近に控えての予算会議は、結局三時間に亘《わた》った。

大崎雄哉《おおさきゆうや》は喫煙《きつえん》室で煙草《たばこ》を吸いながら、向かいのタワービルのミラーガラスに映っている大きな夕日を眺《なが》めた。

最終的に役員会の承認をすんなり得たのは、雄哉が率いる第一グループのみで、他のグループの予算はすべて持ち帰りとなった。

企業で働いている以上、各グループのリーダーが前年を上回る利益を課せられるのは当然だ。自分より年嵩《としかさ》のグループ長たちがそれを受け入れようとせず、「景気が」「情勢が」「人手が」と言い訳ばかりしていることのほうが、雄哉には信じられない。

もっとも、他のグループのことなどどうでもいい。

自分は自分にできることを、百二十パーセントこなすだけだ。

雄哉は胸いっぱいに吸い込んだ煙《けむり》を吐き出した。

照り返す夕日は、実際のそれよりも大きく見える。眩《まぶ》しいほどに反射し、一瞬間、世界は黄《おう》金《ごん》色に変わる。

けれどすべては一瞬だ。

見る間に衰《おとろ》え、いつの間にか外と内の明るさは反転し、窓には蛍光灯に照らされた己の姿が映り込む。

雄哉はもう一度煙を吐くと、スタンド灰皿の上で煙草を捻《ひね》りつぶした。踵《きびす》を返し、喫煙室を後にする。

今日はまだまだ終わらない。


雄哉がグループ長を務める第一グループは、社内でも一番人数が多く、オフィスの中央に位置している。

表へ出ていた営業たちがデスクに戻ってきているせいか、横長のフロアは六時をすぎても昼間以上に雑然としていた。

「グループ長」

雄哉がデスクに戻ってきたのを見て、二人の社員が立ち上がった。

革張《かわば》りの、通称〝G長椅子《いす》〟に腰を下ろし、雄哉は入社二年目の若い部下が近づいてくるのを見る。

「リリースの発送、完了しました」

パワーポイントで器用に作ったリリースを差し出しながら、二人の社員は得意げな表情を浮かべた。

「このリリースで、セミナーには一体何人の人が集まる?」

けれど雄哉にそう返されると、急に二人の表情が曇る。互いに押しつけあうように視線を交わし、もごもごと口ごもったまま、はっきりとした返答をしない。

セミナーに人が集まらなければ、クライアントの信用を失うのは明白だ。マーケティング会社に勤めながら、その基本を平気で蔑《ないがし》ろにしようとする若い部下の緊張感のなさが、雄哉を興醒《きょうざ》めさせた。

三年前、二十九歳という若さでマーケティング会社のグループ長となった雄哉は、三十二歳になった今も、最年少の管理職だ。

裏でとやかく言う人間はいるようだが、雄哉にとって、そうしたやっかみはお門違《かどちが》い以外の何物でもなかった。

雄哉の眼から見ていると、ベテラン、若手を問わず、周囲の人間はあまりに仕事をしない。難しいことだけではなく、簡単なことすらしようとしない。

会社に入って働く以上、なぜそこで手を抜くのか、手を抜くことによって、他のなにを充足させようとしているのか。それが雄哉にはまるで理解できない。

入社当初、食品系のベンチャー企業を担当した経験から、雄哉は飲食店の総合プロデュースに力を入れてきた。食品の流通に始まり、出店地のマーケティング、店舗《てんぽ》のブランディング、マスコミへのプレスリリースまでを一手に引き受け、今までに何店もの飲食店を成功させている。

そのためには手間も注意も怠《おこた》らなかった。そうやって毎年確実に利益率をアップさせ、グループ長になってからも二年連続で社長賞に輝いた。

「同業者がどれだけいると思う。一つの企業に、毎日どれだけのプレスリリースが届くと思う。

窓口にリリースを送っただけで安心するな。それが実際の担当者に届かなければ、こんなものはただの紙屑だ」

雄哉はリリースをつき返す。

「すぐに担当者に電話を入れて、刈り込みをしろ」

言い渡された部下は、青白くなって自分たちの席に戻っていった。

「榎本《えのもと》」

次に雄哉は、暇《ひま》そうに週刊誌を眺めている男に声をかけた。

「はいよ、G長！」

榎本は、大げさに声をあげるとすぐに席を立ってきた。その頰《ほお》に、人のよさそうな笑みが浮かんでいる。

同期の榎本は、三年前から雄哉の〝部下〟になった。英語しかできなかった帰国子女のグループ長を、英語も仕事もできる雄哉が追い落としたからだ。

業務グループに回された中年帰国子女は、今ではすっかり勢いをなくし、倉庫で備品のチェックをしていると聞く。

雄哉がグループ長に抜擢《ばってき》されたとき、同期の中でただ一人、榎本だけは「実力だよな」と肩を叩いてくれた。拘泥《こうでい》した様子は微塵《みじん》もなかった。そのことに関して、雄哉は今でも少なからず榎本に感謝の念を覚えている。

「先週のリリース、まだサイトに上がってない。一体どうなってるんだ」

だが雄哉がそう指摘《してき》すると、榎本は急に困惑《こんわく》したような表情になった。

「いや、第二グループにはとっくに伝えてあるんだけどな……。少し遅れてるんじゃないかな」

「情報を出してもそれがすぐに反映されないなら、ポータルサイトの意味がない。なんなら、うちの部署が全部やったっていいんだ」

雄哉が語気を強めると、榎本は眉《まゆ》を八の字に寄せた。

「いや、それはまずいよ」

「なんでだよ。仕事なんてスピード勝負だ。当たり前の連携がとれないなら、トータルでうちの部署でやったほうが早い」

最短のスパンで最大の利益を生む。

それが入社以来、雄哉が掲《かか》げているモットーだった。

競争社会を生き抜く上において、これ以上の「正解」はないはずだ。

一目瞭然の「正解」を前に、榎本がなにを躊躇《ちゅうちょ》しているのかが理解できず、雄哉は苛々《いらいら》を募《つの》らせた。

「お前が言えないなら、俺が――」

雄哉が立ち上がりかけると、榎本が手をかざしてそれを制した。

「分かった、分かった。とにかくせっついてくるから、この件はグループ長会議で取り沙汰《ざた》しないでくれよ」

そして、聞き取れないほどの小声で、「もうこれ以上、人を備品倉庫に押し流すようなことはするなよな」と呟《つぶや》いた。

「え？」

聞き返した雄哉にもう一度片手を上げると、榎本は第一グループを離れていった。

若い部下たちが白けたような眼差《まなざ》しで自分を見ていることに気づき、雄哉は思わず自分のグループの面々を睥睨《へいげい》した。途端に風に煽《あお》られた蝶々《ちょうちょ》のように、張りついていた視線がふわふわと漂いながら離れていく。

雄哉は溜め息をつき、デスクの引き出しをあけてゼリー飲料を取り出した。別に空腹を感じてのことではない。習慣だ。

七時から八時の間に栄養を補給するというジムのインストラクターからの教えを、雄哉は律儀に守っている。もっとも、そんな時間にまともな食事をとることは難しい。雄哉は、専《もっぱ》らそれを栄養機能食品かサプリメントで代用していた。

そうした食生活が続いているせいか、最近雄哉は、ものを味わうことができない自分に気づいていた。なにを食べてもたいして味が感じられない。

飲食店のプロデュースをしている自分に味覚がないというのは皮肉だが、周囲にばれなければ別段支障はなかった。こだわりがなくなった分、むしろ便利なくらいだ。

エネルギーと栄養の補充さえできれば、問題ない。毎日固形栄養食と、ビタミンゼリーだけでもいいくらいだった。

ゼリーを吸いながらパソコンのキーボードを叩いていると、胸ポケットの携帯《スマホ》が震《ふる》えた。

液晶画面に表示されているのは、まったく見知らぬ番号だ。

「はい」

自然と警戒《けいかい》が声に出る。そのせいか、相手は一瞬押し黙ったようだった。

不自然なほどの沈黙が流れる。

いたずらか？

雄哉が携帯を耳から離そうとしたそのとき――。

『もしもし……』

ようやく声が響いた。聞き覚えのない、男の声だ。

『大崎雄哉さんの携帯でしょうか』

まるで機械のような、無機質な口調だった。

「そうですが」

『私……、あなた様の大伯母《おおおば》様の代理のものでございますが……』

「大伯母？」

一体なんの話をされているのか理解できず、雄哉は一瞬ぽかんとする。

『そうです。あなた様に、大事なお話があります』

機械のような声が、耳元で囁《ささや》くように告げた。

『大伯母様の、遺産についてのお話でございます――』


翌日の午後。

雄哉はオフィス近くの喫茶店で、黒ずくめの中年男と向き合って座っていた。

雄哉の手元のテーブルには、「税理士・行政書士　石原栄治《いしはらえいじ》」と書かれた名刺《めいし》が載《の》っている。

この男が喫茶店の入り口に現れたとき、正直、なにかの冗談かと思った。

黒いマント、黒いスーツ、黒い山高帽《やまたかぼう》に黒ステッキ。

今時こんな格好《かっこう》をした男がいるだろうか。

加えてイースター島の巨大石像遺物を思わせる表情の無い馬面《うまづら》を間近に眺めていると、どうしても胡散《うさん》臭さが先に立つ。

男は昨夜の電話で、父から自分の連絡先を聞いたのだと言っていた。言われて思い当たる節があった。昼頃、父から着信があったのだ。会議中だったので電話に出ることはしなかったが、伝言も残っていなかったので、それほど逼迫《ひっぱく》した用件でもないだろうと、すっかり忘れ去っていた。

おそらく父は、この男から連絡が入ったことを知らせるために、連絡してきたのだろう。それを放置したため、雄哉は結果的に見ず知らずの男から、突然、ろくに顔も覚えていない親戚の死を知らされることになってしまった。

親戚の名は、笠原玉青《かさはらたまお》。

享年《きょうねん》九十。

玉青は雄哉の母方の祖母、雪江《ゆきえ》の姉——つまり、雄哉にとっては大伯母ということになる。

この大伯母はロンドンの大学で教授かなにかをしていたインテリで、外国暮らしが長く、ほとんど日本にいなかった。その女性が、先月末ロンドンで亡くなったという。

最初は葬式の話かと思ったが、それは違った。

葬儀はすでに「ミサ」という形で簡素に行われ、遺体は教会の共同墓地に埋葬《まいそう》され、財産のほとんどは、ユニセフと赤十字に寄付されている。すべては生前の本人の意志に基《もと》づくものだという。

生涯《しょうがい》独身だった大伯母は、自分が死んだときのことを、随分前から周到《しゅうとう》に準備していたらしい。

「僭越《せんえつ》ながらロンドンのお住まいのほうは、遺言にのっとって私どもで整理させていただきました」

無表情に語る男に、「はあ、どうも」と、雄哉は儀礼的に頭を下げた。

「それで、昨夜もお話ししたとおり、玉青様の生前の財産は、ほとんど法的に処理されています。ただし、一つだけ……」

思わせぶりな間をおいてから、石原は告げた。

「都内に不動産が残っています」

「その相続人が、私だと？」

「正式にいえば、受遺者ということになりますがね」

「受遺者……」

「まあ、そこから先は専門的な話になりますので、相続と同じことだと思っていただければ」

「大伯母本人が、そう指定しているのですか」

「もちろんです」

雄哉は、大伯母の「税理士兼遺言執行人《しっこう》」を名乗る、五十がらみの男を改めて見つめた。

すると、石原がものすごい勢いでテーブルの上に乗り出してきた。ぎょっとして身を引く雄哉をよそに、石原はテーブルの上の紙ナプキンを引っつかむや、隣の席の女性が眼を剝《む》くほどの音をたてて洟《はな》をかんだ。

「失礼、この季節は杉花粉《かふん》がつらいですな」

周囲の顰蹙《ひんしゅく》などまるで意に介した様子もなく、ナプキンを丸めた石原はすっかり元の無表情に戻っている。

「なぜ、私なんでしょうか」

丸められたナプキンから眼をそらし、雄哉はずっと引っかかっていることを口にした。

「と、言いますと？」

「確かに、祖母の旧姓が笠原だというのは知っています。でも、親戚の中には、笠原姓のものがまだ何人かいるはずですが」

「笠原邦彦《くにひこ》さんのことですか」

「……そうです」

雄哉は曖昧《あいまい》に頷《うなず》いた。

親戚たちとは冠婚葬祭《かんこんそうさい》でしか顔を合わせることがない。そのうちの何人かは、どういう関係なのかよく分からない人もいる。

石原が再び勢いよく紙ナプキンをつかんだので、雄哉は慌《あわ》てて身を引いたが、今度は洟をかむためではなかった。万年筆を取り出すと、石原はそこに家系図らしきものを書きつけていった。

「邦彦さんは、玉青さんのお従兄《いとこ》の剛史《つよし》さんのご子息ですから、玉青さんにとっては従兄甥《おい》ということになります。姓が同じでも、案外遠い間柄《あいだがら》です。独身の玉青さんの財産は、本来ご兄弟に引き継がれることになります。けれど……」

石原は玉青の隣に書いた「雪江」という名前の横に、「故」という文字を加える。

「お妹さんである雪江さんはすでに亡くなられています。そうすると、今度は遺産は雪江さんの娘さんである、瑠璃子《るりこ》さん……つまり、あなたのお母様に引き継がれます」

石原が「瑠璃子」という名前の横に、再び「故」を書いたとき、雄哉は少しだけ動悸《どうき》が速まるのを感じた。

「けれど、瑠璃子さんも、とうに亡くなられています。基本的に、兄弟姉妹が代襲《だいしゅう》相続される場合、代襲の範囲はその子供までと決まっておりますが、今回、玉青さんは、遺言で瑠璃子さんのご子息である、あなたを指名しています。遺言は、本人の死後、なによりも遵守《じゅんしゅ》されるべきものです」

「雄哉」の名前の横に、石原税理士が二重丸を書いた。

「つまり、大崎雄哉さん。先程も申し上げたとおり、あなたは笠原玉青さんの正式な受遺者ということになるのです」

きっぱりと言い切られ、雄哉は少々たじろいだ。

遺言にそう書かれているのなら、確かにそういうことになるのだろう。だが、そもそも雄哉は、この大伯母のことをほとんど覚えていないのだ。

どうにも腑《ふ》に落ちず、雄哉は黙り込んだ。

「不動産は、目黒《めぐろ》区の御幸《みゆき》が丘《おか》にあります」

「え？」

しかし、その地名を聞いた途端、もやもやが一気に吹き飛ぶ。

御幸が丘といえば、東京の〝住みたい街ベストテン〟では、必ずベストスリー内にランクインする一等地だ。

急に色めきたった雄哉に、石原は重々しく告げた。

「ただし、現在その不動産は、シェアハウスになっています」

「シェアハウス？」

石原の説明によると、外国滞在が多かった玉青は御幸が丘の自宅に何人かの下宿人をとり、不動産屋を介在させず、彼等自身に家の管理を任せていたらしい。

「私はそのシェアハウスの税理士でもあるのです」

石原は一通の通帳を差し出した。

ざっと眼を通し、雄哉は眉間《みけん》にしわを寄せる。

住人たちは、必ず月末に家賃を入金しているが、その金額が考えられないほどに安い。光熱費、修繕《しゅうぜん》費、雑費、そして石原税理士への支払いを差し引くと、利益らしい利益は出ていない。赤字が出た場合、大家である玉青本人が補塡《ほてん》までしている。

不動産会社を関与させていない件といい、とても正常な運営とは思えなかった。

「これ、破綻《はたん》してるじゃないですか」

「もちろん、大崎さんには、遺言を放棄《ほうき》するという権利もあります」

しかしそう言い切られてしまうと、雄哉は言葉に詰《つ》まった。

面影《おもかげ》すら定かではない大伯母が赤字運営していたシェアハウスとやらにはなんの興味も湧《わ》かないが、都内一等地を易々と放棄する手はない。

胡散臭い税理士をどこまで信用するかはともかく、現物を見た上で、今後の策を考えても遅くはないだろう。

「とりあえず現物を見た上で、ご返答したいと思います。不動産に関する詳細は、こちらに送っていただけると助かります」

雄哉は自分の名刺の裏に個人用のアドレスを書き、無表情に自分を見返している石原に差し出した。

「なにかありましたら、携帯に連絡してください。できるだけ早い時期に、こちらからも連絡します」

伝票を手に取り、早々に席を立つ。

途中、背後から洟をかむ凄まじい大音量が響いてきたが、雄哉は肩をすくめただけで振り返らなかった。

オフィスへの道を歩きがてら、石原税理士の話を反芻《はんすう》する。

こんなことが自分の身に起きるとは、考えてもみなかった。

雄哉は乏《とぼ》しい記憶をかき集め、なんとか笠原玉青のイメージを立ち上げようと試みた。

顔は、まったく覚えがない。

唯一、記憶にあるとすれば、「噂《うわさ》」くらいだ。

元々親戚づきあいに興味のない雄哉は、法事でも結婚式でも顔見せ程度で引き上げてしまうことが多い。それでも時折、大伯母に関する「噂」は耳に入った。

祖母の家、笠原家は、戦前は華族《かぞく》だったらしい。

もっとも、あっという間に没落《ぼつらく》したと聞くから、それ程たいした家柄ではなかったのだろう。

戦後、祖父に嫁《とつ》いだ祖母はほとんどそのことに触れなかったが、祖母の従兄の笠原剛史は酔うと必ずその話題を口にした。

そしてそれは、必ずその場にいない大伯母、笠原玉青の悪口へと繋《つな》がっていくのだ。

「あの女は、華族の風上にも置けぬ不良だった」「日本から逃げた、独身の変人女」

剛史が死んでからは、息子の邦彦がその話題を引き継ぎ、大伯母の「変人」ぶりは、共通の話題がすぐに尽きてしまう宴席《えんせき》の俎上《そじょう》に度々《たびたび》のぼった。

そこまで思い返すと、雄哉は妙な感覚に囚《とら》われた。

あまり体裁《ていさい》のよくない噂話の向こうに遠く霞んでいた大伯母が、外国で客死した途端、いきなり眼の前にやってきた。

しかも、都内一等地の〝遺産〟を携《たずさ》えて。

降って湧いたような話に軽い興奮を覚え、雄哉はオフィスに向かう足を速めた。


週末、雄哉は早速御幸が丘に出かけた。

若い女性たちで賑《にぎ》わう改札を抜け、石原税理士が個人アドレスに送ってよこした住所を頼りに、南口の緑道方面に出る。この緑道は、かつて川だったところを蓋《ふた》がけして作った暗渠《あんきょ》だと聞いたことがあるが、今は桜並木になっていた。満開の桜の樹には提灯《ちょうちん》が吊《つ》るされ、道に沿って少女《ガーリー》趣味なブティックやスイーツ店が軒《のき》を連ねている。

雄哉は昨夜、念のために父親に連絡を入れた。

開口一番父の口から出たのは、やはり石原税理士のことだった。

雄哉が手短に遺産のことを説明すると、「世の中にはそんなことが本当にあるんだなぁ」と、しきりに感嘆していた。

雄哉が御幸が丘にいくことを知った父は、盛んに「ついでなんだから帰ってこい」と繰り返した。雄哉の実家は、御幸が丘を沿線に持つ私鉄の支線にある。

「母さんとばあちゃんの命日だって近いんだぞ」

そう言われると、断りきれないものがあった。

雄哉は正月ですら滅多に実家に帰らない。雄哉の父、惣一《そういち》は十年前、五十に入ってから再婚した。若くして伴侶《はんりょ》と死別した者同士の見合い婚だった。それをとやかく思うほど雄哉は子供ではない。だが、同居していた祖父母が他界して以来、雄哉はそこを自分の実家と思えなくなっていた。

十分ほど歩くと、駅周辺の賑わいは消え、周囲は静かな住宅街へと変わっていった。不動産の住所はこのすぐ近くだ。

「あ、あれか……！」

それらしい建物を発見したとき、思わず感嘆の声が出た。

お屋敷といったほうがいいような、随分大きな洋館だ。

石原税理士のメールにあった「目印は三角屋根」という言葉が、目の前の光景と見事に合致する。雄哉は勇《いさ》んで入り組んだ路地を曲がった。

しかし近づくにつれ、その不動産が相当傷《いた》んでいることも分かってきた。

スレート瓦《がわら》の三角屋根は色あせ、蔦《つた》の絡まる外壁は所々剝《は》げ落ちている。通りをはさんで眼の前に立つと、一見瀟洒《しょうしゃ》に見えた洋館が、ただの古屋敷でしかないことがはっきりし、雄哉は少々気落ちした。

おそらくこの家は使い物にならない。再利用には、全面的な改築《リノベーション》が、不可欠だろう。

門から通りまでが極端な傾斜の階段になっているところを見ると、これは区画整備かなにかで後から分断された名残なのかもしれない。その門にノウゼンカズラの蔓《つる》が絡まり、緑が茂《しげ》り始めている。小さな庭には不釣合《ふつりあ》いな楠《くすのき》が、通りの半分近くにまで枝を伸ばしている。

ふと、古びた門の上に、銀のプレートがかかっていることに気がついた。

十六夜荘
書き文字で、そう彫《ほ》り込まれている。

もっとよく見ようと足を踏《ふ》み出した途端、自転車を抱えて階段を下りてこようとする女性が現れ、雄哉は息を吞んだ。

自転車を抱えた女性は四苦八苦しながら急階段をやりすごし、なんとか前輪を道路に着地させると、初めて雄哉に眼を向けた。

「なにか……」

ショートカットの華奢《きゃしゃ》な女性は、じっと覗《のぞ》き込むように雄哉を見た。

年は自分より少し若いくらいだろうか。

近頃、こんなにまじまじと相手の眼を見つめてくる女性は珍《めずら》しい。

「いや、僕は、その、笠原の……」

大きな瞳《ひとみ》を向けられて、雄哉はたじたじと口ごもった。

今日、入居者に会うことは想定していなかった。不動産の場所と外観だけをつかんだら、後はとりあえず実家に顔を出して、祖母の家、笠原家のことを少し調べておこうくらいにしか考えていなかった。

ところが、雄哉のぼそぼそとした呟きを耳にした途端、女性はパッと表情を輝かせた。

「あ！　もしかして、玉青さんのお身内の方？」

雄哉が頷くのも待たず、女性は「うわー、やっぱり」と嬉しそうな声をあげる。

一体なにがやっぱりなのかと怪訝《けげん》な顔をすると、女性は再び「あ！」と叫び、「こ、このたびは本当に突然のことで……」と、しどろもどろな挨拶《あいさつ》を始めた。

「心から、お悔《く》やみ申し上げます」

深々と頭を下げられ、雄哉は「はあ」と曖昧な声を出す。

大伯母との間に、遠い血縁以上のものをなにも持たない雄哉には、その「お悔やみ」の持っていきどころが今一つ不確かだった。

「私、玉青さんに管理人を任されておりました、一ノ宮《いちのみや》です」

顔を上げると、女性は元の快活な様子に戻っていた。つられて雄哉も、「大崎です」と、会釈《えしゃく》する。

この女性が「管理人」なら、自分は今後、彼女を通して色々なことを交渉していけばいいということか――。

考えを巡《めぐ》らせていると、一ノ宮と名乗った女性はあたふたと腕時計に眼をやった。

「中もご案内したいんですけど、実は私、この後バイトが入ってまして……」

「いや、いいんです。こちらもなんの連絡もなしにきたんですから」

「いえいえ、せっかくですもの。誰かいると思いますから、どうぞこちらへ」

明らかに腰が引けている雄哉を強引に留め、女性は階段を駆け上るや、扉《とびら》をあけて「桂木《かつらぎ》さん、桂木さーん！」と、大声をあげた。

自転車と共に置き去りにされた雄哉は、少々唖然《あぜん》とした。

「玉青さんのお身内の方が見えてるの。……そう、びっくりしちゃった。ええと、大崎さんって言ってたっけ……とにかく、新しいオーナーだから。……そう。私、これからバイトだから、悪いけど、中を案内していただけます？……ええ、それじゃお願いしまーす」

玄関の扉に顔を突っ込んで中の相手と一方的に話をつけると、女性は満面の笑みを浮かべて戻ってきた。

「今すぐ、代わりのものが出てきますから。どうかゆっくりなさっていってくださいね」

放置していた自転車のスタンドを外し、雄哉の顔に再びじっと眼を据《す》える。

「でも、やっぱり似てらっしゃいますね。私、すぐに分かりました」

誰に？

雄哉の問いを待たず、「それじゃ、これから、よろしくお願いします！」と叫ぶと、女性は短い髪をなびかせて、あっという間に自転車を走らせていってしまった。

雄哉が呆気にとられてその後ろ姿を見送っていると、ジャラジャラと金属製チャームの音が響き、再び玄関の扉が開いた。

「大家さん、どうぞー」

だみ声で言いながら現れた人物を認め、雄哉は言葉を失った。

急階段の上の玄関前には、起き抜けと見られる無精髭《ぶしょうひげ》の中年男が腹を撫《な》でながら立っている。

シェアハウスって、男と女が一緒に暮らしているものなのか——。

「なに、ぼんやりしてんの？　あんた玉青さんの後継人でしょ」

驚きを隠せずにいると、男が声をかけてきた。

「んじゃ、こっち、どうぞどうぞ」

男がしつこく手招きするので、雄哉は仕方なく階段を上った。

玄関の三和土《たたき》には式台が敷かれ、その横に大きな靴箱《くつばこ》がある。靴が脱ぎ散らかされていることもなく、玄関は意外なほどすっきりと片づけられていた。

けれど、華奢なパンプスの横にバカでかいサンダルが置かれているのを見ると、雄哉はやはり怪訝な気持ちを抑えることができなくなってきた。

「男女同居とは驚きました」

かなり非難めいた声が出たが、髭面の中年男は意に介した様子もなく、寝癖《ねぐせ》のついた頭をぽりぽりと掻《か》きながら、「いや、一階が男性で、二階が女性なんですよ」と答えて、大欠伸《あくび》をしてみせた。

「随分古いつくりですね」

二階に続く板張りの急階段を見上げ、雄哉は尚も怪訝な声を出す。

「そうですかねぇ。ま、近所のガキどもは、『化け物屋敷』とか言ってますけどね」

男はそう言うと、なにがおかしいのか、突然耳が痛くなるような大声で「うわははは！」と笑った。そしてくるりと雄哉を振り返り、大真面目な顔でこう続けた。

「でも大丈夫ですよ。俺、もうここに二十年いるんですけど、殺人とか心中とかはまだ一度も起きてないんで、ご安心ください」

殺人や心中は言わずもがなだが、大の男が二十年間シェアハウス暮らしとは。

「二十年……ですか……」

明らかに侮蔑《ぶべつ》の眼差しを注いでやったのに、中年男はけろりとしていた。

「そう。俺、バックパッカーで、一年の半分は海外だから。日本には、当面の資金を稼《かせ》ぐためにしか帰ってこないのよ。だからさ、助かるんだよね。ここがあると。大体、日本の不動産は、敷金《しききん》だの礼金だの、謎の費用が多すぎるじゃない。その点ここには、そういう意味不明なものが一切ないし、なにより、家具も家電も一通り揃《そろ》ってるからね。身一つで入れるっていうのは、バックパッカーにとっちゃ、ありがたい限りなのよ」

眼が醒めてきたのか、途中から男はやたらと饒舌《じょうぜつ》になった。おまけに途端に口調が砕《くだ》け、馴《な》れ馴《な》れしく肩を叩いてきたりするので、雄哉はさりげなく身を引いた。

「しっかしさぁ、玉青さんもあれだよね。先祖代々の墓を永代供養《えいたいくよう》にしたから、私はもう戻ってこないかもしれないわ、なんて冗談めかして言ってたけど、本当に戻ってこなかったんだな。潔《いさぎよ》いっつーか、なんつーか……おっと、そこ、腐ってるから気をつけて！」

屋敷の中は外観以上にがたがきていて、雄哉はあちこちで床を踏み抜きそうになっては、中年男に「あ！　そこだめ」「そこもだめ！」と制止された。

「二十年と仰《おっしゃ》いましたけど、本当に問題はなかったんですか」

なにかというと体に触《さわ》ろうとする男の手をかわしながら尋ねてみる。

「うん、そうね。ここは別に、不動産屋を介して人を集めてるわけじゃないし、全部紹介制だからね。少なくとも、まったく得体の知れない人間が入居することはないから。でもまぁ、ときどき、物がなくなったり、盗まれたり、持ち逃げされたりすることはあったかな？」

そりゃあ、全部、同じだろうが……。

雄哉は段々うんざりとした気分になった。

この男。間違いなく、バブルからのモラトリアムを引きずり続けている「時代の遺物」だ。

中途半端な長髪といい、ネオアコのバンド名がプリントされているスエットシャツといい、永久に〝夢〟を追ってふわふわ生きている恐ろしい中年ニート。

全員が浮ついていた八十年代ならともかく、誰もが地に足をつけて前に進んでいこうとしている中で、相変わらず眼の前をくるくる回転している走馬灯《そうまとう》の幻影《げんえい》だけを眺め続けているのだろう。玉手箱をあけなくても「浦島《うらしま》」になる日は近いのに、危機感がまるでない。

「ここが俺が使わせてもらってる部屋。そいでもって台所の先にもう一つ部屋があんのよ。昔は使用人の部屋だったらしいですぜ。たいしたものだよねー」

かつては相当の人数が住んでいた大屋敷だったのだろう。

一階には勝手口つきの広い厨房《ちゅうぼう》とリビングの他、いくつもの独立した部屋があった。

「二階が主人部屋だけど、そこは女性陣《じん》が陣取ってる。んでもって、こっちが離れー」

おまけに、細い渡り廊下の先には、庭に面したちょっとした離れがついている。

外からも見えた楠の緑を背景に、一段天井が高くなったその離れは、中央に年代もののグランドピアノを配し、当時の華《はな》やかなりし面影を今に伝えていた。

「ここはパブリックスペースになってんの。皆の憩《いこ》いの場所だよね」

男に促《うなが》され、離れに足を踏み入れた瞬間、雄哉は少しだけ不思議な気分に囚われた。

サンルーム様式の大きな硝子《ガラス》張りの窓の外に、楠の緑が揺れている。すぐ先に道路が走っているのに、小さな庭が鬱蒼《うっそう》としているせいで、この部屋だけが隔離《かくり》されているような感覚があった。ふいに、小さなざわめきが聞こえた気がして周囲を見回すと、壁に繊細《せんさい》なタッチのデッサン画がかかっていることに気がついた。

今風の髪を崩《くず》した青年が、グランドピアノを弾いている。

じっとその絵を見つめていると、中年男がいきなり後ろから肩を叩いてきたので、雄哉は思わず「うわ！」と声をあげた。

その大声に双方が驚いて、後じさりする。

「いやいやいやいやいや」

中年男は激しく首を振りながら、もう一度雄哉の肩に両手をかけた。

「驚くのは、よーく分かる！　なんせ誰もが一度は、真夜中にこのグランドピアノが鳴るのを聞くんだから」

嘘《うそ》をつけ！

雄哉は心で叫んで、男の手を振り払う。

「しかしなんだね、やっぱり血縁なんだろうね。どことなくあなたに似てるじゃない」

「一鶴《いっかく》さんだよ。玉青さんの御兄《おあにい》さん」

男は無精髭を撫でながら、壁にかかっている絵を指差した。

イッカク――？

祖母たちに、兄がいたとは知らなかった。

その絵を見つめていると、再び心の奥底でなにかがざわめくような感覚が湧き起こり、雄哉は急に居心地が悪くなってきた。

「今日はこの辺で失礼します」

まだまだ喋《しゃべ》り足りなそうな男をやり過ごし、とりあえず玄関へと急ぐ。

式台で靴を履いていると、ふと視線を感じた。見れば、急な板張り階段の上の二階から、東南アジア系の美女が、ひょっこり顔を出している。視線が合うと、にっこり微笑《びしょう》した。入居者は、男女同居どころか、多国籍らしい。

「いやぁ、今日は会えて楽しかった。又いつでもきてください」

玄関先にやってきた男を振り返ることもなく、雄哉は早々に妙な住民の住みつく屋敷を後にした。


「お口に合うといいんですけど」

テーブルの真ん中に湯気《ゆげ》の立つ鍋《なべ》を置きながら、義母が愛想のよい笑みを浮かべる。

「雄哉さんがなにが好きか分からなかったので、なんだか一杯作っちゃいました」

天麩羅《てんぷら》、ステーキ、刺身《さしみ》に鍋……。

食卓にずらりと並べられた料理を、雄哉はぼんやりと眺めた。

「別にお前のためだけじゃないぞ」

父の惣一が笑いながら箸《はし》を取る。

その晩、久々に実家に帰った雄哉は、父と義母と共にテーブルを囲んでいた。

夕食は、一見和やかに始まった。

だが、雄哉が料理に箸をつけるたびに、食卓に小さな間ができる。微かな緊張感を帯びたこの〝間〟が、なんとも煩わしかった。雄哉は最初、一々「美味《おい》しいです」と応えていたが、そのうち、無造作に料理を口に押し込むようになった。

そもそも本当は、味なんてよく分からないのだ。

テーブル一杯に並ぶ料理を見た瞬間、心に浮かんだ正直な感想は、「面倒臭い」というものだった。

「おい、雄哉。お前、大丈夫なのか」

とにかく平らげてしまおうと無心に口を動かしていると、ふいに惣一が声をかけてきた。

「なにが」

雄哉の口調が幾分尖《とが》る。こういう曖昧な問いかけをされるのは好きではない。

「いや、なんでもなければいいんだけどな。お前、顔色、あんまりよくないぞ」

「別になんでもないよ。健診《けんしん》でも異常が出たことなんてないし」

「そうか。ちゃんと食ってるのか」

「食ってるよ」

雄哉は段々苛々してきた。気を使われれば使われるほど、惣一が一番気にかけているだろう言葉を口にしそうになってしまう。

〝今更、父親面するな〟

本当はそんなこと、どうでもいい。

けれど父は気にかけている。

「ご馳走様《ちそうさま》」

雄哉は唐突《とうとつ》に箸を置いた。無性に煙草が吸いたかった。

「もういいのか」

「あら、充分でしたか」

同時に問いかけてくる父と義母に会釈し、雄哉は立ち上がる。

「仕事で早食いのくせがついちゃってるんです。お二人はどうぞごゆっくり」

そう言い訳めかし、雄哉は仏壇《ぶつだん》のある和室に向かった。

襖《ふすま》を閉めると、なんだかほっとする。茶箪笥《ちゃだんす》の中から灰皿を探し、仏壇の前で胡坐《あぐら》をかいた。

昔はこっちの和室で夕食を食べたものだ。あんなシステムキッチンなんてなかった。

胸ポケットの煙草を取り出し、一本引き抜いて火をつけた。肺《はい》にためた煙をゆっくりと吐き出しながら、雄哉は並んでいる三つの位牌《いはい》を眺める。

もうすぐ母の命日がやってくる――。

いつしか自分は、母の享年より、四歳も年上になった。

三歳のときに他界した母のことを、雄哉はほとんど覚えていない。雄哉にとっての母の記憶は、物心ついてからアルバムの中で見た印象に頼る、「疑似体験《ぎじ》」に近いものだ。

雄哉の母、瑠璃子が進行性の病気で半ば突然にこの世を去ってしまったとき、惣一は会社から単身赴任命令を受けていた。幼い雄哉を母方の祖父母に任せてその命に従ったことを、父は今になって後悔《こうかい》しているらしい。

雄哉はそれを、年をとった父の感傷としか思えない。

確かに雄哉には、物心ついたときから両親との思い出がまったくと言っていいほどない。それは事実だ。それを変えることはできない。だからといって自分を不幸だとは思わない。

自分は一人で成長してきた。

それでいいではないかと、雄哉は考える。

第一、父が子供のときの自分を放り出したことを、今の自分に詫《わ》びようとするのはナンセンスだ。なぜなら今の自分は、そんなことをなんとも思っていないからだ。

雄哉は強く煙を吐き出すと、寄り添《そ》うように並んでいる三つの位牌を眺めた。

母亡き後、この一戸建てにやってきて、父の代わりに自分の面倒を見てくれた祖父母も、五年前に相次いで他界した。祖父母は、地方にある祖父方の「先祖代々の墓」には入らなかった。そのときの詳しいいきさつを雄哉は知らない。おそらく父と祖父の親戚たちが、法事や墓参りの利便等を考慮《こうりょ》した末、瑠璃子の墓がある東京近郊の墓苑に新しく墓を買うことを決めたのだろう。それにより、位牌も惣一が守ることになったらしい。

なんでも東京を中心とする昨今の利便性が、一人娘の傍《そば》に両親を招いたのなら、それは若くして逝《い》った瑠璃子にとって心強い采配《さいはい》だったのではないだろうか。

赤《あか》ん坊《ぼう》だった自分を抱く、母というよりは少女のような瑠璃子の華奢な姿を思い描き、雄哉はぼんやりとそんな感慨《かんがい》を抱いた。

そして――。祖母と母の他界が、現在自分に予期せぬ展開を運んできている。

ふいに、馴れ馴れしい中年男の無精髭と寝癖が脳裏に浮かび、吐き出す煙の中に溜め息が混じった。まともな経営でないことは分かっていたが、シェアハウスの実情は、思った以上に面倒そうだ。

とにかく、早急に考えるべきは、あの妙な住人たちを、さっさと片付けることだ。

雄哉が灰皿で煙草をひねり潰していると、後ろの襖が開いた。

「雄哉」

惣一が、なにか赤いものを抱えて和室に入ってくる。

「玉青伯母さんの遺産はどうだった。今日、見てきたんだろう？」

雄哉は振り返り、父を見た。

「大丈夫そうなのか」

又しても、曖昧なことを聞く。

「なにが」

「いや、なにがって、玉青さんてのは、その……色々と……、随分アナーキーな人だったみたいだからな」

〝アナーキー〟ねぇ……。

雄哉はなんとなく、父のその言いようが面白かった。

「これ、なにかの参考になるんじゃないかと思って、押入れから出してみたんだよ」

惣一はそう言うと、抱えていた赤いものを雄哉の前に差し出した。

それは、ビロードの表紙のアルバムだった。

「見てみるか。ばあちゃんの遺品の中にあったんだ。この中に、玉青伯母さんの写真もあるぞ」

自分のために、わざわざ探しておいてくれたのだろう。

雄哉は素直に頷き、その古いアルバムを受け取った。

開いてみると、大家族が並んでいる白黒写真が何枚も貼ってあった。

前列の人たちは椅子に座り、後列の人たちはその背後に立ち、全員がきちんとカメラのレンズを見つめている。中央に座る初老の男性と、中年の女性たちは和装だが、若い男女や子供たちは、そのほとんどが洋装だった。

「どれがばあちゃん？」

「これだろう」

父が小学生くらいのおかっぱ頭の女の子を指差す。

「子供だ……」

雄哉が驚いたように言うと、父は笑った。

「そりゃあ、ばあちゃんだって昔は子供だったさ。そして、ここにいるのが玉青伯母さんだろうな」

父は次に、頭の後ろで一つに縛った長い髪を肩に垂らしている若い女を指差した。雄哉は引き込まれるように、その女性の顔に見入った。

眼元が涼《すず》やかで鼻筋の通った、相当の美人だ。

やはり血筋なのだろうか。小作りな顔は、どこか母の写真に似ているようにも見える。だが、少し吊り上がった切れ長の眼には、自分を抱いて微笑む母の眼差しにはない、挑《いど》むような強い輝きが宿っていた。

次のページをめくり、雄哉はハッとした。

グランドピアノを弾く、洋装の青年の写真がある。

そこに、昼間見た、デッサン画が重なった。

「この人は？」

「一番上の兄貴だな。確か、笠原家の最後の男爵《だんしゃく》だった人だよ。じいちゃんの話だと、上の二人とばあちゃんは、腹違いだったらしい。じいちゃん曰《いわ》く、ばあちゃんは正真正銘《しょうめい》の華族の姫だったが、玉青さんとこの兄貴は……ちょっと変わってたみたいだな」

「この人もアナーキーだったってこと？」

「俺もそんなに詳しく知ってるわけじゃないけどな。まあ、ばあちゃん以外の笠原の人たちにとっちゃ、俺なんて他人みたいなもんだからな。しかし、こんなのつくづく見たのは俺も初めてだが、ばあちゃんてのは、本当に華族の令嬢《れいじょう》だったんだなぁ。そういうこと、全然口にしない人だったけど……。俺の実家にゃ、こんな立派なアルバムはないよ。せいぜい記念写真が数枚残ってればいいところだ」

父の言葉を聞きながらページをめくっていると、今度は白い軍服姿の写真が出てきた。

「一番上の兄貴って、軍人なんだ」

「笠原家は、新華族だからな。新華族ってのは、大抵職業軍人の家系なんだよ」

「ふーん……」

次のページには、玉青と青年、二人だけで写っている写真があった。

セピアに色あせた縦長の写真。髪を崩した洋装の青年と、無地のブラウスに長いスカートを合わせた利発そうな乙女《おとめ》の姿――。

「父さんは、大伯母さんに会ったことあるわけ?」

二人の印象的な眼差しを眺めつつ、雄哉は父に尋ねてみた。

「母さんの葬式にきてくれていたよ。もっともあんとき、俺は喪主《もしゅ》だったから、ゆっくり座ってもいられなくてな。でもなんか、超然とした感じの人だったのは覚えてる。ばあちゃんとは色々話してたみたいだけど、他の親戚とはほとんど口をきいていなかったよ。お前はまだ三歳だったしな、覚えてるか」

「覚えてないよ」

思わず冷たい口調で答えてしまう。

覚えているわけがない。

母が死んだ日のことすら、ほとんど記憶にないのだから。

「そうだよな……」

途端に父がしょげ返りそうになったので、雄哉は慌てて話題を変える。

「でも、ばあちゃんとじいちゃんの葬式のときはきてなかったよね」

「一応、ロンドンのほうにも知らせはしたんだけどな。でもあのとき玉青さんはもう八十すぎだろう？　きたくてもこられなかったのかもしれないな」

次にページをめくり、雄哉は「あ」と小さな声をあげた。

スレート瓦の三角屋根。

広大な庭を控えてはいるが、これは間違いなくあのシェアハウスだ。

「俺が今日見てきたの、この家だ」

「え、そうなのか？　すごいお屋敷じゃないか」

「今はぼろぼろだったけどね。庭もこんなに大きくないし」

あの家は、祖母の生家だったのか。

雄哉は、三角屋根の屋敷の前に並んでいる三兄弟の姿を見た。

「でも、変だな……。確かばあちゃんは、戦後、笠原の財産は、家屋敷も含めて全部、進駐《しんちゅう》軍《ぐん》に没収されたって言ってたけどな」

父の呟きに、雄哉は顔を上げる。

「え、そうなの？」

「うーん……よく分からん。ばあちゃんもじいちゃんも、大伯父さんももういないからな。当時のことは、もう誰にも分からないよ。玉青伯母さんは、その時代の最後の人だったんだ」

「ふーん」

雄哉は、再び視線をアルバムに戻した。

そこには、あまり柄がよいとは思えない数人の男たちが、腕組をして写っていた。

「この人たちは？」

「さあ、分からないなぁ。使用人だったんじゃないのかな」

父はそう言って首を捻ったが、雄哉には、彼らが使用人だとはとても思えなかった。大伯母たちとは明らかに違う、みすぼらしい服装をしているが、全員どこか不遜《ふそん》な表情を湛《たた》えている。仕事をするような格好にも見えない。丸顔の男がかぶっているのは、ひょっとしてベレー帽のつもりだろうか。古びたかすりの着物と、潰れた帽子がアンバランスだった。ヒッピーのような長髪の男までいる。

どの写真を眺めてみても、誰もがカメラのレンズを直視しているため、雄哉は時折、写真の中から見つめられているような不思議な気分になった。

ここに写っているたくさんの、まったく知らない、けれど微かに血がつながっているかもしれない人たち――。

そこには自分たちと同じような日々の生活があったのだろうが、静止した写真の中に込められた彼らの記憶は、今となってはもう誰にも分からない。

「で、お前、どうするんだ？」

雄哉がセピア色に変色した写真を一枚一枚眺めていると、惣一が思いついたようにそう言った。

「どうするもなにも……もらえるものはもらうよ」

「それもそうだよなぁ」

父の間の抜けた同意を聞き流しながら、雄哉は優雅《ゆうが》な洋装に身を包んだ、若き日の大伯母の姿を見つめる。

親戚たちの噂曰く、「日本から逃げた」「変人の独身女」。

石原税理士によれば、一人暮らしだった大伯母の遺体が発見されたのは、死後一週間たってからのことだという。検死の結果、事件性がないと判断され、自然死が成立したのだそうだ。

雄哉には大伯母のことは分からない。

若いときのことも、日本を出ていったことも、生涯独身だったことも、まるで実利を生んでいない奇妙なシェアハウスを残したことも。

ただ、一つだけ思うのは。

海外で孤独死するような人生はごめんだ――。

雄哉は小さく息をついて、重たいアルバムをゆっくりと閉じた。

昭和十三年

かつては城だったという広い寺の境内には、本堂のほか、三つの阿弥陀堂が配置され、お堂の中には、それぞれ三体の巨大な阿弥陀像が鎮座《ちんざ》している。

お堂の前の木陰《こかげ》で、私はヘミングウェイの原書を読んでいた。先月の十九歳の誕生日に、兄から贈《おく》られたばかりの大事な本だ。表紙の裏には「わが妹、玉青へ」という、兄の達筆な文字がある。

八月に入り、日差しは一段と強まり、大きな榧の木ではミンミン蟬《ぜみ》と油蟬が、競い合うようにして鳴いている。じっとしていても首筋に伝わってくる汗をぬぐい、私はふと視線を上げた。

伏し目がちに現世を見下ろす阿弥陀様は、どこか異国の面差しをしている。

同じ顔、同じ姿勢の阿弥陀像が、九体ずらりと居並ぶ様は、お堂越しであっても圧巻だ。

これを九品往生《くほんおうじょう》というのだと幼い頃に兄から聞かされた覚えはあるが、その本当の意味は、師範《しはん》学校に通う今もよく分からない。ただ覚えているのは、「この阿弥陀様たちは、どんな人のことも必ず救ってくれるんだ」と話した兄の言葉くらいだ。

幼い頃、よくこの境内で暗くなるまで遊んだ。あの頃は、五歳年上の兄の言動が、私のすべてだった。世界はシンプルで小さかったが、今のように窮屈《きゅうくつ》ではなかった。

最近、級友たちと一緒にいることが楽しくない。

せっかく父の猛《もう》反対を押し切り、女子高等師範学校に入ったのに、今や級友たちは勉強よりも、愛国婦人会の真似事《まねごと》に夢中だ。特に「千人針《せんにんばり》」の流行は異常なほどだ。

別にそうしたことに文句があるわけではない。

私の父も兄も軍人だ。出征《しゅっせい》兵士たちの安全を祈らない日などない。

ただ、その熱中がいささか強制的なことと、華族である己の出自をとやかく噂されることが面倒なのだ。「国民精神総動員」を口実に、夕食の内容まで穿鑿《せんさく》されるなんて、本当にどうかしている。

溜め息をつき、私はスカートの裾《すそ》についた木の葉を払いながら立ち上がった。御堂に一礼してから、境内の裏手に回る。

銀杏《いちょう》の木に立てかけておいた自転車のかごに本を入れ、勢いよくペダルを踏み込んだ。紺《こん》色のスカートが風をはらんで大きく膨《ふく》らむ。

スカートを膝に挟みながら、私はぐんぐんとペダルをこいだ。

川沿いに続く道を走ると、夏の虫たちの声が盛大に追いかけてくる。湿地帯には青草が茂り、緑の海原の中、桃《もも》色の小昼顔がそこかしこに金平糖《コンペイトー》のような姿を覗かせる。

やがて竹藪《たけやぶ》の向こうに田園が広がり、その先に、赤いスレート瓦の三角屋根が見えてきた。

私の家は、祖父の代、日清戦争と日露戦争の功績により、明治四十年に男爵を授爵された勲《くん》功《こう》華族だ。祖父はそのときに天皇陛下から下賜《かし》された恩賞で、近郊農村の目黒区に家屋敷を構えた。それは、文明開化の時代に青春を送った西洋かぶれの祖父らしい、大きな離れを持つ瀟洒な洋館だった。赤い三角屋根は、のどかな田園風景の中で一際人目を引く。

しばらくは軽快に自転車を走らせていたが、屋敷の門の前に黒塗《くろぬ》りのディーゼル自動車がとまっているのを見ると、一気に気分が重くなった。

一昨年に父が他界してから、分家の叔父《おじ》がちょくちょく屋敷を訪れる。その用向きのほとんどが、見合いに関する件だった。

生垣《いけがき》の中にまで自転車で乗り込み、表玄関ではなく裏の勝手口に回る。

「あれま、玉青様。自転車なんか乗って。ぬかるみでつっぺけらないでけんろ」

勝手口で野菜の皮をむいていた住み込み女中のスミが、私を見るなりそう言った。

昨年東北から出てきたばかりのスミは、未《いま》だに方言が抜けない。なにかを聞かれるたびに、「んだ」と答えては、女中頭のキサさんに灸《きゅう》を据えられている。

植え込みの陰に自転車を隠し、私は唇《くちびる》の前に人差し指を立てた。

「キサさんには内緒よ。それより、又叔父様が見えてるんでしょう？」

スミが「んだ」と答えた途端、「これ、スミ！」と、髪を銃後髷《じゅうごまげ》に結った割烹着《かっぽうぎ》姿のキサさんが、厳しい表情で現れた。

「で……、玉青様。私にはなにが内緒なんですか」

矛先《ほこさき》がこちらに向いて、少々慌てる。

五歳のときに母を失った私にとって、キサさんは乳母《うば》に等しい存在だ。元々は武家華族に奉《ほう》公《こう》していた女中だったと聞いているが、祖父の代に笠原家へきて以来、独身を貫《つらぬ》き、笠原家の奥を取り仕切っている。

「それよりキサさん、台所見ていい？　すごいご馳走じゃない」

「そりゃあ、そうですよ」

「うわぁ、立派な鰈《かれい》」

「大変だったんですよ。国家なんとか法が出てから、今はなんでも配給制になっちまいましたし、たまに旬のいいものが入ると、とんでもない値段がつきますからね。でも、この真子《まこ》鰈はちょっとしたものですよ」

　私がわざと話題をすり替えていることに気づきつつも、キサさんは渋面《じゅうめん》を崩した。

「なにしろ、一鶴様がやっとお休みを取られるんですからね。奮発させていただきましたよ。大旦那《おおだんな》様と大奥様のご供養もございますし、お盆くらいは贅沢《ぜいたく》をしてもバチは当たりますまい」

　すっかり機嫌を直したキサさんが厨房の奥に戻っていくのを見送りながら、こんなことが級友たちにばれたら大変だと、内心舌を出す。

　真赤なトマト、瑞々《みずみず》しい胡瓜《きゅうり》、大きな冬瓜《とうがん》、赤飯用の艶々《つやつや》と輝く小豆《あずき》……品不足が続く中、これだけの食材を集めてきたキサさんの手腕はさすがだ。

　このところずっと海軍省に詰めていた兄が久しぶりにまとまった休暇を取るのも、嬉しい限りだった。

「玉青さん」

　久々に華やぐ厨房を幸福な気持ちで見回していると、暖簾《のれん》をあけて、楓《かえで》さんが台所に顔を出した。

「声がすると思ったら、やっぱりこんなところに隠れていらしたのね。早く客間に顔を出してくださいよ」

縞《しま》の上布の和服を着た楓さんは、まるで少女のように身を揉《も》んだ。

長岡《ながおか》の裕福な造り酒屋の一人娘だったという楓さんは、母が死んだ数年後に、父の後添《のちぞ》えとして笠原家にやってきた。つまり、私の継母《けいぼ》ということになる。けれど、私にとっては腹違いの妹になる雪江を生んだ後も、どこかおっとりとしていて、とても「お母様」とは思えない。いつまでも「お嬢さん」でいるような膨れ面を見て、私は思わず苦笑した。

「どうせ又、叔父様が持ってきた見合いの話でしょう？」

「そう。今度は公家《くげ》子爵様のご令息ですって」

「公家だろうが、武家だろうが同じことよ。私は一生、どこへもお嫁にいかないって、一体何度説明させせれば気がすむのかしら」

「でもねぇ、玉青さん。それで私が怒られるのよ。華族の娘を教師にでもするつもりかって」

「あら。華族の娘が教師になってなにが悪いの？　どうせ叔父様は貴族院に推薦《すいせん》してもらいたくて、お公家様に諂《へつら》いたいだけでしょう。そんな手土産《てみやげ》に、利用されてたまるものですか」

生前私の父は、分家として独立した叔父の華族身分を残すために随分と奔走《ほんそう》した。だが叔父は、自分が長兄だったらという野心を、どうしても捨て切ることができないようだった。

私の兄、一鶴が爵位を継承したとき、叔父は平静を装《よそお》っていたが、その息子——私にとっては従兄の剛史がとる露骨《ろこつ》な態度を見ていれば、陰で叔父が本家をどう評しているかくらい、手に取るようによく分かる。

「いいわ。こうなったらもう金輪際、見合い話がこないように、はっきりと意思表明させていただきます」

そう言って暖簾を払うと、楓さんは急に心配そうな様子になった。

「だからと言って、喧嘩《けんか》はしないでね、玉青さん」

考えてみれば、後添えとしてやってきて、十年もたたぬうちに後家《ごけ》になってしまったこの女性《ひと》もなかなかの苦労人だ。それをあまり感じさせない楓さんのおおらかさを、私は嫌いではなかった。

二人で連れだって応接間に入ると、叔父はソファに座ったままでこちらを一瞥《いちべつ》した。

「叔父様、ごきげんよう」

「相変わらず、本ばかり読んでいるのかね」

「さすが叔父様、ご名答ですわ」

つっけんどんなやりとりに、隣の楓さんははらはらと手をこまねいている。

「玉青君、君ももう十九だろう。そろそろ身を固めることを考えないといけないね」

「叔父様、私は良妻賢母《りょうさいけんぼ》になるのではなく、お国のために良妻賢母を育てるべく、婦女子の教育に殉《じゅん》じる覚悟でございます」

「君が専攻している軽佻《けいちょう》浮薄《ふはく》なアメリカ語が、良妻賢母の役に立つのかね?」

「西洋を知らずにして、アジアのお手本となるべき日本婦人は務まりませんわ」

「だが今回は君にとって願ってもない話だぞ。相手は由緒正しいお生まれの公家子爵様だ」

「でも昨今のお公家様は、お台所のほうがいささか心もとないと拝聴《はいちょう》しておりますが」

丁々《ちょうちょう》発止《はっし》と言い返せば、叔父は不快そうに眉を寄せた。

「随分と品のないことを言うものだ」

「それが現実でございます」

減らず口といわれようが、ここで負けるわけにはいかない。

「それにお公家様は、お腹の中では私たち勲功華族のことを、成り上がりと見下しているではありませんか」

公家の狙いは、持参金。そして叔父の狙いは、貴族院への推薦——すなわち、権威《けんい》の獲得だろう。口では色々な建前を言いつつ、娘のいない叔父が、姪《めい》である私を都合よく利用しようとしているのは明白だ。

そう簡単に意のままになる自分ではないと、私は大いに叔父を牽制《けんせい》した。

「どうも兄上は、君たち兄妹を甘やかしすぎたようだな」

しかし、吐き捨てるようにそう言われると、ぐっと次の言葉を呑み込んだ。

自分のことだけならいざ知らず、父や兄のことまで非難されるのは心外だった。

私が黙り込んだのを見て、叔父はソファの上の山高帽に手をやった。

「あら、もうお帰りですか、なにもおかまいもしませんで……」

刺々《とげとげ》しい応酬《おうしゅう》に始終気を揉んでいた楓さんが、白々しく声をあげる。するとそれに呼応するように、廊下で控えていたキサさんが、そそくさと上着を持ってきた。

ようやく叔父が退出すると、私は肩で大きく息をした。

見送りから戻ってきた楓さんとキサさんも、応接室に入るなり、やれやれと言った調子で顔を見合わせる。

「正直なところ、私も玉青さんの言うとおりだと思うわ。お公家様なんかに嫁いだら、本当に後が大変よ」

「そうですとも。私だって玉青様がそんなところでご苦労される姿を見るのは嫌ですよ」

二人が口々にそう言ってくれたことに、心から救われた。

「それに玉青様が仰るように、これからの婦女子には教育が必要です」

自らも職業婦人としての誇りを持つキサさんは、重ねて援護《えんご》をしてくれた。

ただ、このことが変な形で兄に飛び火しないでくれるといいのだが——。

そう懸念していると、「お姉様」と幼い声がかかった。

振り向けば、応接室の入り口に、七歳になったばかりの妹がじっと佇《たたず》んでいる。

母やキサさんの姿が見えなくて、寂《さみ》しくなってやってきたのかと思ったが、妹はいきなり私のブラウスに顔を埋めた。

「雪江ちゃん、どうしたの」

驚いて聞くと、「だってお姉様、お嫁にいっちゃうんでしょう」と声を震わせる。

「いかない、いかない。姉様は雪江ちゃんを一人にしたりしない」

断固拒否《きょひ》してみせると、雪江は顔を上げて、意外なことを口にした。

「それじゃ雪江が、お姉様の代わりにお嫁にいくの？」

その言葉に、叔父の度々の訪問に、妹が幼いながらもなにかを感じ取っているのだろうと、私は楓さんたちと視線を合わせた。

「違うわよ。雪江ちゃんは、誰かの代わりになんかなっちゃ駄目。雪江ちゃんは一番やりたいことをやって、一番いいときに、一番好きな人と結婚するの。姉様が、約束するわ」

心からそう告げて、私は小さな妹を自分の胸に抱き寄せた。

夕刻、表からディーゼル自動車のシリンダーが振動する音が聞こえてきた。

「おや、一鶴様がお帰りになったようですよ」

キサさんが言うや否《いな》や、私は真っ先に表へ飛び出した。楓さんとキサさんが、あたふたと後を追ってくる。

真っ白な夏服の軍服の裾を翻《ひるがえ》し、颯爽《さっそう》と車から降りてきた兄は、居並ぶ女たちを見るなり

「随分大げさな出迎えだね」と、照れたように笑ってみせた。

荷物を取りに出たスミは、兄から「ありがとう」と直々に声をかけられ、たちまち耳まで真っ赤になった。いつまでもぼんやりしている背中をキサさんがどやしつけたので、私と楓さんは声をたてて笑ってしまった。

久々に帰宅をした兄は、すぐに軍服を脱いで食卓に着いたが、ここでも所狭《ところせま》しと並べられた料理に驚いたようだった。

「すごいご馳走だ」

「だってお兄様、明日から少しはお休みが取れるんでしょう」

そう言うと、兄は麦酒《ビール》の杯を手にしながら頷いた。

当主の帰宅に、誰もが華やいだ表情をしている。

職業軍人の家系に生まれた笠原家の男たちは、軍籍につくことを避けて通ることはできない。

父は弱視だったため、海軍省で主計科士官を務め、実際に戦地にいくことはなかった。しかし

一昨年の春、激務がたたり、盲腸炎《もうちょうえん》をこじらせて五十歳を目前に他界した。

兄の一鶴は、兵学校を卒業すると同時に男爵を継承し、今は海軍省の報道部に配属されている。今のところ、そうした話は出ていなかったが、父と違って壮健《そうけん》な兄は、いつ戦地に赴くことになるか分からない。それだけに当主となった兄が家にいることは、笠原家全体にとって、大きな支えでもあった。

「さあ、食べようか！」

兄が杯を上げると、広い食卓に歓声《かんせい》があがる。

父が死んで以降、兄は家族と使用人が一緒のテーブルを囲むことを奨励《しょうれい》していた。主従が分け隔《へだ》てなく、料理を分け合う。それはたとえ今日のようなご馳走がなくても、よいものだった。

こうした兄の拓《ひら》けたところは、初代男爵の祖父譲《ゆず》りらしく、キサさんを始めとする古い使用人たちは、自分たちよりずっと若い当主に不思議な懐《なつ》かしさを覚えているようだった。

血のつながらない継母に、腹違いの妹、年齢も生まれもまったく違う使用人。そうした人たちと温かくつながっていられるのは、この家を引っぱる兄の自由な気質のせいではないかと思うことがある。

「美味しいね」

傍らの雪江にそう言われて、私は素直に頷いた。

ふと眼が合うと、兄も又、満ち足りた表情で微笑んでいた。

食後、兄に誘《さそ》われて離れへと向かった。

磨《みが》き抜かれた細い渡り廊下を歩いていくと、一際天井が高くなり、突如、大きな離れが現れる。この屋敷を訪れた誰もが息を呑む仕掛けだ。

遮光《しゃこう》カーテンをあければ、月明かりが差し込む。中央にあるグランドピアノが薄闇に浮かんでいるように見えた。

明かりをつけぬまま、私たちは毛足の長い絨毯の上に座った。

こうしていると、兄が兵学校にいく前に戻ったようだ。

全寮制《ぜんりょうせい》の兵学校に入る以前、兄は華族学校の学習院ではなく、自らの希望で市井《しせい》の子息が集まる府立一中に通っていた。そこで知り合った個性的な級友たちを、兄はよくこの離れに招待した。最初は大きな屋敷に恐縮していた少年たちも、慣れればすぐに大騒ぎを始める。中には元気がよすぎるものもいて、窓に手垢《てあか》をつけたり、絨毯をむしったりしては、キサさんの逆鱗《げきりん》に触れていた。

彼らの自由さが面白くて、私は兄を真似、学習院の女子部ではなく、一般の女学校に通いたいと父に願い出た。

「玉青、志雄《シユウ》のことを覚えているかい？」

「もちろん」

宗《ソウ》志雄。

兄の一中時代の友人の中でも、もっとも個性的だった少年だ。

彼が華僑《かきょう》の息子で、自分たちと国籍が違うと意識したのは、随分と後のことだ。ときに差別をされることがあったせいか、志雄はとにかく口が達者だった。一度議論を始めると、相手をやり込めるまでは絶対に黙らない。この少年を黙らせるもっとも簡単な方法は、画集を与えるか、紙と木炭《もくたん》を与えるかのどちらかだった。

兄が買ってきた「巴里《パリ》・東京新興美術同盟展」のカタログを見つけるや、日がな一日、顔のない奇妙なマネキンを描いたキリコの絵や、科学雑誌の図版のようなエルンストの絵に見入っていた。

兄はどちらかというと寡黙《かもく》なほうだったが、二人はなぜかとてもうまが合った。一中を卒業するとき、志雄の父の商用に乗じて、一緒に洋行までしたほどだ。

今、志雄は東京美術学校に通っていると聞く。

「今度、彼に仕事を手伝ってもらおうかと思っている」

「海軍省のですか？」

兄の言葉に、私はいささか違和感を覚えた。志雄の個性と軍の仕事の間に、関連性があるとは思えなかったのだ。

「報道部で前線兵士のための読み物の編纂《へんさん》をすることになってね。その指導役として、僕に白羽の矢が立った。若手の挿絵《さしえ》画家や作家を探せというんだよ。いい絵を描く画家が見つかれば、広報用のポスターを描いてもらうことにもなる……」

そこまで話すと、兄はふっと笑った。

「まぁ、そんなことでもあれば、又ここに志雄を呼べるかなとも思ってね」

薄闇の中でいたずらっぽく輝く兄の瞳は、少年時代と変わらない。

「あいつが又余計なことを言ったり、絨毯の毛を結んだりして、キサさんを怒らせなきゃいいのだけどな」

「さすがに、もうそれはないでしょう」

結んだ絨毯に足を取られたキサさんが、かんかんになって志雄を追い回していたことを思い出し、私たちは声を殺して笑った。

こうして兄と一緒にいると、自分が自由になっていくのを感じる。

入り組んだ迷路の中でも、兄はいつでも「道」を見つける。そこは別段見晴らしがよいわけでも、皆が目指す目的地に近いわけでもない。けれど歩いているうちに、紛れもなくそれが自分の道だと分かる道なのだ。

だが、ふと昼の叔父との応酬を思い出し、私は胸が重たくなった。

「今日、叔父様が……」

言いかけると、やんわりと遮《さえぎ》られた。

「叔父上は叔父上。僕らは僕らだ」

きっと兄は、すでに叔父からなんらかの苦情の連絡を受けているのだろう。その上で、そう言ってくれることが、私の胸に深くしみた。

「お兄様、なにか一曲弾いてください」

ささやかな甘えが生まれ、腕を取ってせがんだ。

「雪江が寝ているから、静かな曲をね」

兄はグランドピアノに近づき、その蓋をあける。

家では兄弟全員が幼少期からピアノの鍛錬《たんれん》を受けていたが、中でも兄の才能は傑出していた。

宮廷の舞踏会《ぶとうかい》で、満州国《まんしゅう》からきたバイオリン弾きの伴奏《ばんそう》を務めたことがあるほどの本格的な腕前だった。

一呼吸置いて鍵盤《けんばん》に指を置いたとき、兄の中になにかが宿った。

兄がゆっくりと弾きだしたのは、ドビュッシーの「月の光」だった。

鍵盤の上を、指が踊《おど》るようにすべり、低音から高音にきらきらと上りつめるアルペジオが左手から右手へと受け継がれていく。

ふと窓の外を見れば、その音色に誘われたように、大きく膨らんだ上弦の月が天空に傾いている。

白い月明かりの中、慈《いつく》しむように音を紡《つむ》ぐ兄の姿に、私は魅入《みい》られたようになる。

もし――。

ふいにその思いが胸に飛来する。

もしも職業軍人の家系に生まれることがなかったら、兄にはもっと他の生き方があったのではないだろうか。

瞬間、複雑な思いに囚われた。

けれど、兄がなにかに負けるなんて思えない。

たとえ運命に縛られることがあったとしても、最終的にひれ伏すのは、きっと運命のほうだ。

兄は私たちの太陽そのものだ。

その思いは、兄が紡ぐ音色に溶けて、夜の静寂に深く強く響いていった。

退去勧告

夢を見ていた。

それがなんだったのかは思い出せない。眼が醒めた瞬間、それはウィルスに侵食《しんしょく》されたデータが溶けるようにして「落ちて」いった。

ベッド脇《わき》のデジタル時計を覗き込み、雄哉は小さく息をつく。

午前五時。このところ、いつもこれくらいの時間に眼が醒める。アラームが鳴って飛び起きるなんていう体験は最近ずっとご無沙汰だった。

カーテンをめくると、東の空に一筋の白い光が浮かんでいた。もうすぐ夜が明ける。二度寝をしても却《かえ》って疲れるので、雄哉は眠るのを諦めて体を起こした。

ベッドを下りて、パソコンを立ち上げる。

受信トレイをチェックすると、先日顔を合わせたシェアハウスの管理人、一ノ宮凪《なぎ》からのメールが入っていた。

石原税理士は、見かけによらずなかなか仕事が早い。

不動産を見にいった翌週、雄哉は早速石原税理士に連絡を入れた。開口一番に「土地転用の方向で手続きを進めたい」と用件を伝えると、石原は暫《しば》し電話口で沈黙した後、「まだ、住人がおりますが……」と地を這《は》うような声を出した。

「それはこちらでなんとかします。オーナーが変わる際に立ち退きを行うのは、それほど珍しい話じゃありません」

雄哉がそう言うと、不自然なほど長い沈黙の後、「はあ……」と無機質な声が響いた。

「土地の名義変更は、できるだけ早いうちにお願いします。それと、管理人の女性に、入居者の台帳を送るように伝えてください。個人アドレスを伝えていただいて構いません」

石原は通信事故が起こったのではないかと訝《いぶか》るほど長い間を空けて、やはり「はあ……」と呟いた。

そのときは、彼の仕事がこんなに早いとは思わなかった。

雄哉は煙草に火をつけながら、凪からのメールを開いた。呑気《のんき》な時候の挨拶は読み飛ばし、台帳のファイルをダウンロードする。

そこに書かれている大雑把《おおざっぱ》なデータを、頭の中に刻みつけた。

現在シェアハウスには、一階に二人、二階に二人、合計四人の入居者がいる。

このうちの三人とは、すでに顔を合わせているわけだ。

雄哉の頭の中に、自転車に乗っていたショートカットの女性、小汚い無精髭の中年男、東南アジア系の美女の顔がよぎった。もう一人、若い男がいるらしい。

この全員を退去させるのは、なかなか面倒だ。

しかし。

雄哉は台帳ファイルを最小化すると、別のトレイに入っているもう一つのファイルを開いた。取引先の不動産会社に見積もらせた、不動産の資産価値だ。

やはり御幸が丘の敷地は、借地権だけでも相当の価値を生む。運用の仕方によっては、その上限は計り知れない。

やってやるさ。

雄哉はディスプレイを睨《にら》み、煙草を深々と吸い込んだ。


「なぜ、承認《アプルーバル》が取れていない？　広告の入稿日《にゅうこうび》は、前もって伝えておいたはずだ」

その日、午前中の会議で、雄哉は若い社員をやり込めていた。

「まさか、あちらとこちらの時差を頭に入れていなかったわけじゃないだろうな」

「じ、実は、四月から向こうがサマータイムに入っていまして……」

「当たり前のことを言うな」

言い訳を始めた社員を、雄哉は大声で遮った。

現在雄哉たち第一グループは、駅地下モールに出店予定のニューヨークブランドと提携したオーガニックバーの最終プロモーションに入っている。アメリカの企業との提携は、下手《へた》をすれば小さなことがすぐに訴訟《そしょう》に結びつく危険性がある。契約書だけでなく広告のアートワーク等こまごまとしたすべてのことに、「承認」が必要となってくることは、事前に散々説明したはずだった。

「分かった、入稿の件は、俺がクライアントに説明するから……」

榎本が的外れな助け舟を出そうとするので、雄哉は再び声を荒《あら》らげた。

「そんなことを言ってるんじゃない。今、問題にしてるのは、承認の件だ。アメリカとの事業提携に、そこを怠るのは論外だと言ってるんだ」

そのとき、会議室の片隅で、失笑が漏れた。

全員がハッとしてそちらに眼を向けると、今年の四月に入社したばかりの新人が、片頰を引きつらせてにやついていた。

「なにがおかしい」

だらしなく背広を着込み、椅子に寄りかかるようにして座っている新人を、雄哉は怒鳴りつけた。

「すみません。あんまり、ごもっともだったんで……」

だが若い男は悪びれた様子もなく、背もたれに寄りかかったままでそう言った。

こいつは——。確か、縁故で入ってきた帰国子女。出身大学も、アメリカの二流大学、しかも、中退だった覚えがある。

雄哉は不愉快を隠さずに睨みつけたが、新人は下唇を少し突き出して平然としていた。余程神経が太いのか、単に鈍感なだけなのか。

頭を小さく振って、雄哉は恐縮している社員のほうに向き直った。

「とりあえず、今日中に確認を入れろ。十一時になれば、向こうも営業が始まる」

当然のことを言ったのに、会議室はシンとした。

「十一時って……、今日の夜のか？」

榎本が顔をしかめて聞き返す。

「当たり前だ。メールだけじゃ駄目だ。直接電話で先方と話せ。そして当日中に承認を取りつけろ。あと二週間でこちらも連休が始まることを忘れるな」

雄哉は声を張って、業務を怠っていた社員に念押しした。

会議が終わると「グループ長」と、榎本が雄哉に声をかけてきた。

立ちどまった二人の横を、青ざめた部下たちが通り過ぎていく。榎本は彼らが退出するのを待って、扉を閉めた。

「おい、大崎。二十三時の業務命令は、ちょっとやりすぎじゃないか」

二人だけになると、榎本が声を低めてたしなめるように言った。

「バカ言うな。時差ミスしたのか、うっかりしてたのかは知らないが、とにかくあいつが前もって確認をしていれば、こんなことにはならなかったんだ。ミスは仕方がない。だがミスをした以上、それを取り返すのは当たり前だろう」

雄哉が真っ向から言い返すと、榎本は「そりゃそうだけどさ……」と口ごもった。

「でもあいつんち、新婚じゃん」

「だから？」

「いや、だからってさぁ、分かるだろ」

榎本の曖昧な態度に「なにが言いたい」と、雄哉は眉を寄せた。

「あいつが新婚だからできないって言うなら、そんなもの、俺が自分でやったっていいんだ。でもそうすれば、窓口としてのあいつの顔は潰れるぞ」

「いや、それはまずい」

雄哉が「だろ？」と両腕を広げると、榎本も渋々ながら頷いた。

毎度のことながら、雄哉には榎本が気にする観点がよく分からない。会社にいながら、なにを言っているのかと思う。

「あ、あと、三木《みき》のことだけどさ……」

「それ誰だっけ」

「今月配属されてきた新人だよ。って言うか、お前、自分の部署の部下の名前くらい、ちゃんと覚えろよ」

「あいつがどうかしたか」

雄哉は会議中、始終ニヤニヤしていた若い男の様子を頭に浮かべた。

あの新人には仕事らしいことはまだなにもさせていない。よくも悪くも問題はないはずだ。

榎本はしばらく雄哉の顔を見つめていたが、「いや、なんでもない」と言葉をにごした。

雄哉は肩を竦《すく》めると、煮え切らない様子の榎本を会議室に残して通路へ出た。

今日中にさばいておきたい案件はまだ山のようにある。わけの分からないことにこだわっている同期の相手をしている暇はない。

デスクに戻ってパソコンの受信トレイを開くと、案の定、未読メールがたまっていた。それを一つ一つ開きながら、案件ごとにトレイ分けをする。

念のため、個人アドレスのボックスも開いてみると、途端に『週末、お待ちしております！』という件名が飛び込んできて、雄哉はマウスを動かす手をとめた。

送信者は、ｉｚａｙｏｉ――イザヨイ？

雄哉は暫し考え、ああ、十六夜か、と納得する。確かあのシェアハウスの門のところに、そんなプレートがかかっていた。

だがそれを開いてみて、雄哉は送ったメールの内容が先方に正しく理解されているのか、疑問に思った。

今朝、出勤前に雄哉は、管理人の凪宛に「今週末に、説明会を開きたいので住人を集めておいて欲しい」という旨《むね》のメールを送った。

それに対する凪の返事は、「皆でお待ちしております。ところで大崎さん、苦手な食べ物とかありますか」という、すこぶる呑気なものだった。

なにか勘違いしているのではないかと、雄哉は右手をマウスに置いたままで首を捻った。石原税理士が退去勧告のことを伝えていないにしても、端《はな》から自分が大伯母のシェアハウスを引き継ぐものだと思い込んでいる、この楽観ぶりはいかがなものか。

雄哉は強引に自分を引きとめた、凪の慌ただしい様子を思い返した。

要するに、自分に都合がいいようにしか、物事を考えられない女だということだ。

一応誤解を解くべく、それなりの文面を返送しようかとも思ったが、なんだか急にバカバカしくなってきた。

所詮彼らは、安い賃金と杜撰《ずさん》な経営の上に長年胡坐をかいてきた、〝下流〟の群れだ。石原税理士に確認したところ、あのシェアハウスは本当に素人経営で、大伯母は入居者たちと契約書らしきものすら交わしていない。つまり、法的な契約期間などないということだ。

凪に返信する代わりに、雄哉は取引先の不動産会社、エンパイアホームのアドレスを引き出した。

猶予期間は三ヶ月。七月の末に、入居者には全員退去してもらおう。

そう決めると、雄哉はエンパイアホームへのメールを打ち始めた。

「グループ長」

いきなり横から声をかけられ、夢中でメールを打っていた雄哉はギョッとした。

新入社員の三木が、じっとこちらを見つめている。にきび跡の残った頰と分厚い一重《ひとえ》瞼《まぶた》が、新入社員とは思えないふてぶてしさを醸《かも》し出していた。

「なんだ」

驚いたことを悟られるのが癪《しゃく》で、雄哉はことさら不機嫌そうな声を出す。

「ニューヨークとの提携って、グループ長が取りつけたんですか」

三木はまったく怯《ひる》まず、そう尋ねてきた。

「そうだが」

そんなことを聞いてどうするつもりかと見返せば、三木は「へー」と感心したような顔をした。

「よくやれましたね」

「はぁ？」

あまりに横柄《おうへい》な言い草に、思わず変な声をあげてしまう。

聞きたいことだけ聞くと、三木はくるりと踵を返し、だらしない足取りで自分の席へと戻っていった。その丸い背中を眺め、雄哉はほとほと呆れ果てた。

いくら縁故とは言え、なんであんなのが会社を牽引する第一グループに入ってきたのか。

人事グループのオヤジたちが考えていることはわけが分からない。

雄哉は溜め息をつきつつ不動産会社へのメールを送信し、次に、重要度が「高」に設定されているメールを確認することに意識を集中させた。


週末、雄哉は再び御幸が丘へ向かった。

緑道の桜並木はすっかり葉桜に変わっていた。住宅街に入ると、やがて三角屋根が見えてくる。

ノウゼンカズラが新緑を茂らせている門に近づいたとき、玄関先で背広姿の男と管理人の一ノ宮凪が揉めているのが眼に入った。

「だから、私、そんな話聞いていません、帰ってください」

凪が名刺を差し出す男を追い返そうとしている。

雄哉は二人に近づき、男の背中越しに声をあげた。

「エンパイアホームさんは、僕が呼んだんですよ」

凪はハッとして動きをとめ、信じられないといった顔つきで雄哉を見た。

雄哉は気にせず石段を上り、取引先の不動産業者に「お疲れ様です」と笑顔を向けた。営業用の笑みを浮かべたまま振り返ると、凪が大きな瞳を瞬《まばた》きもせず、凍《こお》りついたようにその場に立ち竦んでいる。

「さあ、いきましょう」

雄哉は靴を脱ぎながら凪に声をかけ、業者を伴《ともな》って古い板張り廊下を歩き出した。

「いやぁ、まいりましたよ、あの女性。そんなはずないの一点張りで、もう少しで追い返されるところでしたよ」

不動産業者が汗をふきふき、背後から小声で囁いてくる。

男二人が歩くと、廊下はぎしぎしと音をたてた。

「しかし古いですね。こりゃもしかしたら、明治の建造かな……。建て替えの跡とかがなけりゃ、たいした文化財ですよ。実はこの家、不動産業界じゃ結構有名で、何度かうちの営業もきてるんですよ。そのたび、住人に追い返されたって話ですけどね。多分、この家のポストには、エンパイアの名刺が十枚くらい投げ込まれてるはずですよ」

不動産業者の話を聞きつつ、雄哉がちらりと振り返ると、凪が悄然《しょうぜん》とした様子で自分の靴を靴箱にしまっていた。

そのとき、横の階段からするりと現れた人影が、あっという間に雄哉の腕に絡みついた。

「そこ、アウトねー」

驚きの声をあげる間もなく、長い髪を揺らした東南アジア系の美女が、ベコベコとへこんだ箇所を指差した。

「そこ踏むと落ちるよ。ここ家なのに雨ある。木の家に雨、よくないねー」

不自然なほど顔を近づけ、美女はにっこりと微笑む。

「でも、もうダイジョブー、ニュー大家さんきたから。大家さん、よろしくねー」

この女は、先日も二階から顔を出していた……。

雄哉は素早く台帳のデータを思い起こす。

確か、タイ王国出身の出稼ぎマッサージャー、ローラ・ソンスィーだ。

「ダイジョブー、私ナビゲートするよ。皆お待ちかねよー」

ローラはしなやかな腕を益々絡みつけて、雄哉たちを案内し始めた。

細い渡り廊下を渡っていくと、一段天井が高くなり、急に周囲が開けたようになる。

大きな窓からの光が溢《あふ》れる、離れに足を踏み入れた瞬間――。

「ウェルカーム！」

クラッカーが盛大に鳴り響き、色とりどりの紙テープが飛び散った。

呆気にとられて眼を見張ると、先日の小汚い無精髭の中年男が、痩《や》せぎすの若い男をつき従え、クラッカーを手に満面の笑みを浮かべている。

「やあ、雄哉君！」

誰が〝雄哉君〟だ。

「あれー、雄哉君、もう一人の眼鏡《めがね》のオジサンは一体誰かな？」

おまけに自分より確実に十歳は若い不動産業者を、オジサン呼ばわりしている。

雄哉はなにから反論していいか分からず、髪や肩にくっついているコイルのような紙テープを振り払った。ここで無闇に腹をたてたら負けだ。

ひょっとすると住人は、こちらの意図を分かった上で、「威嚇《いかく》」してきている場合だってあり得る。

「誰かな？」

だが、中年男が心底不思議そうに繰り返しているのを見ると、持ち前の警戒心が萎《な》えそうになった。

遅れて、凪が離れに入ってきた。その瞳に微かな怒りが灯《とも》っているのを後目《しりめ》に、雄哉は頭の中で住人台帳をめくり出す。

　ヘラヘラしている中年男、桂木真一郎《しんいちろう》は、目下アルバイト中のバックパッカー。

　隣の幽霊《ゆうれい》のように青白い若い男は今日初めて見るが、植原拡《うえはらひろむ》、二十五歳に間違いない。職業欄《らん》に「ミュージシャン」と書いてあったのを思い出し、雄哉は内心鼻白んだ。間違いなく自称だろう。これが一階の住人だ。

　二階に住む女性陣が、自分に擦《す》り寄っているローラと、管理人の一ノ宮凪。

　凪の台帳には芸大の三年生と記入してあったが、自分と三つしか違わない三十手前のこの女も、本来ならば「学生」という年齢ではない。

　つまり、出稼ぎ外国人のローラは置いておくとして、住人の中でまともに就業している人間は一人もいないということになる。一番若い拡を含め、本来なら全員社会人であるべき住人たちを、雄哉は醒めた眼差しで見返した。

　こういう連中は嫌いだ。

　群れることで、自分たちが「規定外」である事実を軽減しようとしている。

「今日は皆さんに大切なお話があります」

　雄哉は早速、本題に入った。

「こちらは、エンパイアホームさんです」

　眼鏡の縁に複雑に絡みついてしまった紙コイルを取り去ろうと必死になっていた不動産業者が、あたふたと背広の胸ポケットから名刺を取り出す。

「都合により、私はこのシェアハウスを引き継ぐことはできません。皆さんの引っ越し先に関しては、このエンパイアホームさんが最後まで責任をもって相談に乗ってくれます。もちろん私のほうでも、できる限りのことはさせていただきます」

雄哉はできるだけ淡々と告げた。

「退去期間は、三ヶ月――。大変恐縮ですが、七月の末には、全員にここを引き払っていただくことになります」

雄哉の宣告に合わせ、不動産業者が自分の名刺を添えて、説明書と退去同意書の入った封筒《ふうとう》を住人に配り始めた。

ローラは意味を解していないようで、笑顔でそれを受け取った。凪は俯《うつむ》き、拡は無表情で長い前髪をいじっている。

「あら、そうきたかぁ……」

真一郎は少し驚いたように呟くと、しかし、次の瞬間にはもう気楽そうな表情で、鼻歌交じりに封筒をあけて説明書を読み出した。

「では、査定をお願いします」

「それじゃ、まずは水廻《まわ》りを拝見します」

雄哉の言葉に、不動産業者が頷く。

「私、ナビするよー」

ローラが不動産業者の腕を取った。それに合わせるように真一郎と拡も離れを出ていき、いつの間にか、雄哉と凪だけが残された。

「随分、強引ですね」

やがて、凪が硬い声を出す。

「なにもいきなり、不動産業者をつれてくることはないじゃないですか。せめて前もって相談くらいしてくれたって……」

相談――？

真っ向から見つめてくる凪を、雄哉は無言で見返した。

最短のスパンで最大の利益を生む。それが自分のモットーだ。

未だにお気楽な学生生活を送っているモラトリアム女に、意見される謂《いわ》れなどない。

「突然のことで申し訳ないとは思っています。でも僕には、ここを管理していく時間も余裕《よゆう》もないんです。立ち退き料に関しては、できる限りのことをさせていただきたいと……」

「そんなことじゃないんです！」

凪が大きな声をあげた。

責めるような口調に、雄哉は口をつぐむ。

互いが黙ると、窓の外から、チッチッと雀《すずめ》がさえずるのが聞こえてきた。楠の緑に加え、狭い庭には石楠花《しゃくなげ》が大きな真紅《しんく》の花をいくつも咲かせている。

「……私たちを追い出して、ここをどうするおつもりですか」

暫しの沈黙の後にそう問われ、雄哉はただ肩を竦めた。

凪は小さく溜め息をつくと、部屋の片隅の棚《たな》をあけた。

「ここに、玉青さんの私物があります」

雄哉は仕方なく棚に数歩近づく。

「玉青さんは、もう十年以上日本に帰ってませんけど、ここにあるのは、全部玉青さんが残されたものです」

中には洋書や辞書、古いノートのほかに、簡素な表装を施された何枚かの油絵が保管されていた。手に取ることもなく、雄哉はそれを無言で眺める。

「残念ですけど、私は玉青さんと直接お会いする機会はありませんでした。でも、いつも、メールで色々とお話をさせていただいてきました」

「はあ」

雄哉は気のない声をだす。もっと残念なことに、自分はメールのやりとりすらしたことがない。

「玉青さんが六十年以上もここを守ってきたことを、なんとも思わないんですか」

凪が寂しそうに呟いた。

「さあ……、僕には、大伯母が考えていたことは、なにも分かりません」

それは雄哉の率直《そっちょく》な気持ちだった。

凪は少し黙ると、保管されていた油絵の中の一枚を引き出した。

雄哉はハッとして、そこに描かれている若い女性の肖像《しょうぞう》を見つめる。

光り輝くようなタッチで描かれた長い髪の女性は、あのアルバムの中の若き日の大伯母の姿にぴったりと重なった。

「すてきな絵だとは思いませんか」

凪がその額縁をそっと壁に立てかけた。

「この離れにある絵は、玉青さんが以前、ご家族と一緒にこの家に住んでいたとき、離れに集まっていたお兄様のご友人が描かれたものだそうです……。この部屋は今は区画整備の影響で小さくなってしまってますけど、以前はもっとずっと広くて、アトリエ代わりにも使われていたらしいんです」

そうだ——。

そしてこの離れの先には、広大な庭が広がっていた。

ふいに窓の外に、そのときの光景が甦った気がした。

初めて離れに足を踏み入れたときに感じた小さなざわめきが耳を擽《くすぐ》り、雄哉は思わず息を呑む。

「ここに残っている絵は、全部、持ち主を失ってしまった絵なんだそうです」

凪は他にもいくつかの油絵を取り出した。

「見てください。本当に、すてきな絵ばかりだと思いませんか」

肖像画のほか、幻想的な雰囲気《ふんいき》の抽象画もある。

モンタージュのように移り行く風景の中を、小さな帆船《はんせん》が漣《さざなみ》をたてて進んでいくもの、闇に放たれた無数の星のような灯籠を描いたもの、自画像と思われる、少し遠くを見つめる寂し気な男の絵もあった。

「実は十六夜荘には、私のほかにも代々芸大の学生が下宿して、この絵の管理をしてきたんですよ。絵を描いた人の中には、私たちの大先輩にあたる、東京美術学校の学生もいたんです。戦中画家の展覧会があるときには、ここから全国の美術館に絵を貸し出してもいるんです」

「有名な画家がいるんですか」

美術に疎《うと》い雄哉が聞くと、凪は小さく首を横に振った。

「これから羽ばたくはずだった、若い画学生たちの絵ですもの。この絵を描いた後、ほとんどの画家たちは戦争にいっています」

凪は棚の奥から一冊の分厚いカタログを取り出した。

「二年ほど前に戦中画家の特集展示があったときのカタログです。ここの絵も、全部載ってます。玉青さんに監修《かんしゅう》してもらいながら、解説は私が書きました」

雄哉は一応それを受けとり、ぱらぱらと眺めてみる。

「十六夜荘の絵、結構人気があるんですよ。だって、どれも個性的でしょう? 私、今大学で油絵を専攻してて、美術史とかも習うんですけど、この時代にこういう絵を描いていた人たちがいたのは、ちょっとすごいなって思うんです」

絵を見るうちに饒舌になった凪が、まるで我《わ》がことのように誇らしげに頰を染《そ》めた。

「戦時下って、戦争を讃《たた》える写実画ばかりがもてはやされて、前衛美術や抽象画がものすごく攻撃された時代なんです。でも、そんなときに、好きなものを好きなように描いていた若い人たちがいたっていうのは、やっぱりすてきなことじゃないですか」

「戦争中に絵を描いていられたなんて、大伯母の家が、特別階級の華族だったから、許されていただけでしょう」

黙っていればいつまでも続きそうな凪の熱弁を、雄哉はぴしゃりと遮った。

その途端、凪は酷《ひど》く傷ついた顔をした。

こういう純粋さは苦手だ。

悪いけれど、それはあんたの興味であって、俺のではない。

「この家にどんな歴史があったのか、僕はまったく知りません。ただ、あなたも管理人なら分かると思いますが、ここの運営状態はとっくに破綻しています。大伯母の考えはともかく、僕には赤字経営を引き継ぐ余裕はないし、そんな義務があるとも思わない」

雄哉の言葉に、凪が口元を引きしめる。

再び離れに沈黙が流れた。

そこへ、ローラにまとわりつかれながら、不動産業者が戻ってきた。

「水廻りは相当まずいですね」

不動産業者は雄哉に近づき、声をひそめて囁いた。

「いやー、まいりました。このオネエちゃん、なんにも分かっていませんね。私にあそこを直せここを直せと、注文のつけ放題ですよ」

その割に、鼻の下を伸ばしている。

不動産業者のしまりのない顔を一瞥すると、雄哉は凪に向き直った。

「とにかく、退去同意書はできるだけ早く提出してください。このタイの女性には、あなたから改めて説明してもらえると助かります。新しい住居も、できるだけ早く探し始めたほうがいいでしょう」

伝えたいことだけを伝えると、雄哉は「いきましょう」と、不動産業者を促した。

離れを出ようとした途端、ふいに、なにかに引き戻されるような気がした。思わず振り返れば、壁に立てかけられている玉青の肖像と眼が合った。

きりりと前を見た表情が、セピア色の写真に重なる。その隣に、あのピアノを弾くデッサン画の青年がいた。

突如、写真の二人がどこからか自分を見ているような気がして、雄哉の足がとまった。

「どうしました?」

怪訝そうな表情の不動産業者に声をかけられ、はたと我に返る。

「なんでもありません」

ありえない妄想を振り払い、雄哉は足早に玄関へ向かった。

昭和十四年

離れに入ると、もうもうと白い煙が立ち込め、むっとするような異臭が鼻を衝《つ》いた。ゴールデンバットの煙と、ルフランの油絵の具とテレピン油に加え、着たきりの着物にしみついた汗が、一緒くたになった臭いだった。

煙にむせ、咳《せ》き込みそうになる。

「ちょっと、ここは禁煙だって言ったでしょ」

大声をあげれば、煙幕がかかったような部屋の中から、数人の画学生相手になにやら議論中の宗志雄が振り返った。

「やあ、僕の女男爵《バロネス》、ご機嫌麗《うるわ》しゅう」

白皙《はくせき》の細面に豊かな黒髪の志雄は、垢《あか》抜けた美男子だ。

けれどその仕草にも言葉にも独特のアクがあって、どうにも信用がならない。この男が、清《せい》廉《れん》な兄の中学時代からの親友だというのも不思議な巡り合わせだった。

海軍省広報部での任務の傍ら、恤兵《じゅっぺい》部と共に前線の兵士たちに送る読み物の編纂の指導役にあたることになった兄は、若い挿絵画家や作家の発掘のために、美術学校に籍を置く旧友の志雄に協力を要請し、離れをアトリエとして開放していた。

ほんの少し軍に協力するだけで、ただで絵の具がもらえて、アトリエも使える——。

そんな噂が若く貧しい画学生たちの間に広まるのに、長い時間はかからなかった。

おまけに噂を広めたのが、あちこちの喫茶店に出没しては誰彼となく芸術談義をふっかける美貌《びぼう》の志雄だったので、集まってくるメンバーは実に個性に富んでいた。

「玉青ちゃん、ごきげんよう。今日も怒った顔が身震いするほどすてきね」

その中でも特に変わっているのは、自称〝詩人〟のせいちゃんだった。

せいちゃんは勝手にグランドピアノの上蓋をあけ、リストの「愛の夢」を口ずさみながら、でたらめに鍵盤を打ち鳴らしている。

私はせいちゃんの本名を知らない。年齢も分からない。

知っているのは彼が根っからのフランスかぶれであることと、飛びきり奇抜なファッションセンスの持ち主であるということだけだ。

男子の長髪はとっくに禁止されているはずなのに、せいちゃんは今でもロングの髪を肩まで垂らしている。大きなトンボ眼鏡をかけ、口元には綺麗《きれい》に切りそろえた髭をたくわえ、もうすぐ夏になるというのに、真赤なとっくりのセーターを着込んでいた。

「せいちゃん、もしかして酔ってる?」

鼻歌と共に吐き出される息に、アルコール独特の甘い臭気がこもっている。

「もちろん酔ってるわよ。お向かいの長屋の青年に……」

口ずさむ「愛の夢」が最高潮に達し、調子はずれなピアノの音階が離れに響き渡った。

「徴兵《ちょうへい》検査に落ちたことを心から恥じてる肺病《や》みの青年なの。縮《ち》れた髪が、こう、細く削《そ》げた頰に散ってね……それはもう、モディリアーニの絵のようなのよ」

感極まったように立ち上がり、せいちゃんは私の手を取る。

「誰かが教えてあげなきゃいけないわ。弱いもの、儚《はかな》いものの美しさよ。あの硝子細工のような指。細い首。たかだか兵隊になれないからって、心底自分を役立たずみたいに思い込んじゃってるあの人に、どうすればあたしのこの情熱が伝わるのかしら」

長身のせいちゃんはワルツを踊るように、私の体を軽く一回転させた。

「いいねえ、弱き儚いものの美しさ」

背後で挿絵の色を塗り始めた志雄が、合いの手を入れる。

「軍に仕える挿絵作家としては、その辺の美学も大事にしたいところだね。大体肉感的なフォービズムみたいなのは一時の流行で、我々アジア人の感性には本来不向きなわけよ」

そう言うと、志雄は「銃後の護《まも》りはしっかりと」という標語つきの挿絵をぺらりと持ち上げてみせた。手ぬぐいで髪を巻いたもんぺ姿の女性たちは皆、どこか退廃《たいはい》的でしどけない。

「銃後もこれくらい悩ましいほうが、よっぽど兵士の慰安《いあん》になるってもんだよ」

「本当だ。流行の愛国婦人会なんてのより、よっぽどいいね」

覗き込んだ学生たちは、口々に好き勝手なことを言っていた。

「そうねそうね。こうなったら今度の小説に、心を病んだ儚くも美しき少女でも登場させてみようかしら」

せいちゃんはせいちゃんで、完全に己の世界に浸っている。

兄の話によると、せいちゃんが筆名で書いているロマンス小説は、前線の兵士たちの密かな人気を呼んでいるらしかった。

「分かったから、さっさと窓をあけてよ」

呆れながらそう告げると、志雄たちは「はいはい」とようやく窓をあけに散っていった。

アトリエを開放した初日。立ち込める煙にむせ返ったキサさんが、怒り心頭に発した。以来、離れでの喫煙は固く禁止されているはずなのに、少し眼を離すと、この有り様だ。

おまけにカンバスに向かう彼らは、時折、無意識のように着たきりの着物から虱《しらみ》を取り出し、ぷちぷちと潰す。最近では離れに入る前にスミが虱検査を実施し、汚れが甚《はなは》だしい衣類は煮沸《しゃふつ》消毒を行うようになっていた。蚤《のみ》虱対策のため、絨毯も撤去《てっきょ》された。

今日も検査に引っかかった数人の学生たちが、板張りの床の上にイーゼルを置き、半裸《はんら》で絵を描いている。

所詮は挿絵、所詮は軍の監視つき――。

最初はそんなふうに懐疑《かいぎ》的だったり、萎縮《いしゅく》したりしていた若い芸術家の卵たちも、当の兄があまりに泰然《たいぜん》としているので、徐々に緊張感を解いていったようだ。

今では、兄が不在時の監督役を仰せつかった私が始終声を荒らげていなければならないほど、好き放題に振る舞っている。

「なんじゃぁああっ」

突然、部屋の隅から怒声が響いた。

驚いて振り返れば、中でも〝問題〟の熊倉《くまくら》さんが、これ又毒舌の金田《かねだ》さんと取っ組み合いを始めている。

「もういっぺん言ってみろじゃあ！」

「おお、何度でも言ってやる。お前の絵は、ただのアホウが描いた絵だ。それで前衛を気取るなら、いくら独立したての美術文化協会だって黙っちゃいないぜ」

揉み合う二人の前でイーゼルが倒れた。

「おいおい」

すかさず志雄がとめにかかる。

だが倒れたイーゼルから落ちた絵を見て、志雄がぷっと吹き出した。

そこにはなぜか、古ぼけた達磨《だるま》と破けたこうもり傘《がさ》が描かれていた。

「なんじゃ、宗！　お前もわしの絵を笑う気かっ」

「だって、なんで達磨とこうもり傘なんだよ」

熊倉さんは益々気色ばんだが、そう指摘されると、きょとんとして首をかしげた。

「これが最新の〝デペイズマン〟と違うんけぇ？」

画家を目指して郷里《きょうり》の広島《ひろしま》から出てきたものの、美術学校に入れなかった熊倉さんは、未だにそれを親元に言い出せず、入学資金を食いつぶしながら独学で絵を描いている。

途端に、金田さんの哄笑《こうしょう》が響いた。

「これだから田舎者《いなかもの》は困る。そこに知性と思想がなければ、デペイズマンなんて成り立つものか」

金田さんは池袋のアトリエ村の住民で、私たちよりひとまわりほど年上だった。ここに集まっている画家の中では唯一、妻子がいると聞いている。

「待ってよ、そのデペイズマンって、一体なに？」

「おや、お嬢さんも、デペイズマンは知らんけぇねぇ」

再び取っ組み合いになりそうな二人の間に割って入ると、熊倉さんが相好《そうごう》を崩した。

学歴コンプレックスの強い熊倉さんは、自分の知識を人前で披露するのが好きなのだ。

「デペイズマンっちゅうのは、予期せぬもの同士を組み合わせることによって起きる、イメージの飛躍《ひやく》のことじゃ」

「けっ！　又どっかの展覧会で中途半端に仕入れてきた聞きかじりかよ。だったら聞くがな、そのアホみたいな達磨と破けたこうもり傘を見せられて、なにをどう飛躍しろって言うんだよ」

「しゃあないじゃあ、家にある適当なもんでデッサンしたんじゃけえ」

「ああ、くだらねえ……」

金田さんはすっかり呆れて、熊倉さんに背を向けた。

申し訳ないけれど、私もその絵で「イメージの飛躍」はできそうにない気がした。

窓辺では、低い椅子にちんまりと納まった童顔《どうがん》の忍《しのぶ》ちゃんが、喧騒をまったくよそに夢中で絵筆を動かしている。忍ちゃんは志雄と同じく美校に通っている青年だ。どんなに周囲が騒がしくても、彼はいつも己の世界に没頭している。

実際、忍ちゃんは耳が聞こえなかった。

そっと後ろに回り、カンバスを見てみる。

忍ちゃんは見事な色使いで、夕焼《ゆうや》けに染まる森を描いていた。空を赤く染める夕映えが、やがて森の深い緑に溶け込んでいく。まるで時間の流れがそのまま描写されているような、不思議な躍動感のある絵だった。

やがて気配に気づいたのか、忍ちゃんが振り向いた。

「あなたの絵は、素晴らしい」

唇を大きく動かして発音すると、忍ちゃんははにかむような笑顔をみせた。

集まってくる芸術家の卵たちの中でも、将来大きく羽ばたく可能性があるのは、間違いなくこの忍ちゃんだ。

嫉妬《しっと》深くて喧嘩好きな熊倉さんでさえ、忍ちゃんのカンバスを覗くとしゅんとする。おまけに二人は同郷だった。片や優秀な成績で美校に入り、片や実家を騙《だま》して独学中。それでもやはり同郷のよしみか、熊倉さんは障害のある忍ちゃんのことを、なにかと気遣《きづか》っているようだった。

ふと気づくと、忍ちゃんがクロッキー帖の切れ端を差し出してきている。そこには、「今度モデルになってください」という走り書きがあった。

大きく頷けば、忍ちゃんはその童顔に、花がほころぶような笑顔を浮かべてくれた。

表からディーゼル自動車のシリンダーの音が聞こえてきた。買い物に出かけていた楓さんとキサさんが帰ってきたようだ。

離れを志雄に任せ、私は細い廊下を渡って二人を出迎えに向かった。

買い物好きの楓さんは銀座《ぎんざ》にいくと大抵上機嫌で帰ってくるのだが、なぜだか今日は、疲れきった様子で玄関の縁に腰を下ろしている。

「お帰りなさい、お母様」

呼びかけると、楓さんは青ざめた顔を上げた。

「酷い目にあったのよ、玉青さん……」

「なにがあったの？」

「近所の悪ガキどもでございますよ」

キサさんが腰に手を当てて首を横に振る。

話を聞けば、車が信号でとまるたびに近所の悪童が集まってきて、楓さんの少し縮れた髪を指差し「パーマネントはやめましょう、ああ、恥ずかしや、恥ずかしや」とさんざんに囃《はや》したてたのだという。

「それに、デパートで買い物をすれば、女学生さんたちに呼びとめられて、奥様、これは本当に必要なものですかって、叱《しか》られるし、車に乗っているだけでも悪く言われるの。もうなんだか、怖くてどこにもいけないわ」

楓さんは心細げに声を震わせた。

「本当に、つまらない世の中になっちまいましたねぇ」

キサさんも、鼻を鳴らして同意する。

「戦争といっても、一体なんのための戦争なのか、私にゃさっぱり分かりませんし、蔣介石《しょうかいせき》を相手にしないんなら、一体誰を相手に戦争をしてるんですかねぇ」

その「国民政府を対手とせず」と宣言した近衛《このえ》首相はすでに総辞職し、一月に平沼《ひらぬま》内閣が発足していた。このところ、二年ともたずに新しい内閣が誕生する。

「それにですね、玉青様」

キサさんが、こちらを向いて声を落とした。

「離れのことも、近所で噂になっております」

その言葉に、急に胸が塞《ふさ》がれたようになる。

「よからぬごろつきどもが、男爵家にうようよ集まっていると、井戸端会議の格好の話題でございますよ」

絵を描くことしか頭にない学生や、世の中の動きをものともしない詩人や作家たちと接していると、すっかり感覚が麻痺《まひ》してしまっていたが、突然、自由な離れから、窮屈な現世に蹴《け》り戻された気分だった。

「一鶴様がお決めになったことですから、私もとやかく言いたくはありませんが、ご学生だったときとはわけが違いますからね。これ以上噂が広まると、又、ご分家様がなにを言い出してくるか分かりませんよ」

兄上は君たち兄妹を甘やかしすぎたようだ――。

そう言った叔父の冷たい視線が甦り、思わず口元を引きしめる。

なんじゃ、なんじゃぁあああ！

離れでは、熊倉さんが騒いでいる声と、「やれ、やれー」とそれをけしかける、にぎやかなどよめきが響いていた。

外で食事をするのにも、よい季節になってきた。

六本木《ろっぽんぎ》のレストランのテラス席からは、ライトアップされた東京タワーがよく見える。

冷たいカッペリーニを口に運びながら、雄哉はオフィスから引きずってきた考えごとに浸っていた。

五月の連休が明けたら、一斉に広告展開に入る。そして、初夏、いよいよオーガニックバーの開店だ。

連休明けからは、色々なことが一気に押し寄せてくることになりそうだ。

見るともなしに東京タワーに視線をやったとき、ふと、シェアハウスの管理人、一ノ宮凪の寂し気な表情が浮かんだ。

〝玉青さんが六十年以上もここを守ってきたことを、なんとも思わないんですか〟

まるで責めるような口調だった。

残念ながら自分には、これまで意識に上ったことすらない親戚への思い入れはない。

それに、大伯母がシェアハウスを運営してきた理由にも、そう大層なものはないのではないかと雄哉は思う。

元々、不在がちな屋敷の管理を任せるために下宿人を置いていただけで、突然の客死に見舞われ、下宿人が残っている屋敷の処理もしそびれたというのが、実情ではないだろうか。

自分の死後について、周到なまでの準備をしていた大伯母だ。本当にあの屋敷を残したいと考えていたなら、前もって、それなりの手を打っていたはずだ。

ただ、少々気になるのは、離れに置いてあるグランドピアノと、あちこちに飾られている、たくさんの絵画のことだった。凪はそれを、「持ち主を失った絵」だと言っていた。

〝真夜中に音が鳴る〟ピアノ同様、そうしたものの処分は、なんとなく気が引ける。

いっそのこと、絵だけは凪のほうで、引き続き管理をしてもらうわけにはいかないだろうか。

「このズッキーニ、可愛《かわい》いー」

ふいに、鼻にかかった甘ったるい声が響く。

雄哉が顔を上げると、眼の前に座っている翔子《しょうこ》が、ズッキーニの刺さったフォークを掲げてみせていた。

南瓜《カボチャ》の一種であるズッキーニが可愛いとは、一体どういうことか。

一瞬、眉間に皺《しわ》を寄せかけたが、このときまで眼の前の女友達のことをすっかり忘れ去っていたことに思い至り、雄哉はさすがに申し訳ない気分になった。

翔子とて、本気でズッキーニを可愛いと思ったわけではないのだろう。その完璧なカールを描くつけ睫毛《まつげ》の下で、茶色っぽい瞳が訝しげにこちらの表情を窺《うかが》っている。

「ああ、美味《うま》いよね」

雄哉は取り繕《つくろ》うような笑みを浮かべて、年下の女友達を見た。

ときどき仕事を頼むモデル事務所に所属する翔子と個人的に会うようになって、数か月になろうとしている。なにを見ても「可愛い」ばかりを連発する語彙《ごい》の少なさには閉口するが、翔子には、雄哉を不快にさせない勘のよさのようなものがあった。

雄哉は、「なぜ」「どうして」と、人に踏み込んでこられることが苦手だ。かつての恋愛は、すべてそれが原因でだめになった。

翔子には、そのぎりぎり一歩手前のところで身を引く冷静さがあった。それを打算的と見抜くのは簡単だが、そんなことを言い出したら、ほとんどの女性との恋愛は成り立たない。

男の前ではしおらしくしている彼女たちが、陰で自分たちを「物件」と呼び、その年収を秤《はかり》にかけていることくらい、雄哉はとうに知っていた。

もっともそれは、男性が女性の容姿にランクをつけているのと同じことだ。

雄哉は冷えた白ワインを飲みながら、隅々まで抜かりなく整えられている翔子の睫毛や唇を眺めた。男なら、こんなフランス人形のような若い娘を嫌うわけがない。今夜、部屋に誘ってみようかと口を開きかけたとき、テーブルの隅に置いた携帯が震えた。

翔子が小首を傾げて、「どうぞ」と促してくれる。

その完璧に可愛らしい表情の中に、微かに醒めたものが走り抜けるのを見てしまったような気もしたが、雄哉はとりあえず携帯を手に取った。

石原税理士からだ。

「悪い」と拝むふりをして、雄哉は携帯を持って立ち上がった。

なまじテラスで食事をしていただけに、レストランの中央を突っ切って、エントランスまで向かわなければならなかった。

途中で雄哉は、震え続ける携帯の通話ボタンを押し、それを耳に押し当てた。

「はい」

『少々問題が起こりまして……』

相変わらず地の底から響いてくるような石原の陰鬱な声音に、雄哉は眉根を寄せる。

『御幸が丘の土地の件ですが……』

次に石原税理士が淡々と告げてきた言葉に、雄哉は思わず「は？」と声をあげて足をとめた。


翌日、雄哉は自宅近くの喫茶店で、再び石原税理士と対峙《たいじ》していた。

「一体、どういうことですか？」

コーヒーを注文して以来、一言も発さず空中に視線を漂わせている石原に、雄哉は焦《じ》れながら煙草に火をつけた。

雄哉は昨夜、高級イタリアンレストランの真ん中で、御幸が丘の土地に大伯母以外にもう一人、別の権利者がいたという、あまりに唐突な新事実を知らされた。

「たまにあることでございますよ」

石原はまったく表情を崩さず、ウェイトレスが運んできたホットコーヒーに、五グラムのスティックシュガーを次々に三本も投入する。

さすがに入れすぎなのではないかと眉をひそめる雄哉の前で、石原はそれをスプーンでぐるぐるとかき混ぜながら「うぇえええ」と奇妙な呻《うめ》き声《ごえ》をあげた。

もしかして、今のは笑ったのだろうか。

「東京の土地というのは、実際、酷く不確かなものでございましてな」

十五グラムの砂糖《さとう》が溶けたコーヒーをずるずると啜《すす》りながら、石原は説明を始めた。

「戦争中、大空襲にあって、一度は徹底的に壊滅した土地ですからな。特に戦後の二十三区の区画変更といったら、そりゃあもう、住んでいる本人も、代が変われば途端に番地が分からなくなるとか、ならないとか……」

もったいぶった説明を聞きながら、雄哉はブラックコーヒーに口をつけた。

確かに、法務局へ登記簿謄本《とうほん》を取りにいったものの、番地がすっかり変わってしまっていて、結局謄本を取ることができなかったなどという話は、時折耳にすることがある。

行政書士の資格も持つ石原は、そうした初期段階では挫《くじ》けず、閲覧《えつらん》用のブルーマップを駆使《くし》して不動産登記の番地を探し当てることには成功した。

ところが、いざ登記簿を見てみると、その所有者欄に大伯母の名前の他に、もう一人の人物の名前が記載されているのを発見したというのである。

「こちらがその証明書です」

石原は黒い鞄から「全部事項証明書」と印字された横書きの書類をテーブルの上に出した。

「今はどこの法務局もデータ管理になっていましてな、この証明書が謄本の代わりになります」

雄哉は初めて眼にするその書類を手にする。

土地表示部分の分筆とか、合筆といった言葉の意味は、正直よく分からなかった。

次に甲《こう》区——所有権に関する事項、と注意書きされた部分に眼を通す。

所有者は、代々に亘りその名が変わっている。原因欄には「相続」と書いてある。その中に、笠原一鶴の名前もあった。

「で……、その最後の部分を見てください」

笠原玉青　蔡宇煌
「え？」

そこに記されている名前に、雄哉は眼を見張った。

一体、なんと読むのだ。

サイ　ウコウ？

どう見ても、日本人の名前ではない。中国人か、韓国人か。

「それから、その上の欄も見てください。この土地は戦後一度、銀行に差し押さえられていま
す。しかも、結構長い間です」

石原に促され、雄哉はその上に銀行名が記されているのを見た。そこにはアンダーラインが
引かれている。

「アンダーラインは抹消《まっしょう》の意味です。この受付年月日をご覧になってください。つまり、あ
の土地と屋敷は、昭和二十年……つまり、戦後すぐ、いったん笠原家を離れて銀行に差し押さ
えられた後、五年後に、再び玉青さんが買い戻しているということになります」

石原の指先が、最後の欄に置かれた。

「終戦から五年後の昭和二十五年。この、蔡という人と一緒にです」

雄哉は暫し、言葉を発することができなかった。

「そこで……」

石原が咳払いして続けた。

「この、蔡宇煌という人に、お心当たりはありませんか」

それを、俺に聞くのか――！

雄哉の茫然《ぼうぜん》自失ぶりにたいして気を払う様子もなく、石原税理士はすましてコーヒーを啜っている。

「そちらこそ、大伯母の税理士ですよね。なにか知らないんですか」

ようやく気を取り直して尋ねると、石原は半眼で首を横に振った。

「私はもう二十年以上、十六夜荘の税理士を務めていますが、この蔡という人が運営にかかわってきたことは、ただの一度もありません」

「……もしかして、故人とか」

「その可能性もあります。玉青さんは当たり前のように、この不動産をご自分の遺言に入れていましたからね。ただその場合、玉青さんが所有者の名義を自分一人に変更しておく必要がありましたな」

「つまり、忘れていたとか」

「その可能性も大いにあります。或《あ》いは、変更をしたつもりになっていたとか、いなかったとか――」

雄哉は苛々しながら二本目の煙草をくわえた。

「その場合、一体どうすればいいんです」

「時折、いつの間にやら借金のかたで、登記記録が書き換えられてしまうというケースもあるんですが、その場合は、大抵、遺産相続人……もしくは遺言による受遺者の権利が優先されます。もっとも、裁判で争うことにはなりますがね」

話を聞いていると、曖昧さに頭がこんがらかりそうだった。

つまり多くの人たちが、登記に誰の名が記載されているのかたいして知らずに、その土地で生活しているということか。

「まぁ、よくあることですよ。相続や受遺が決まって改めて登記を見たら、明治生まれの百三十歳の人が所有者になっていたなんて話もあるとか、ないとか」

雄哉の困惑をよそに、石原税理士が薄笑いを浮かべた。

「ただ、厄介《やっかい》なのは、玉青さんとまったく同時に、この第三者の名前が記録されているということです。これでは誰がどう見ても、共同所有者です」

「……と言いますと」

「土地の転用をお考えでしたら、後々のトラブルを避けるためにも、この人物、もしくはこの人物の遺族に同意書をもらっておいたほうが安全ではないかと。この人物側からも遺言が出てきたりすると、非常に厄介なことになりますし」

二本目の煙草に火をつけることも忘れ、雄哉は再度言葉を失った。

大伯母のことさえなにも知らないのに、まるで幽霊を探すような話だ。

「確か十六夜荘には、結構古い入居者が残っていたはずでしょう。彼らに聞いてみてはいかがですかな」

追い出そうとしている住人に、頼れと言うのか。

しかも、古い入居者というのが、あの頭の上にチューリップが咲いているような中年男、桂木真一郎であることに思い至り、雄哉は早くも絶望的な気分になった。

「まあ、他にも二十年間そこに住み続け、それでもなにも問題が起こらなければ、前権利者の許可がなくても新しい権利者が土地を転用、転売できるという法律が、民法にありますがね」

二十年？　それまであのシェアハウスを運営しろとでも言うつもりか。

「そんな悠長《ゆうちょう》なことはやっていられません」

「それでは、蔡という人を捜《さが》すしかありませんな」

石原はすまし返ってコーヒーを啜る。

結局火をつけないまま、雄哉は煙草を二つにへし折った。

ただでさえ、仕事のことが四六時中頭を離れないというのに、そこに加えて今度はこの得体の知れない人捜しか。

休日の午前中、黒尽くめの不気味な中年男と向かい合い、理不尽な話を聞かされていなくてはならない現実に、雄哉は心底うんざりとした気分になった。

だが。役立たずのシェアハウスを実利的に運用するためには、「幽霊捜し」が必要不可欠ということになるらしい。

くそう――。

雄哉は渋いコーヒーを、一気に喉《のど》の奥に流し込んだ。

こうなったら、やってやる。

住人一人一人捕まえて、洗いざらい聞き出してみせる。こんなことで、手をこまねくほど自分は甘くない。

雄哉が一人静かに闘志を燃《も》やしていると、突如石原が「ぶぅうぎゃぁあああ！」と、凄まじい奇声を上げた。

喫茶店にいた全員が、ギョッとしてこちらを振り返った。

「失礼。この季節は、ヒノキ花粉がつらいですな」

全員の視線を集めながら、しかし石原は平然として、紙ナプキンで洟をふいている。どうやら、くしゃみだったらしい。

雄哉はソファに凭《もた》れると、一気に気合が萎えるのを感じた。


ゴールデンウィークが始まった。

幸か不幸か、翔子は秋スタイルの撮影が始まり、すでに軽井沢《かるいざわ》に向けて出発している。一人の連休は、厄介な問題に立ち向かうには、お誂《あつら》え向きと言える環境だ。

数日前から、雄哉は管理人の凪とメールのやりとりをしていた。

最初のメールで雄哉は凪にこう持ちかけた。

大伯母の遺品について調べたいことがある。ついてはあなたと桂木氏に、少し話を聞きたいと思っている。

凪からの返事は簡潔だった。

遺品については好きなときにきて好きなだけ調べるといい。自分たちにそれをとめる権利はない。桂木氏は夜の警備のアルバイトをしているので、昼は基本的に十六夜荘にいる。自分は学生なので、夕刻には大抵十六夜荘に戻る。指定されれば、その日はバイトを入れないようにする。

もう時候の挨拶も親しげな様子もなかったが、逆にこのほうがありがたいと、雄哉は思った。第二信に、雄哉はもう少し具体的なことを書いてみた。

今後、自分は屋敷を解体するつもりでいる。ついては、離れに保管されている絵画を引き続き凪のほうで管理してもらえないか。もしくは寄贈《きぞう》先の相談にのってもらえないか。もちろん謝礼は充分に用意する。

そこで返信は途絶えた。

雄哉はさして気にせず、連休初めの土曜日に、十六夜荘を訪ねる旨だけを送信しておいた。後は直接会って、話し合えばいい。凪が協力を拒《こば》むなら、多少の気は引けるが、絵もグランドピアノも、屋敷と一緒に処分するしかないだろう。

土曜日の午前中、雄哉は再び御幸が丘の駅に降り立った。

いつもの緑道を歩いて十六夜荘の前までくると、門の上のノウゼンカズラが、青々とした蔓を地面に届くほどに茂らせている。

石階段の下に、人影が見えた。

自転車を支えた凪が、小柄な若い男と話し込んでいる。

「そうだよねぇ、来年は完全に卒制に入っちゃうもんね。ある意味、一番自由にやりたいことできるのは、三年次の今だけかもしれないし」

凪に乗って、楽しげな声が聞こえてきた。

「本当はさ、卒制、小野寺《おのでら》教授に指導してもらいたかったんだ」

「小野寺教授、すっごい厳しいって先輩たち言ってたけどね。でも凪さん、教授に認められてる数少ない学生だもんな」

「そんなことないよ。でもお体のほうがあんまりよくないみたい。心配なんだけど……」

肩に掛けている大きな荷物は画材のようだ。どうやら若い男は、芸大のクラスメイトらしい。気楽なものだ——。

「あ」

雄哉に気づいた凪が、急に表情を曇らせる。

「なに、お客さん？」

若い男がこちらを振り返った。

「ううん……そうじゃなくて、大家さん」

凪は口の中で、「一応」とつけ加えたようだった。

若い男は、明らかに邪魔者を見る眼で雄哉を眺めている。

「入ってもいいですか」

雄哉は気にせず、階段を上りかけた。

伏し目がちに頷き、凪も自転車を引っぱり上げようとする。

「持つよ」

すかさず若い男が手を差し出し、凪を手伝おうとした。

「いいよいいよ、慣れてるから。池田《いけだ》君だって荷物あるじゃない」

二人が押し問答を始めたのを見て、雄哉は自転車のハンドルを握った。サドルを抱え、そのまま軽々と持ち上げる。

「庭に入れておけばいいですか」

睨んでくる男を無視し、雄哉は凪のほうを見た。凪は少し驚いたように眼を見張る。

「じゃ、池田君、又ね」

せわしなく手を振ると、凪は雄哉の先に立って、庭に続く細い道へと案内を始めた。

「この辺に置いておいていただければ」

言われた場所に自転車を下ろし、雄哉は玄関に足を向ける。

「あの！」

凪が後ろから声をかけてきた。振り向けば、神妙な表情でこちらを見ている。

「ありがとうございます」

雄哉は無言で首を横に振った。

玄関に入ると、凪がスリッパを出してくれた。

「今日は大伯母の私物の整理と、それから、あなたと桂木さんに、少しお聞きしたいことがありまして……」

渡り廊下を歩きながら、雄哉は切り出す。

「分かりました。それじゃ荷物を置いてから、私も離れにいきますので」

二階に上がる凪と別れ、雄哉は一人で離れに向かった。

三回目ともなると慣れたもので、ローラにまとわりつかれなくても、踏んではいけない場所の目星がつくようになっていた。今日はローラは留守らしく、屋敷の中はシンとしている。雄哉は今回、大伯母の私物を徹底的に調べようと思っていた。そこに、あの謎の人物の手掛かりがあるかも分からない。

離れに足を踏み入れると、ふいに視界が開け、光が溢れた。

渡り廊下が狭く薄暗いだけに、この開放感は何回体験しても新鮮《しんせん》だ。こうした演出は、当時の建築家が趣向《しゅこう》を凝《こ》らしたものなのだろう。不動産業者が言うように、下手な建て替えの跡さえなければ、この屋敷は確かに文化財ものなのかもしれなかった。

離れの中央に進んだ途端、テレピン油の独特の匂いが鼻を衝いた。窓辺のイーゼルの上に、凪の制作中らしい絵が置かれている。

ふと好奇心に駆られ、雄哉はカンバスに近づいてみた。

物の境界線をすべて取り払った、光の粒子《りゅうし》のようなものがぐるぐると展開している。

平凡な風景画を想像していただけに、そこから溢れてくる一種攻撃的なエネルギーに、雄哉は少々気圧《けお》された。

「教授に認められている数少ない学生」と話していた、若い男の声が耳に甦る。

広告アートしか取り扱ってこなかった雄哉に、この絵の良し悪しは判然としなかった。

だがこの絵が、リビングの壁を飾ったり、広告の一部に使用されたりする類のものでないことだけは伝わってきた。

おそらくこの絵は、展覧会の壁に飾られることを目的に描かれたのだろう。

但し実際の展覧会に飾られる絵は、限られた画家の作品でしかない。「認められている学生」

が、順調にそこへ加わっていけるかどうかは定かでない。

凪が目指しているものやその特質は理解できたが、それが現実的だとは雄哉には思えなかった。雄哉はカンバスを離れ、当初の目的の棚に近づいた。

前回凪が「ここに玉青さんの私物があります」と指し示したラックをあけ、古いノートを取り出してみる。

どうやらそれは、帳簿のようだった。几帳面な文字で、毎日の収支計算がされている。

どこかに「蔡宇煌」に繋がる記録がないかと、雄哉は眼を凝らして眺めてみた。

大根三本　二十五円、豆腐《とうふ》一丁　十円、ハンペン七個　十円、ノート一冊　二十七円、四十ワット電球一個　三十二円、石鹸《せっけん》一個　十五円……。

だが延々と日常品の買い物の記録が綴られているだけで、それ以外の記述はまったくない。

拍子《ひょうし》抜けするのと同時に、雄哉は首を捻った。随分と庶民的なメモだ。大伯母は、華族の令嬢ではなかったのか。

部屋のあちこちに置かれている絵の中から前回見た肖像画を探すと、それはすぐに見つかった。光溢れるような見事な筆致で、優雅な洋装に身を包んだ、髪の長い若い女の肖像が生き生きと描かれている。

戦争中、離れに画家を集めて自分の肖像画を描かせていた女――。

雄哉の想像の中での大伯母は、厳しい戦時中、お屋敷にサロンを開いてパトロネスを気取る、和製ポンパドール夫人のような姿をしていた。

しかし、この帳簿から窺えるのは、なんとも庶民的なやりくりだ。

かつて屋敷にいたという使用人たちではなく、本当に大伯母自身がこの帳簿をつけていたのだろうか。

雄哉は腑に落ちない心持ちで、帳簿を最後までめくってみた。

半開きのラックの中を見てみると、なんと同じような帳簿が五冊も保管されている。

「お待たせしました」

雄哉が考え込んでいると、凪が離れに入ってきた。

「桂木さんも、そろそろ起きてくると思います」

雄哉は手にしていたノートを棚に戻し、胸ポケットのメモを取り出す。

「大伯母の知り合いで、この人を知りませんか」

メモにはあの謎の人物、「蔡宇煌」の名を、分かりやすく、大きく書いておいた。

「なんとお読みするんですか？」

凪はそれを覗き込んで眉根を寄せた。この反応の段階で、一ノ宮凪がこの人物に繋がる可能性は極めて低い。

それでも雄哉はメモをかざして粘《ねば》った。

「前にあなたは、ここにあるのは持ち主のいない絵だと言っていましたね。その中に、この人がいるんじゃないですか」

「さぁ……」

困ったように、凪は頰に手を当てる。

「確かにあの絵を描いた人の中には、中国や朝鮮《ちょうせん》の方もいます。でも、この名前には覚えがありません」

凪は大伯母の私物棚に寄ると、ラックの中からあの分厚いカタログを取り出した。

「そうですね。やっぱり、その蔡という方の名前はありません」

雄哉も凪と一緒にカタログを覗き込んだが、確かにそこに「蔡宇煌」はいなかった。

画家ではないということか――?

「大伯母の私物は、ここにあるものだけですか」

「ええ」

凪は戸惑うように頷く。

「でも、その方が、どうかしたんですか」

今度は凪が問いかけたが、雄哉はだんまりを決め込んだ。

自分が聞きたい質問以外は取りつく島のない雄哉の態度に、凪は小さく息をついた。

「絵のことなんですが」

そう切り出され、雄哉は改めて凪を見る。

「私のゼミの担当教授に、戦中画家の研究をされている方がいるんです。お体の調子があまりよくないので、最近は大学にはあまり出てらっしゃらないんですけど」

「相談にのってもらえそうですか」

「ええ」

「それはよかった」

雄哉は素直に安堵《あんど》の笑みを浮かべた。

これで、少なくとも厄介事の一つは解決がつきそうだ。

明らかに荷の下りた感のある雄哉の様子に、凪がふっと表情を曇らせる。

「……結局、ここを壊すんですね」

ああ、またか——。雄哉は密かに嘆息する。

古いものを淘汰《とうた》しようとすると、大抵それにしがみついている人たちの非難を受ける。

これは、会社でもよくあることだ。だが、自分は今までも常にそれを打ち破ってきた。

淘汰なしに、前進はありえない。

「仕方のないことですよ。前回、エンパイアホームさんに査定してもらいましたが、ここの老《ろう》朽《きゅう》化は激しい。再利用するために、建て替えはやむを得ません」

雄哉は殊更冷静な声で返した。

〝それでは、蔡という人を捜すしかありませんな〟

しかし途端に、石原税理士の陰気な声が耳元に甦る。

「私、本当は新しい大家さんにお会いするの、楽しみにしてたんですけどね」

凪が小さく鼻を鳴らした。見れば、開き直ったような顔をしている。

「玉青さんのお身内だもの。少しは玉青さんのお話が聞けるんじゃないかとか、最初は期待しちゃいましたよ」

その言い草に、雄哉は呆れた。

勝手に期待して、失望する。だから思い込みの激しい女は苦手だ。

かつてつき合ってきた女性たちとも、こうしたいざこざがしょっちゅうあった。

つき合っていけば、変わると思っていたのに――。

別れ際にそんなことを言った女が自分になにを期待していたのか、雄哉は未だに分からない。雄哉が翔子を気楽に思うのは、彼女が自分に期待しているものが、とても明快で分かりやすいからだ。

「でも実際に会ってみたら、まるでお役所と話してるみたい。自分が絶対正しいと信じてる人と話すのって、結構疲れます」

「あなたがどう思おうが関係ない」

「そうでしょうね。大崎さんって、最初から、自分の言いたいことしか言わない方ですもんね。私たちのことなんて、初めからなんとも思っていないでしょ？」

そのとおりだと言い返したいのをなんとか堪《こら》える。

自分はこんな奴らと違うのだ。

「だからね、私だって、この際言いたいことを言わせてもらいます」

凪は完全に吹っ切れてしまったらしく、挑発《ちょうはつ》的な口調をとどめるつもりはないようだった。

「大崎さんはなにかというと、自分は玉青さんのことを知らないと開き直りますけどね、知らないなら、調べればいいじゃないですか。仮にもご自分のお身内でしょう。おまけにあなたへの遺言まで残してくれた方ですよ。桂木さんにしろ、税理士の石原さんにしろ、玉青さんのことを直接知っている人は身近にいるじゃないですか。なんでそれを先にしないで、その〝蔡〟という人のことを調べてるんですか。本末転倒もいいところですよ」

だからそれは、あんたの興味であって、俺のじゃない。

雄哉は思わず口に出しそうになった。

大伯母ばかりじゃない。自分は、実母のことだって、まともに覚えていない。

それでも自分は前だけを見て、一人でここまでやってきた。

調べてどうなる。聞いてどうなる。

失われたものは、二度と元には戻らない。

それよりも、前に――。前に進まなければならないのだ。振り返っている暇などない。

物心ついたときから強迫観念のようにまといついている衝動が、雄哉を突き上げた。

「身内といっても、顔も覚えていないような身内ですよ。そうした相手にしか遺言を残せなかったのは、大伯母の生き方にも問題があるのでしょう。あなたも気をつけたほうがいい」

最後の一言はさすがに余計だと思ったが、つい口に出てしまった。

離れの中がしんとした。

「自分でも分かってます。私の年齢で学生をやりなおすのは、リスクが高すぎることくらい」

沈黙の後、凪が絞り出すような声を出す。

「デザイン学校を出た後は、私だってちゃんと働いていました。つき合っている人だっていました。でもどうしても、夢が諦められなくて、受験のとき、私怖くて逃げちゃったから。でも、やっぱり、どうしても、芸大に入りたくて……」

「あなたを批判するつもりなんてありません」

そもそも、そんなことに興味はない。

「でもポップアートでもない限り、絵画じゃ食えやしない。ここにいれば安泰でしょうが、ここはもうすぐ取り壊します」

それなのに、言うつもりの無いことが、なぜだかどんどん口から出てしまう。

「本気でここを、解体するつもりなんですね」

凪が心底残念そうに雄哉を見た。

「私たちのことはいいんです。それはもう、諦めました。お望みどおり、出ていきます。でも、ここを解体することは、考え直せないんでしょうか」

責められるのはお門違いと思いながらも、一方で雄哉は凪のひりひりした思いを敏感《びんかん》に察してしまう。

おそらく彼女は、戦争中に周囲を顧《かえり》みず絵を描いていたという連中に、三十近くなって大学に入りなおした自分をどこかで重ねているのだろう。

だから、必要以上にここに価値を見出したがるのだろう。けれどそんな思い込みに頼っているのは、己に自信がない証拠だ。

俺は、こんな連中とは違う。

そのとき、肖像画の中の大伯母とぴたりと眼が合った気がして、雄哉はたじろいだ。

そこへ、呑気に鼻歌を歌いながら、寝癖だらけの真一郎が現れた。

「ん？　もしかして、お邪魔だったかな」

対峙している雄哉と凪を見て、真一郎は眼を丸くした。

「どうしたの？　深刻な表情で見詰め合っちゃって。あれぇ、もしかして、告白中？」

見当違いもいいところの冷やかしを嬉しそうに口にする中年男の登場に、それまでの緊迫した雰囲気があとかたもなく霧散《むさん》する。

雄哉はもう少しで「うるせえよ」と言いそうになった。凪もげんなりとした表情を浮かべている。

「ところで俺に聞きたいことってなにかな雄哉君、なんでも聞いて欲しいね。この際なんだって答えるよ。さあ、聞いてくれ、今すぐに聞いてくれ」

嫌がらせなのではないかと勘繰りたくなるような暑苦しさに辟易《へきえき》としたが、とりあえず義務だけは果そうと、雄哉は真一郎の鼻先に件《くだん》のメモを突きつけた。

「この人の名前に心当たりはありませんか」

真一郎は「なになに」とそれを覗き込み、「ああ、これね」と、あっさりと頷いた。

「随分前に料理の鉄人に出てた、中華料理のオッサンだな！」

雄哉は無言でメモを握りつぶした。


連休明けの一週間は忙しかった。

謎の権利者のことを考える余裕もなく、あっという間に毎日が過ぎていった。取引先との打ち合わせに夢中で、なんとなく社内がざわついていることにも、まったく注意が回らなかった。

その日、定時が近づいた頃、同期の榎本が、固い表情で雄哉に近づいてきた。

「グループ長、専務が呼んでる」

「ああ」

雄哉は気楽に答えて立ち上がった。丁度報告をしにいこうと思っていたところだった。

ファイルを抱えて専務室をノックする。

「ああ、大崎君、忙しいところすまないね」

専務に促され、雄哉は向かいのソファに座った。

ファイルを広げ、プロジェクトが順調に進んでいることを報告する。

一通りの報告が終わると、専務が青魚の背のような趣味の悪いネクタイに手をやりながら
「じゃあ、一通り、プロジェクトは軌道《きどう》に乗ったということだね?」と、探るように雄哉の顔を見た。

「問題ありません」

「ところで、三木君のことなんだが……」

唐突に、専務が話題を変える。

「はあ」

三木? ああ、あの態度の悪い新人か。

「連休明けから出社していないようだが」

そう言えばそうだった。別段気にかけてもいなかったが——。

「その理由を、君は知ってるかね?」

「いいえ」

雄哉は首を横に振った。

元々たいして仕事をしていない新人なんて、いてもいなくても一緒だ。

「君は彼を、クライアントの前で怒鳴ったそうだね」

「はあ」

怒鳴ったかどうかは定かではないが、少し前、クライアントとの打ち合わせに平気で遅刻してきたので、叱責《しっせき》した覚えがある。

「そのとき、君、三木君に、ここを辞めろというようなことを言ったかね？」

雄哉は首を捻った。

なぜ専務が、そんなことにこだわるのかが分からなかった。

「やる気がないなら辞めてもいいと、そうした意味のことは言ったかもしれません」

「困るんだよ」

その途端、専務が急に表情を変えた。

「君のその物言いは、パワーハラスメントに当たるんだ」

「は？」

雄哉は益々わけが分からなくなってきた。

「とにかく、この件については、預からせてもらうから。追って沙汰するよ」

雄哉は狐《きつね》につままれたような気持ちで専務室を出た。

沙汰って、一体なんの沙汰なんだ。三木を解雇《かいこ》でもするつもりだろうか。さっぱり分からない。

通路で榎本が待っていた。

「大崎」

通り過ぎようとすると、腕をつかまれた。

「お前、今度こそやばい」

「なにが」

「お前、本当に知らないんだな」

「だから、なにが」

繰り返す雄哉に、榎本は深い溜め息をついた。

「お前さ、少しでいいから社内の噂にも気を配れよ。三木はな、うちの会社のメインバンクの会長——つまり、筆頭株主の曽孫《ひまご》だよ」

雄哉は最初きょとんとしていたが、やがて口元を引きしめた。

そういうことか。

どうやら自分は、思いもかけないところで、つまらない地雷《じらい》を踏んでしまったらしい。

昭和十七年

線路沿いの土手道には、まだ大東亜戦争の祝賀国民大会を祝う幟《のぼり》がはためいている。日章旗で埋められた駅前を通り過ぎ、私は川沿いの小道に向けて自転車のペダルを踏み込んだ。

昨年、ついに日米が開戦して以来、真珠湾《しんじゅわん》、マレー沖海戦、シンガポール陥落《かんらく》と、日本軍の快進撃が続いている。

このまま日本が勝ち進んでいけば、やはり破竹の勢いでヨーロッパを制圧しているドイツと合流し、すべての戦争があっという間に終結するのではないかと、誰もが本気で期待するようになっていた。

なにしろ戦争は、もう四年以上の長きに亘って続いているのだ。

物不足ばかりが長引く膠着《こうちゃく》状態の中、華々しい軍艦《ぐんかん》マーチと共にラジオから流れてきた日米開戦の臨時《りんじ》ニュースは、頭上に垂れ込めていた重苦しい黒雲を、一気に吹き飛ばした。なにより大国のアメリカに勝利しているという事実が、国民を大いに元気づけていた。

そんな時勢の下、私はこの四月より、母校の麻布《あざぶ》の府立第三高女に英語教師として着任することが決まった。英語が敵性語となってしまったのは残念だが、第三高女の校長は「敵性語が解せなければ、鬼畜米兵からアジアを解放することもできませんよ」と、挨拶に出向いた私を明るく励《はげ》ましてくれた。

川沿いの田園を走り、竹林を抜ければ、一際目立つ赤い三角屋根が見えてくる。

門番に門をあけてもらい、離れに向けて自転車を引いていくと、白いゴムボールを持った妹の雪江が、楠の下で見知らぬ少年と向き合っていた。

「あら、お友達？」

少年が、びくりと体を震わせて振り返る。

歳は雪江よりも少し下だろうか。いがぐり頭に鼻の頭の日焼けが、いかにも腕白そうだ。加えて随分目つきの悪い子供だと思ったが、それは違った。

近づいていくにつれ、少年の左瞼の上に、青タンができていることに気がついた。

「どうしたの、転んだの？」

声をかけた私を無視し、少年は雪江に近づくなり、その手からゴムボールをもぎ取る。そして思い切り右腕をスイングさせ、大空に向けて力いっぱい放り投げた。

「あ！」

高く放たれたボールは、そのまま庭の植え込みの奥に吸い込まれていってしまった。

雪江の悲鳴が泣き声に変わる。シンガポール陥落のお祝いに国民学校で配られたボールを、雪江はことさら大事にしていた。

「なにするのよ！」

私は妹を庇《かば》いながら、少年を怒鳴りつけた。ところが少年は、怯むどころか鼻を鳴らして睨み返してくる。一体どこの悪ガキかと呆れていると、「こらぁ」という声をあげて、志雄が離れから駆け出してきた。

「シャオディー、お前は一体なにをやってるんだよ」

志雄が大きな掌《てのひら》で、少年のいがぐり頭をはたきたおす。バシンと派手な音がしたが、少年はびくともしなかった。青く腫《は》れた瞼のまま、「へん!」と下唇を突き出した。

「この子、志雄さんの知り合い?」

まだ泣いている雪江を抱いたまま、非難の眼差しを志雄に向ける。

「ああ、絵が好きな子だから、わざわざ連れてきてやったんだけどさ」

志雄が話し始めると、少年は盛んに「闭嘴《ビーツィ》! 闭嘴《ビーツィ》!」と、中国語で騒ぎ始めた。どうやら華僑の少年らしい。

「雪江ちゃんごめんな」

志雄は雪江の髪を撫でた後、すぐに少年に向き直った。

「お前こそうるさいよ! 第一なんなの、おまえ日本語できるだろ? そんなんだから、国民学校で苛《いじ》められるんだよ」

途端に少年の顔色が変わった。

「狗《ゴウ》! 日本人的狗《リーベンレンダゴウ》」

言葉の分からない私はきょとんとしたが、志雄は途端にうんざりとした顔になる。

「ああ、分かった、分かった。お前、やっぱり、日本語で話さないほうがいいや」

雪江の泣き声を聞きつけて、畑仕事をしていたスミがやってきた。

「あれま、雪江嬢ちゃん、どしたんだ、そんなに泣いて」

しゃくりあげながら雪江が事のいきさつを訴えると、スミはすぐにその肩を抱いた。

「めんこい嬢ちゃんは、泣ぐな泣ぐな。そんなのスミが、すぐに見つけてあげっからな」

スミに肩を抱かれて雪江がいってしまうと、元凶《げんきょう》のくせに、少年はあからさまに残念そうな表情を浮かべた。目ざとく気づいた志雄が中国語でなにか囁く。瞬間、顔を真っ赤にした少年が、思い切り彼の脛《すね》を蹴り上げた。

「いってぇ！　このクソガキ」

拳を振り上げた志雄から身をかわすと、少年は鼻を鳴らして一目散に駆け出していった。

その悪童ぶりに、思わず唖然としてしまう。

「あのガキも、前はあんなじゃなかったんだけどな。元々はいいとこの子だし、抜群に頭がいい」

志雄が蹴られた脛をさすりながら、溜め息をついた。

「ただな……。大陸《くに》の親戚筋が、どうも国民党らしくてさ。どこでどう情報をつかんだんだか、ここんとこ毎日のように特高《とっこう》が家に踏み込んできて、父親が何度も取り調べで持っていかれてる。一つ疑いが晴れると、又一つ嫌疑をかけられるらしい」

淡々と語られ、私は口をつぐんだ。

「日本《こっち》で長く暮らしてる俺たちと、大陸《くに》は状況が違うといくら説明しても、いったんスパイ容疑をかけられると特高はしつこいからね。おまけに家に特高がきていることが分かると、途端に学校でも苛めが始まったんだそうだ。先生からして差別をするって言うんだから、始末におえないよ」

少年の眼の上が青く腫れていたことを思い返し、にわかに胸が痛くなる。

「まぁ、君がそんな顔をすることはないいさ」

黙り込んだ私に、志雄が明るく声をかけてきた。

「それより、離れにきてみろよ。ちょっと面白いことになってるぜ」

兄の一鶴が、離れを画学生たちのアトリエとして開放するようになってから、すでに四年がたとうとしている。

大国アメリカとの開戦を迎え、世界はめまぐるしく変遷《へんせん》していたが、画学生たちは相変わらず汗と絵具にまみれて、カンバスに向かっていた。

「あの子は？」

「放っておいていい。ひねたガキなんて野良犬と同じで、かまえばかまうほど、きゃんきゃん吠《ほ》えるから」

志雄は意外に冷たいことを言った。訝しく思って見返すと、ふっと笑う。

「さっきだって、あいつ絶対、雪江ちゃんと遊びたかったんだ。それまで忍の絵に見惚《みと》れてたくせに、庭に雪江ちゃんがいるの見たら、途端に気もそぞろになっちゃってさ。そのくせひねてるんだもんな」

志雄は少し真面目な顔でこちらを見た。

「俺たち、異郷で生きる華僑は、受け入れてくれる相手の前でまで拗《す》ねていたら、生きていけない。そろそろあいつもそのことに気づくべきだ。どの道一人じゃ家まで帰れやしないんだ。そのうちに戻ってくるよ」

さ、いこう、と、志雄は私の肩を叩いた。

庭に面した硝子扉から離れに入っていくと、早春とは思えない熱気に包まれた。

喧騒の中、半脱ぎの画家たちが、ただならぬ気迫で絵筆をとっている。

「そうじゃあ、これからは彩管報国《さいかんほうこく》の時代じゃけえ。一芸術家たるわしらも国防精神に基づいて、絵筆を取らにゃあいけんけぇ」

国民服を着込んだ熊倉さんが得意そうに大声をあげて、美校生たちに発破をかけている。

「うるせえよ」

後ろから金田さんが熊倉さんのイーゼルを蹴飛ばした。

「てめえは本当に、流されやすいアホウだな。つい最近まで、前衛だ、シュルだ、デペイズマンだと騒いでいたのは一体どこのどいつだよ。なにが彩管報国だ、ふざけんな」

「なにすんじゃあ！」

床に落ちた国防省のポスターのような兵隊の油絵を、熊倉さんは必死になって拾い上げる。

「今度の美術文化協会展は特別じゃ。初日が五月二十七日じゃけえ。この日に、わしらが入選するんは、男爵やお嬢さんの恩に報いることにもなるけんねぇ」

殊更声を張り上げながら、熊倉さんはちらりとこちらのほうを見た。

そんな殊勝なことを考えてくれていたのかと、私は少しだけ感動した。

五月二十七日は、かつて連合艦隊がロシアのバルチック艦隊を打ち破った海軍記念日だ。

その日を記念する美術展で、離れの挿絵画家が画壇にデビューすることになれば、確かに兄の顔も立つ。楓さんを通して、ちくちくと皮肉を言ってくる分家の叔父たちへの釈明にもなるだろう。

「入選の暁《あかつき》には、男爵に、わしだけのスポンサーになって欲しいのぅ」

だが熊倉さんは、結局自分のことしか考えていないようだった。

もっとも画学生たちは、報国や義理以前に、文展や二科展よりは敷居が低い、新興の美術文化協会展の公募枠をなんとかして勝ち取ろうと、純粋に創作に打ち込んでいる。中には明らかに国策を意識した戦争画もあるが、その大半が、風景や人物を描いたものだった。

そんな彼らに、せいちゃんが手製のお汁粉《しるこ》を振る舞っている。

せいちゃんが雑誌に連載していたロマンス小説は、西洋風の描写が多すぎたため、日米開戦の直後に打ち切りが決まってしまった。それでも近所に住んでいるせいちゃんは、毎日のように離れにやってきて、あれやこれやと若い芸術家たちの世話を焼いていた。

志雄と私に気づくと、せいちゃんは鍋を掲げたままやってきた。

「玉青ちゃんも一杯いかが？　あたし、国民祝賀会のときに特別配給があった小豆とお砂糖を、今まで大事に取っておいたのよ」

「すごい、せいちゃん。それを応募締め切りに合わせて、わざわざ放出してくれたわけ？」

声を弾ませた私の横で、志雄が「いや」と首を横に振る。

「せいちゃんは単に、向かいの青年に振られただけだ」

「やあね、志雄ちゃん、ばらさなくたっていいでしょ！」

途端にせいちゃんが、声をひっくり返して赤くなる。

「せいちゃん、振られちゃったの？」

「そうね……。向かいのモディリアーニの君が入院先から戻ってきたから、祝賀会しましょって誘ったのに、僕にそんな資格はないって、引きこもられちゃったの。以来、なにを言っても

いた。

　すると、兄から発注を受けた防空強化ポスターの色づけをしていた金田さんが、ぼそりと呟
「ああ、そりゃ、自らの身を僂んだというより、髭のオッサンが手製汁粉持って押しかけてき
たことに、恐怖したんじゃねえのかなぁ……」

「なによ！　あんた、二杯も食べといてよく言うわ」

　せいちゃんは汁粉の鍋を棚の上に置き、猛抗議《こうぎ》に出た。

「それに、あたしに変な下心はないわよ。言っとくけど、残念ながらあたしはヘテロなの。美
青年は、眺めて、育てて、心の中で密かに愛《め》でてなんぼなのよ！」

「勘弁しろよ。俺はオッサンの性癖《せいへき》なんか、興味ねえよ」

「まあ、失礼ね！　オッサンじゃなくて、ちゃんとせいちゃんって呼びなさいよ」

　二人の言い合いをよそに、「おい、宗、宗」と、今度は熊倉さんが志雄の描きかけのカンバ
スを見ながら難癖をつけ始める。

「お前、これはなんぼなんでもまずいじゃろう。これはどう見ても、シュルじゃ。シュルは選
考以前に、検閲を通らんけえ」

　私もカンバスを眺めて吹き出した。

「確かに、これは、シュルレアリスムよねぇ……」

　人を食った志雄らしいといえば志雄らしい。

　正月に東京上空で行われた陸海軍の示威飛行をパロディーにしているのだろう。カンバスに

は、肩から鋼鉄《こうてつ》の翼《つばさ》を生やした若い兵隊たちが空を埋め尽くす様子が描かれていた。

「あら玉青ちゃん、あなたまで、シュルは頭のおかしな人の描く絵だとか言うつもり？」

金田さんとの言い合いを切り上げ、せいちゃんがすかさず口を挟んでくる。

「そんなことないけど。でも、志雄さんのは少し挑戦的すぎるわ」

「あら、芸術はそもそも、挑戦的なものなのよ」

せいちゃんは気取って長い髪をかきあげた。

「今はなんでもかんでも報国というけどね、政治や戦争から程遠いところにあるのが芸術よ。弱いから綺麗なの。意味がないからすてきなのよ」

窓辺を離れ、せいちゃんはグランドピアノにしなだれかかってみせた。

「パリが陥落したとき、あたしは涙《なみだ》を禁じえなかったわ。彼らはね、あの美しい街並みをドイツ軍に踏み荒《あ》らされる前に、パリを無血開城したの。つまり、戦争に敗北して、美を守ったってわけ。そのパリっ子の心意気に、あたしは二度涙したの。その弱さこそが本当の強さなのよ。それを臆病《おくびょう》と笑うことしかできない日本の軍人はどうかしてるわ」

「そんなこと言って、せいちゃんはパリになんていったことないだろ？」

「いかなくたって、パリは永遠にあたしの心の故郷なのよ」

茶化した志雄をやんわりかわし、せいちゃんはグランドピアノの上蓋をあけると、鼻歌を歌いながら鍵盤を叩きだした。

「でも時代は変わったわ。あの、エコール・ド・パリの寵児《ちょうじ》、藤田《ふじた》嗣治《つぐはる》が従軍画家になるなんて。あたしの心は張り裂《さ》けそうよ。やっぱりパリっ子の心を本当に受け継ぐ日本人は、このあたし一人なのかしら」

大げさに嘆きながら歌い始めたのは、ショパンの「革命」だった。

連載を失ってしまったせいちゃんは、最近自費出版で詩集を出した。その詩集のタイトルも、「レヴォルシオン」だ。私が買った分も込みで、三十部の売り上げしかたたなかったと聞いている。

せいちゃんの口ピアノが響く中、カンバスの前では、「シュルはいけんけぇ」と熊倉さんが相変わらず難しい顔をしていた。

「まだシュルをやってることがばれたら、男爵やお嬢さんにも迷惑がかかるじゃろう」

昨年、彼の「英雄」でもある美術文化協会代表の福沢一郎《ふくざわいちろう》が、その前衛絵画を槍玉《やりだま》に治安維持法違反の疑いで逮捕《たいほ》されたことが、相当にショックだったのだろう。

福沢は検事と芸術論を戦わせ、「前衛以外なら」という条件つきで半年後には釈放された。しかしこの逮捕劇は、シュルレアリスムが左翼《さよく》運動と同じく、当局の弾圧を受けることを、若い芸術家の卵たちにまで知らしめた、衝撃的な事件だった。

「そうなると、このアトリエも使えなくなるけぇねぇ……」

配慮から始まっているように見えて、結局は利己に終止する熊倉さんの呟きを、志雄がぴしゃりと遮る。

「それじゃこの絵は、陸海軍省主催の航空絵画美術展に出すことにする」

「うひゃあ、それはもっといいけんけぇ」

真に受けた熊倉さんは、益々真っ青になった。

周囲の画学生たちは、二人のやりとりに声をあげて笑っている。

志雄と熊倉さんにかかれば笑い事だが、現実問題として、彼らの創作の自由が奪われているのは事実だった。

叔父から「軽佻浮薄な役立たずのアメリカ語」と、これからの職務を否定された私にとって、それは他人事《ひとごと》に思えなかった。

それでも呑気に笑っている彼らを見ていると、胸に微かな勇気がさしてくる。

窓辺の定位置では、忍ちゃんが我関せずといった様子で、夢中で絵筆を滑《すべ》らせていた。そのカンバスを覗き込むと、思わず頬に血が昇った。

そこには以前デッサンに協力した、私の肖像画が描かれていた。今時、どこの公募展でも肖像画など入選するわけがない。

それでも忍ちゃんの瞳は真剣だ。

光り輝くような筆致で、力強く、丁寧《ていねい》に。

真っ直ぐに前を見据える女の顔が、生き生きと描写されていく。

不測

部下たちの視線を感じながら、雄哉は乱暴な手つきでダンボール箱に私物を投げ入れていた。元々オフィスには、私物をほとんど持ち込んでいない。自費で買った数冊の本をパッキングすると、後はゴミをまとめて捨てるだけで、デスクはすっかり綺麗になった。

連休前は、まさかこんなに慌ただしく会社を離れることになるとは思ってもみなかった。

だが、専務から三木への謝罪と減俸《げんぽう》を命じられたとき、覚悟が決まった。

クライアントとの打ち合わせに遅刻してきた新人を叱責することのどこが悪いのか、さっぱり理解ができない。そんな理不尽を認めなければならないほど、雄哉は己を無能だとは思っていなかった。

「おい、大崎」

雄哉が古い書類をシュレッダーにかけていると、榎本が近づいてきた。

榎本は、部下たちの視線を避けるように、雄哉を打ち合わせスペースに誘い込んだ。

「お前、本気か？」

後ろ手に扉を閉めて、榎本が尋ねてきた。

「もう、退職願は出したし、受理された」

「辞めてどうする」

「一からやるさ」

　榎本が大きな溜め息をつく。

「お前、バカだよ！」

　いきなり怒鳴るような口調でそう言われ、雄哉は驚いた。

「ちょっと謝ればすむことじゃないか。なんでそれくらいのことができないんだよ。こんなことで、今までのキャリアを無駄にするつもりかよ」

「そんな単純な話じゃない」

　珍しく興奮している榎本を、雄哉は冷静に見返す。

「あんなバカに謝ることくらい簡単だよ。でもそれで部下に舐《な》められたんじゃたまらない」

「皆、ちゃんと分かってるよ。誰もお前を舐めるもんか」

「いや、違う。一旦《いったん》できた緩《ゆる》みは元に戻らない。示しがつかなくなるようなことは、俺はしない」

　雄哉が言い切ると、榎本は残念そうに眉を寄せた。

「お前は本当に、自分のやりたいようにしかやらないよな」

　どこかで聞いた台詞《せりふ》だと、雄哉は眼を眇《すが》める。

「いいから少しは妥協《だきょう》しろよ。お前だってサラリーマンだろう？　なんでそんなに自信たっぷりで、いっつも自分だけが正しいって顔してるんだ」

　榎本があまりに捲《まく》し立てるので、雄哉は呆気にとられた。

「お前さ、あんまり思い上がるなよ！」

　しまいに榎本は顔を真っ赤にして、叫ぶような声をあげた。

狭い打ち合わせスペースがしんとする。

「……もう、いいよ」

長い沈黙の後、榎本が低く呟いた。雄哉は無言でドアノブに手をかける。

「仕事は一人でしてるわけじゃない。皆我慢したり、妥協したり、融通《ゆうずう》を利かせあったりしてるんじゃないか。理不尽なことだって、いくらでもあるさ。いつだって、正義だけが罷《まか》り通るわけがないじゃないか」

背後で榎本がまだ呟いていたが、雄哉はそのまま打ち合わせスペースを後にした。

ゴミを捨て、私物用のダンボールに着払い伝票を貼ると、雄哉は座り慣れたG長椅子の肘掛を一なでしてから、立ち上がった。

「それじゃ、皆、世話になった」

第一グループの島を見渡せば、「お疲れーす」「どうもー」と部下たちから疎《まば》らに声があがる。どれも醒めた声音で、視線を上げないものもいた。三木はまだ出社していないようだった。

雄哉はたった一人でエントランスホールへ向かった。

気がつくと、他の部署のグループ長たちが自分を見ているようだった。

振り向かなくても、その視線が好意的なものでないことは分かる。

あの……生意気な……強気な……最年少グループ長が、パワハラで会社を去っていく……

マジかよ、マジかよ……

雄哉はざわつく気配を背中に感じた。

そうか。

今までは仕事に夢中で気がつきもしなかった。

けれど、自分はいつもこうやって、会社の噂の渦中《かちゅう》にいたらしい。

それは、十年間無我夢中で働いてきた雄哉が、己が会社の中でどう思われていたのかを、初めて考えた瞬間だった。


会社を辞めた翌週から、雄哉は買い換えたばかりのBMWクーペで取引先巡りを始めた。

管理職の雄哉は年俸制だったため、特別退職金が出るわけでもない。こんなに突然会社を辞めることになるとは思っていなかったので、新車のローンもたっぷりと残っている。現在の生活水準を守るためには、いち早く事業を立ち上げる必要があった。

どの取引先も、アポイントメントは快く受けてくれた。だが担当者と会ったとき、そのテンションがいつもと違うことに、雄哉はすぐに気づかされた。雄哉自身のなにかが変わったわけではない。

けれどその背後から会社の存在が消えたことで、担当者の態度は微妙に変化していた。誰もがそれをおおっぴらにしていたわけではないが、表面上のお愛想の裏に、微かな横柄さが読みとれた。

そのとき雄哉は、自分が大手マーケティング会社のプロデューサーではなく、フリーランスの一プランナーとして扱われていることを思い知った。

会社の枠を取り払うことによって、今まで以上に自由な事業展開ができるのではないかという微かな期待もあっただけに、彼らの醸し出す消極的な雰囲気には出端を挫かれる思いがあった。

色々な返答を引き延ばされ、棚上げにされ、なにも事態が進展しないまま、じりじりと時間ばかりがたっていく。退職後、一ヶ月をすぎても事態が進展しないことが分かってくると、さすがに雄哉は焦《あせ》りを覚えた。

雄哉は翔子にすら、自分が退社したことを話していなかった。翔子の性格を考えると、次に取り組むプロジェクトが決定したところで打ち明けたほうが余計な波風は立たないだろうと、判断していたからだ。

だが週末に会ったとき、翔子はなぜか執拗《しつよう》に仕事のことを聞いてきた。雄哉が適当なことを言って煙に巻くと、丁寧に描かれた片眉を、ちょっと見たことがないくらいに吊り上げていた。

膠着状態に陥っているのは、それだけではない。

書類上に謎の権利者が現れた、シェアハウスのこともある。

来月の末には退去しろと入居者たちに宣告をしたのだから、そろそろ不動産会社との打ち合わせを含めて、次の段階に入らなければいけない頃合いだ。

五月の連休明けにすべてが動き出すと踏んでいたのに、六月に入った今、事態はまったく動いていない。

雄哉は年間スケジュール表を見つめ、毎晩頭を悩ませた。この膠着状態が、そのうち経済状況を脅《おびや》かすことになるのは明白だった。

関東地方が梅雨入りした晩。雄哉はついに父に電話をかけた。

退職のことを告げるためではない。謎の権利者の手掛かりを探すためだ。

冷たい小糠雨《こぬか》が降るその日、雄哉は地元のしゃぶしゃぶ屋の個室で、一人の親戚を待っていた。父は蔡宇煌についてなに一つ知らなかったが、大伯母の従兄、剛史大伯父の息子、邦彦の連絡先を教えてくれた。

笠原邦彦は、雄哉にとって、祖母の従兄の息子としか言いようのない遠い親戚だ。法事で顔を会わせたことはあっても、お互い認識し合っていたわけでもない。それでも邦彦は、笠原姓を引き継ぐ、最後の年長者だった。

藁《わら》をもつかむ思いで連絡してみたものの、当の本人が現れるまで、雄哉は邦彦の容貌をはっきりと思い出すことができなかった。

「やぁ、雄哉君、久し振りだねぇ」

個室に入ってきた男の顔に、雄哉はようやく「ああ、このオヤジか」と思い当たる。法事のときに誰よりも大声で話し、最後まで杯を放そうとしないアクの強いオッサンだ。

「笠原の土地が残ってたんだって！」

開口一番、眼を爛々《らんらん》と輝かせて勢い込まれ、雄哉は内心ひやりとした。藪《やぶ》から要らない蛇《へび》が出てきたような気がする。

雄哉がいささか引き気味であることなどお構いなしに、邦彦はどんどんビールを頼み、肉を追加し、大声で笑った。

「しかし驚いたよ。玉青叔母はともかく、雪江叔母さんもそんなことは一言も言ってなかったからな。でもねぇ、俺も昔、親父《おやじ》から聞いたことはあったんだよ」

おもむろに声を低め、邦彦が雄哉のほうに身を乗り出す。

「本家が昔、目黒のどっかに、どでかーいお屋敷を持っていたってね」

「はあ……」

「でもうちの親父たちは、笠原の土地は、本家も分家も含めて、戦後全部、進駐軍に接収されたと思い込んでいたんだよ」

ビールを手酌《てじゃく》で飲みながら、邦彦は興奮して腕まくりした。

「おそらく、あの玉青叔母が、戦後のどさくさに紛れて先祖代々の土地を独《ひと》り占《じ》めにしたんだろうな。あの女なら、それくらいのことはやりかねない。なにしろあの玉青って女は、戦中は投獄《とうごく》されたこともある不良華族だったたんだ」

「投獄？」

思わず聞き返した雄哉に、「まあ、当時は色々あったらしいよ」と邦彦は頷いてみせる。

「で、今その土地はどうなっちゃってるのよ」

せっつかれ、雄哉は現在そこがシェアハウスになっていることを手短に説明した。

「シェアハウス？　なんだいそりゃ」

「大伯母は下宿人を置いて、彼らに屋敷の管理を任せていたようです」

「じゃあ、未だにそいつらがいるってことかい」

「そういうことになります」

「しかし、おかしなもんだな」

邦彦は赤くなった額に皺を寄せる。

「親父の話だと、本家の離れには、戦時中から妙な連中がうようよいたんだそうだ。玉青叔母の兄貴の男爵ってのも相当の変わりもんで、平気でそういう連中の出入りを許していたらしい。つまり、俺たち親戚には内緒にしてたくせに、玉青叔母は、未だにそうやって赤の他人を屋敷に入れてたわけだよな」

ひょっとすると、かつての雰囲気を懐かしんで、大伯母は一人暮らしの屋敷に若い下宿人たちを迎え入れたのだろうか。

邦彦の言葉に、雄哉もふとそんなことを考えた。

「画家だったんじゃないですか？　シェアハウスの下宿人から、昔、離れがアトリエとして使われていたらしい話は僕も聞きましたが」

「画家ぁ？　なんか、ごろつきみたいな、どうしようもない連中だって言ってたけどなぁ」

それは今もたいして変わりはない――。

雄哉の脳裏に、真一郎の暑苦しい笑顔が浮かぶ。

「で、そいつら出ていきそうにないの？」

「いや、正式な契約書があるわけではないので、こちらが強く出れば問題はないと思います」

「まぁ、そんな連中は、さっさと追い出すに限るよ」

邦彦は気楽に言い放ち、ビールを飲み干した。

あっという間に三本の瓶《びん》ビールが空になったが、専らビールを飲んでいるのは、邦彦だけだった。

これ以上酔っ払われる前にと、雄哉はテーブルの上に〝蔡宇煌〟と書きつけたメモを置く。

「ところで伯父さん、この人の名前に心当たりはありますか」

かけていた眼鏡を外し、邦彦が「どれどれ？」とメモに顔を寄せた。

「サイ……なんて読むんだ、こりゃぁ」

「サイウコウだと思います」

「この中国人だか朝鮮人だかが、どうしたのさ」

「土地の登記簿の記録では、玉青大伯母とこの人物が、戦後、土地を競売で買い戻したことになっているんです」

「競売？」

邦彦が訝しげに眉間に皺を刻む。

「接収された屋敷が、競売に出たっていうのかい？」

暫しメモを睨んでいたが、やがて邦彦は開き直ったように雄哉を見た。

「まぁ、あの女がどんな手を使って土地を手に入れたのかは知らないが、ここが笠原の土地であることに間違いはないんだ」

〝笠原の土地〟という言葉に、とりわけ力が込められる。

「そのサイウコウってのがどこの誰かはともかく、ひとつ、思い当たることはあるね」

邦彦は、思わせぶりに声を潜めて囁いた。

「あの玉青叔母ってのはな、晩年はインテリ面してたけど、戦後一時、中国人のところで水商売に手を出してたことがあるらしいのよ」

「え？」

それも初めて聞く話だ。

「マフィアもマフィア、チャイニーズマフィアだよ。恐ろしいよねぇ。サイウコウってのが、その関係の中国人だとしたら、玉青叔母は、そいつの情婦でもしてたんじゃないのかね。そういう〝わけあり〟の女だったから、生涯どこにも嫁げなかったし、先祖の墓にも入れなかったんだよ」

邦彦は不快げに鼻を鳴らす。

「俺の親父は、元は陸軍の軍人でさ、大尉《たいい》までいったんだ。ところが、従妹《いとこ》の玉青叔母が問題を起こすわ、投獄されるわで、結局佐官《さかん》になれなかったらしい。なんだかんだで、とばっちり喰《く》らってんだよ、うちの親父も」

そして益々眼を据えて、「なぁ、雄哉君」と身を乗り出してきた。

「だからそんな危ない相手のことは、もうこれ以上調べないほうがいい。サイウコウ？　こいつは絶対、そのときのやくざものだよ。それよりも、弁護士をたてて、二人で先祖代々の笠原の土地を取り戻そうじゃないか」

邦彦の眼がギラリと光った気がして、雄哉は少々たじろいだ。

その後も、邦彦はビールから日本酒に切り替えて、「土地を取り返そう」と散々に気勢を上げ、雄哉が解放されたのは、夜半すぎだった。

ようやく一人になると、雄哉は我慢していた煙草に火をつけて、溜め息と共に大量の煙を吐き出した。呼び出したのは雄哉だったが、途中からは邦彦に一方的に畳《たた》み込まれる形になった。

都内の一等地が眼の前にあると聞けば、誰もがあんなふうになるのだろうか。

爛々と光っていた邦彦の眼差しが脳裏をよぎる。

もしかして――。石原税理士の前で、自分も同じ顔をしていたのかもしれない。
雄哉は途端に気分が重たくなった。

翌日も、朝から小雨が降りしきっていた。

雄哉はクーペを公園の脇にとめて、運転席から「十六夜荘」の三角屋根を眺めていた。

自分には地所がある。それは一つの救いだった。

けれど、昨夜の笠原邦彦との会食を思い返すと、雄哉はなんとも複雑な気分になった。

運転席の窓を少しあけ、煙草をに火をつける。

〝戦時中に投獄〟〝チャイニーズマフィアのもとで水商売〟

徐々に明らかになってきた大伯母の姿は、アナーキーという言葉だけでは済まされそうになかった。屋敷の住人たちが「玉青さん」と親しげに語る印象からも程遠い。

それに、蔡宇煌。

この人物が、本当に邦彦伯父が言うような危険人物なのだとしたら――。

このまま捜索を続けていけば、たとえ本人が故人だったとしても、藪から出てくるのは、蛇どころでは済まなくなるかもしれない。

果たしてどうするべきだろう。

いっそ割り切って、邦彦と共に弁護士を立てるべきなのか。

そこまで思いを巡らせたとき、いきなり助手席の窓ガラスを叩かれて、雄哉は仰天《ぎょうてん》した。

「赤いスポーツカーの格好いいお兄さんー」

雨の中、傘もささずに妙な節回しで歌っているのは、ローラだった。

「大家さん、あけてー」

助手席のドアをひっぱられる。

「ほら見て、荷物一杯。おまけに、美女、びしょぬれー」

両手にぶらさげたスーパーの袋を見せつけられ、雄哉は渋々ドアのロックを解《と》いた。

長い手足を折り曲げ、ローラがいそいそと乗り込んでくる。

「前でとめますから、そこで降りてください」

冷たい口調で告げて、雄哉は車を発進させた。

ところがいざ石段の前で車をとめると、ローラが腕を放さない。

「ダメよ、大家さんも降りるのよー」

「なんでですか」

「だって、荷物いっぱーい、美女、びしょぬれー」

ローラが又しても葱《ねぎ》の突き出たスーパーの袋を指差すので、雄哉は内心舌打ちして、それを取り上げた。

「じゃあ、僕が運びますから、あなたも降りてください」

雄哉は前の道路にクーペを横付けし、ローラと一緒に表へ出た。

なんだかここへくるたびに、自転車だのなんだのを運ばされている気がする。

ローラが鼻歌を歌いながらのんびり鍵《かぎ》をあけるのに耐え、ようやく玄関の扉があいたと思ったら、なぜかそこにランニングにパンツ一丁の真一郎がコップを持って立っていた。

「待ってました！」

ローラと一緒に帰ってきた雄哉の姿を見るなり、真一郎はそう叫んでコップを高々と掲げた。

「ラッキー、給料日！」

「イェーイ」

すかさずローラが応じ、二人で盛り上がる。

こんな早い時間からご機嫌になっている半裸の中年男から、雄哉は露骨に眼をそらした。

「じゃあ、僕はこれで」

荷物を床に置いて立ち去ろうとした瞬間、むんずと肩をつかまれる。

「雄哉くーん」

酒臭い息を吹きかけられ、雄哉は思い切り顔をそむけた。

「急ぐので、放してください」

「まぁまぁ、せっかくきたのにそんなにすぐ帰らないでよ。俺、今日、給料出たのよ？」

「だからなんです」

「そりゃあもう、俺の給料日と言えば？」

真一郎がローラの顔を見ると、「家飲みー」と、ローラが拳を突き上げた。

「イェーイ」

再び陽気に叫んでハイタッチする。

そんな地球上で二名くらいにしか通用しないローカルルールを知っていてたまるか。

「ほらほら、いいから上がりなさいよ」

真一郎とローラから両方の腕をぐいぐいと引っぱられ、雄哉は焦った。二人揃って信じられないほどに力が強い。

「やめてください、こっちは車なんですよ！」

雄哉は本気で振り払おうとしたが、抵抗すればするほど、二人は悪ノリしてまとわりついてくる。

「大丈夫、大丈夫。そんなの俺がちゃんと手打っとくから」

「そうそう、真ちゃんにお任せよー」

真一郎に羽交い締めにされ、ローラに無理やり靴を脱がされかけたところで、雄哉は観念した。

「分かりました、自分で脱ぎますから、放してください」

二人を振りほどき、乱れた髪を直しながら、乱暴に靴を脱ぎ捨てる。

たちの悪い酔っ払いの相手を本気でするほど、空しいことはない。

「そうこなくっちゃ。今日は月に一度の家飲みよ」

「そして美女の作る、本格タイ料理よー」

脳内で怪しい成分を分泌しているとしか思えないテンションの二人に台所まで連れ込まれ、雄哉は大きく溜め息をついた。

台所も古い作りだが、ガスレンジや流し台は、リフォームが施されているようだった。

中央に大きなキッチンテーブルが置かれ、四人分の椅子がある。テーブルの上には箸立てや取り皿が重ねられ、さながら食堂のようだ。

ローラが鼻歌を歌いながら大鍋に湯を沸かし、スーパーの袋から取り出した大量の野菜をざくざくと刻み始める。

「雄哉君、運がいいね。今日の当番は、料理上手のローラちゃんよ。ローラちゃんのフォー、美味しいし便利よ。皆、帰ってくる時間ばらばらだけど、美味しいスープだけ作っといてもらえば、後は即席でフォー茹《ゆ》でて、お好みの肉と野菜をどっさり入れて食べればOKだから」

「タイの屋台料理よ。大家さんもたくさん食べてねー」

ローラが切り終えた野菜をテーブルに並べだす。

緑の香草《パクチー》にしし唐、赤や黄のパプリカ、紫の小玉葱と、色鮮《あざ》やかだ。

盛んに酒を勧めようとする真一郎を雄哉が牽制していると、足音もなく、幽霊のような男がすうっと厨房に入ってきた。

「おう、拡君！　新曲できたかい？」

真一郎は景気よく声をかけたが、前髪を鼻の先まで垂らした植原拡は深く俯いているだけで、応えようとはしなかった。

黙々と棚から碗《わん》を取り出し、手馴れた手つきでスープ、フォー、茹で鳥、野菜、茸《きのこ》を盛りつけ、テーブルの上の箸を取り、きたときと同じように静かに廊下に出ていく。

その間拡は、雄哉とはもちろん、真一郎ともローラとも、決して視線を合わせようとはしなかった。

あんな様子で、よく共同生活なんてしているものだ。

純粋な興味で後ろ姿を見送っていると、察したように真一郎が雄哉の肩を叩いた。

「拡君だって当番のときは、ちゃんと料理作るよ。基本夜行性で、昼の間はあんまり部屋から

「ミュージシャン、じゃないんですか」

自称ね――。心で小さくつけ加える。

「宅録《タクロク》なんだよ。俺の時代はミュージシャンといえばバンドだったんだけどね。今は機材揃えて、パソコン相手にたった一人でキーボード叩いたりしてんだもんな。歌ってるのもソフトだっていうしさ」

真一郎によれば、拡はそうして作った曲をネットにアップし、直に販売しているらしい。

「でも去年のダウンロード数が三十とか言ってたからね。現実は厳しいよ」

それで「ミュージシャン」を名乗っているのだから、お気楽なものだ。

「俺は基本ネオアコ派なんだけど、でも拡君のやってるエレクトロニカも結構いいよ。どっちかって言うと苦痛系の音なんだけど、どこかアナログな臭いもあって。まぁ、最近のデビシルなんかも、広義ではエレクトロニカであってさ……」

一人で喋っている真一郎を無視し、雄哉は拡が出ていった暗い廊下を振り返った。

どうもこの屋敷に入ると、誰かの視線を感じるようで落ち着かない。

「はい、お待ちどおさまぁー」

ローラが、二人の前に香菜を山盛りにしたフォーを置いた。

「それと、味しみしみの煮卵とチャーシュー、お酒のつまみにサービスよ」

「うっわ、美味そう」

真一郎が勇んで箸を取る。

「ほら、雄哉君も食べなさいよ、それに遠慮しないで、飲んで飲んで！」

「だからこっちは車なんですってば」

「平気だって。もう、ちゃんと手打っといたから。どうせなら今日泊まっていきなさいよ」

なにを言い出すのかと、雄哉は呆れた。

この男、自分との関係を本当に理解しているのだろうか。

こっちは彼らに立ち退きを要求しているというのに。

ふいに、土地を再利用するつもりなら「蔡宇煌」を捜し出すしかないと言った石原税理士の言葉と、昨夜の邦彦とのやりとりが同時に甦り、雄哉は途端に憂鬱になった。

「お、やっとその気になった？」

自棄《やけ》になったようにコップを取れば、真一郎が待ってましたとばかりに顔を輝かせる。

「なんせねー、懐《ふところ》が寂しいから、給料日以外は家飲みもままならないのよ。んで、ようやく金が入ったと思ったら、拡君はああやって引きこもってるし、凪ちゃんはバイトだし、ローラちゃんはあんまり飲めないしさ。一人で飲んでも、今一盛り上がりに欠けるよなーって、思ってたとこだったのよ」

そんなに懐が寂しいのなら、定職を探すとか、飲むこと自体をやめて貯蓄に回すとかいう選択肢はないのだろうか。大体、人を巻き込めば巻き込むほど、費用がかさむだけではないか。

肉を取ってきたら、誰彼となく大盤振る舞いする、原始人のような思考の真一郎に呆れながら、雄哉はコップの酒を一気に飲み干した。

「うわーお……」

途端にローラが唸《うな》り、真一郎が眼を皿のように丸くする。

「すごいねー、雄哉君、五粮液《ウーリャンイエ》を一気飲みする人なんて初めて見ちゃったよ」

どうせ味などしないのだ。

だが飲み込んだ瞬間、胃の中がカッと燃えたようになった。

「なんですか、ウーリャンなんとかって……」

「うん。老酒《ラオチュウ》って言えば分かる？　度数は五十二度」

さらりと言い放たれ、雄哉は「しまった」と顔をしかめた。

そこまで強い酒だとは思わなかった。これでは本当に、車で帰ることは不可能だ。代走サービスでも頼むしかないだろう。

こうなったら、本当にやけくそだ。

雄哉は腹を据え、空のコップに手酌で酒を注ぐ。

「いいね、いいね。雄哉君とは一度、ゆっくり話したいと思ってたのよ」

「なにをですか」

雄哉は猜疑《さいぎ》の眼差しで見返したが、真一郎はだらしなく笑っているばかりだった。

もうどの位《くらい》飲んだのだろう。

タイビールもちゃんぽんにして、相当長い間飲んでいる。

その間に真一郎から聞かされた話といえば、インドですられた話、ベトナムで騙された話、カンボジアで食中毒になった話だった。

要するにこの中年バックパッカーは、年がら年中、世界のあちこちで盗まれたり騙されたり病気になったりしているらしい。一体なにが楽しくて海外にいっているのか、さっぱり分からなかった。

一通りの食事を終え、ローラが二階に上がり、場所を離れに移したとき、雄哉自身も相当酔いが回っていた。こんなに飲んだのは、もしかしたら大学以来かもしれない。

煙草を吸おうとしたら、「離れは禁煙」ととめられた。雄哉は手持ち無沙汰のまま腕を組む。なぜこの男が自分に飯を食わせたり酒を飲ませたりしたがるのかは皆目見当がつかないが、こんなところで時間を潰している自分のことも、さすがにどうかと思う。

せめて今回の訪問に少しでも意味を持たそうと、雄哉はふらふらと大伯母の私物棚に近づいた。ラックをあけ、前に凪が差し出したカタログを取り出してみる。

十六夜荘の画家たちの絵を探し、その名前を片っ端から携帯《スマホ》で検索していく。蔡宇煌。なんでもいいから、この人名にひっかかる情報はないものか。

「どれも、いい絵だよねー」

しなだれかかってくる真一郎を押し返し、雄哉は検索を続けた。

もしや雅号《がごう》など使っているのではないかと思ったが、いくら検索しても誰一人、なんの情報も出てこない。

「全員、本当に無名だな」

雄哉は小さく舌打ちした。

「有名か無名かは、関係ないんじゃないかなぁ」

真一郎が呑気な声をあげる。

「彼らの作品は貴重だよ」

「そう思いたければ、そう思っていればいいでしょう。でも俺にとっては意味はない」

ふいに耳元で「本末転倒」と、自分を詰《なじ》った凪の声が甦った気がして、雄哉は鼻から息をついた。

「どうせあんたも、俺が身勝手だとか言いたいんだろう」

もう、敬語《けいご》を使う気力も失せていた。

「え、なんで」

「なんでって……」

心底意外そうに聞き返され、雄哉のほうが言葉に詰まる。

「俺、ここ、壊しますよ」

挑発的に言ってみたが、真一郎は頷いただけだった。

「仕方ないよね」

そう冷静に受け流されると、なぜか急に苛々が募ってくる。

やれるもんならやってみろ——。

そう言われているような気さえした。

チクショウ。一体、誰なんだ。サイウコウ。

「絵なんて、賞でもとって、高い値で売れて、初めて意味が出るんじゃないか。それでなきゃ、素人の遊びと同じだ」

八つ当たりのように無名の画家たちを罵《ののし》ると、真一郎が大真面目な顔で反論してきた。

「でもさ、岡本太郎《おかもとたろう》は自分の絵に値段はつけなかったって言うよ」

「じゃあ、あんた岡本太郎かよ！」

雄哉は思わず大声をあげた。

気楽すぎる。

真一郎も、凪も、拡も。戦争中に、売れもしない絵を描いていた無名の画家たちも。

こんなところで、こんな連中と一緒になって飲んでいる、自分もだ。

以前なら、まだ蛍光灯の下でパソコンに向かっていた時間だ。G長椅子に座って、タワービルの窓から湾岸の夜景を見下ろしていた。

「岡本太郎なんて、大有名人じゃないか。自分たちと一緒にするなよな。人間も絵もおんなじだ。社会で認められて、初めて意味が出るんじゃないか。岡本太郎だって、天才として認められてなきゃ、ただの変わり者のオッサンだ。言わなきゃ分からないみたいだから、この際はっきり言う。俺は大伯母を筆頭に、単なる変人のあんたたちなんかに、これっぽっちも興味はない。興味があるのは、この土地だけだ！」

離れの中がシンとする。

まだ降り続いている雨の音が、小さく低く、聞こえてきた。

「……それは、この土地に高値がつくからかい？」

やがて、真一郎がゆっくりと口を開いた。

雄哉は押し黙る。いくら酔ったとはいえ、本音をさらけ出しすぎてしまった。

「雄哉君は、分かりやすいなぁ」

だがそんなふうに言われると、再び不快な気分が込み上げた。

「分かりやすくて結構。曖昧なものはいらない」

「それはどうかなぁ」

真一郎は首をかしげる。

「この土地に高値がついたのだって最近のことだろう？　玉青さんが子供んとき、この辺はただの野っぱらだったらしいよ。そんで戦後は焼け野原だとさ。有名とか無名とかってのも、結局は他人の判断だろ？」

お気楽なバックパッカーのくせに、偉そうなことを言う。

「他人の判断が世間的な評価を決めるのが、現実ってもんでしょう」

「そうかなぁ……。ときどきネット記事とか読んでるとさ、俺、わけ分からなくなるのよ。実家に帰りゃ兄弟親戚から、親不孝だのごく潰しだのくそみそに言われてる野郎が、海外でちょびーっと働いただけで、英雄みたいに書かれることもあるでしょう？」

「はぁ？」

又わけの分からないことを言い出した。

「だからさ、他人の判断のほうがよっぽど曖昧だって、俺は思うよ」

腑に落ちない雄哉の前で、真一郎はきっぱりと言い切る。

なんだか言い込められたようで、雄哉は一層不愉快になった。

今日も又、貴重な時間をひたすらに無駄にして、なに一つまともな進展がなかったわけだ。

もういい。

これ以上話したところで、得るものなどなにもない。とにかく早く、ここを出たい。

「俺の車は？」

てっきり代行サービスでも頼んだのだと思って、雄哉は聞いた。

「手、打ってあるから大丈夫だけど。雄哉君、相当飲んだよ。もう遅いし、今日は泊まっていきなさいって」

冗談じゃない。こっちがこれだけ本音をさらしたというのに、まだ呑気なことを言っている。

「いいから、どこの駐車場に入れたんですか」

「え？　駐車場になんか入れてないけど」

きょとんとした真一郎に言い放たれて、雄哉は青ざめた。

「まさか……」

「いや、大丈夫大丈夫。ちゃんと配送中の札かけといたから」

最後まで聞かず、雄哉は全速力で離れを飛び出した。

どこの世界にワインレッドのＢＭＷクーペを配送に使う運送会社があるものか。

玄関をあけると、階段の下の道路には、ワインレッドの影も形もなかった。

「お、俺の新車……」

雄哉は式台の上に、がっくりと膝をつく。

街灯に照らされた道路上に、雨で半分以上消えかけた白墨《はくぼく》の跡がうっすら残り、その脇にふざけるなと言わんばかりに、「配送中」の札が捨て置かれていた。

昭和十八年

「お姉様」

声をかけられてハッとした。

久しぶりによそいきのワンピースを着た雪江が、不安そうにこちらを見上げている。考え事をしていて、少しぼんやりしてしまった。

竹藪の上には、大きな入道雲がいくつも立ち上がっている。

父の上司だった退役将校の家を訪ねた帰り、私は妹の雪江と共に、川沿いの土手道を歩いていた。

中元の贈答は「贅沢行為」としてとうに禁止されていたので、たいしたものは持っていけなかったが、年老いた将校と奥方は、私たちの訪問をことのほか喜んでくれた。教師になったことを報告すると、上品な奥方は「お父上もお喜びのはずです」と、私の手を握った。

そのひんやりした細い指の感触を思い返し、再び複雑な気分に囚われる。

私は現在、中等教育学校で細々と英語を教えている。

母校の第三高女で教鞭《きょうべん》をとったのは、たった四ヶ月間だった。昨年の夏に女学校での英語は随意科目化され、事実上の廃止に追いやられた。今では女学校を軍需《ぐんじゅ》工場にしようとする動きまで出始めている。

日本中が戦勝ムードに沸いていたのも束の間、たった一年の間に、いつしか日々の暮らしは日米開戦以前よりも鬱屈したものへと変わり始めていた。

やりきれないのは、そうした鬱屈が敵だけではなく、益々身近な場所に向けられ始めていることだった。

美しい着物をたくさん持っていることを疎まれた楓さんは、大日本婦人会の地域代表たちの眼の前で、泣く泣くその袖《そで》に鋏《はさみ》を入れさせられた。それはすべて、楓さんが長岡の実家から持ってきた、大切な思い出の品ばかりだった。

収穫前になると庭の畑は荒らされ、屋敷の石垣に「敵性語の女教師」と私自身のことを落書きされたこともあった。

そんな雰囲気はまだ国民学校に通う妹にも伝わるらしく、最近の雪江はあまり元気がない。今も心細げに、下から私の顔を覗き込んでいる。

「雪江ちゃん。ちょっと、阿弥陀様のところに寄っていこうか」

気を取り直してそう言うと、ようやく雪江はにっこり笑った。

手をつないで畦道《あぜみち》を歩いていくと、やがて大きな榧の木と広い境内が見えてきた。

だが、そこから甲高《かんだか》い雄叫《おたけ》びが聞こえてきたことに、がっかりした。

今日も陸軍が軍事教練を行っているらしい。近頃少しでも広い土地があれば、大抵なんらかの軍事教練が行われている。

若い男は軍役にとられているので、そこで竹槍を振るったり匍匐《ほふく》前進の練習をしたりしているのは、老年に近い男性や子供、或いは女性である場合が多かった。

お堂に近づいていくと、案の定、居並ぶ三つの阿弥陀堂の前で、年端もいかぬ子供たちが竹槍訓練を行っていた。真剣な表情で竹槍を構え、「ヤーッ」と高い声をあげながら、藁人形に突っ込んでいく。中には、雪江のようなおかっぱ頭の少女の姿もあった。

こんな子供たちが槍を振るって戦わなければならないのが、近代の戦争の姿だろうか。この子たちにとって有意義なことは、他にいくらでもあるのではないだろうか。

そんな疑問を覚えながら様子を見ていると、見慣れた竹槍訓練の中に、妙な緊張感が立ち込めていることに気がついた。

何人かの子供たちが、下を向いたまま突撃していく。

的を狙うはずの彼らが前を見ないことを不思議に思いながら視線を移し、私は大きく眼を見張った。

藁人形と藁人形の間に、生身の少年が立たされている。

しかも、そのいがぐり頭には見覚えがあった。

「お姉様、あの子！」

雪江も悲鳴のような声をあげる。

的にされているのは、以前に志雄が離れに連れてきた、あの華僑少年だった。

少年の脚《あし》ががくがくと震えているのを見た瞬間、カッと頭に血が昇る。

「なにやってるの！」

気づくと、少年の前に走り出ていた。

竹槍を持った子供は明らかにほっとした表情を浮かべたが、背後で彼をけしかけていた陸軍の将校は啞然としてこちらを見た。

「なにをするか、女！」

「聞いているのはこっちです！　こんな子供をいたぶるなんて、あなたはそれでも帝国軍人ですか！」

志雄の話では、今は大学にも、やたらと威張り散らす陸軍将校が常駐しているらしい。少しでも髪を長くしていると、その将校がバリカンを持って追いかけてくるという。

「こ、こいつの父親は、国民党のスパイだぞ」

鼠《ねずみ》のような容貌の将校は、己が正当性を主張するように、華僑少年を指差した。

「どこに証拠がありますか」

「証拠なんかなくたって、こいつらは皆スパイだ！」

「バカバカしい。今は南京《なんきん》国民政府があるではありませんか。中国人全員を国民党と決めつけるなんて、浅はかにも程があります」

大声で言い返せば、将校が眼を剝く。

「貴様一体どこの女だ、この非常時にスカートなんぞ穿《は》きおって……！」

「どんな服を着ようと私の勝手です。あなたにとやかく言われる覚えはありません」

「なにを！」

将校が木刀を振りあげた途端、背後の少年が動く気配がした。

「駄目っ」

とっさに制止したが遅かった。

少年が将校につかみかかり、あっという間に取っ組み合いになる。

鋭い警笛《けいてき》が鳴り響き、数人の憲兵が警笛を鳴らしながら走ってくるのが眼に入った。

私は少年を自分のほうに引き戻そうとしたが、少年は将校の指にがっちりと嚙《か》みついて離れようとしない。揉み合っていると、左のこめかみに火花を散らすような激痛が走った。

瞬間、眼の前が真っ暗になる。気がつくと、私は土埃《つちぼこり》の立つ境内に倒れていた。

憲兵に木刀で殴《なぐ》りかかられたのだ。

わずかにかすっただけだったが、摩擦《まさつ》で皮膚《ひふ》が切れ、乾《かわ》いた土の上に点々と血が散る。

ことの詳細を知ろうともせず、いきなり殴りつけてきた彼らの横暴さに、怒りと同時に強い恐怖が込み上げた。

雪江が駆け寄ってこようとするのを、私は手を上げて制した。雪江は泣きそうな顔をしていたが、なんとかその場に立ちどまる。

お兄様に……

唇で訴えると、雪江は大きく頷き踵を返した。

その後ろ姿を見送る間もなく、いきなり数人の憲兵に腕を取られて、引き立てられる。鼻血と泥《どろ》で顔を汚した少年と共に、強い力でずるずると引きずられた。

少年に声をかけたかったが、顔の左半分が痺《しび》れたようになってしまい、口をうまく動かすことができない。少年は荒い息をしながら、鼻血で黒く汚れた口元を必死に食いしばっていた。

「わきまえろ、身の程知らずめ！」

憲兵の声が耳朶《じだ》を打つ。

お堂の中からは、三体の巨大な阿弥陀像が、静かな眼差しでこちらをじっと見下ろしていた。

「不敬罪」に問われ、私は少年と共に、玉川《たまがわ》警察署の代用監獄に拘留された。

代用監獄には大勢の人たちが捕らえられていた。私たちの獄にいたのは軽犯罪者ばかりのようだったが、奥の獄には特高の厳しい取り調べを受ける「思想犯」たちがいた。

木刀で肉を叩く音と共に、呻き声や、女性の悲鳴までが聞こえてくる。

それは、今まで知らなかった恐ろしい現実だった。

すえた臭いのする蒸《む》し風呂《ぶろ》のような獄の中で、私は少年と身を寄せ合い、息を殺すことしかできなかった。

奥から呻き声が聞こえるたび、少年は「爸《バァ》、爸《バァ》」と呟き、身を震わせる。その体が火のように熱い。少年の父がどこかの獄で同じような目にあっているのかと思うと、私もたまらなくなり、震える身体をしっかりと抱きしめた。

どの位そうしていたのだろう――。

窓のない獄では時間の経過は分からなかったが、表では夜虫たちが鳴き始めたようだった。

ふいに聞き慣れた声が響いた。

それが兄の声だと分かった瞬間、心の底から安堵が込み上げた。

「驚いたねぇ、男爵家のご令嬢だったとはねぇ……」

憲兵が皮肉な笑みを浮かべながら、手招きをしている。

少年を伴って立ち上がろうとしたとき、傍の中年女性が縋《すが》るように自分を見ていることに気がついた。したたかに殴られたのだろう。女性の右瞼が赤黒く腫れている。その微かに開いた瞼の奥に、懇願《こんがん》の色が浮かんでいた。憲兵が鍵をあける音を聞きながら、彼女になにも声をかけることができない自分を、私は心に深く恥じた。

表で自分たちを待っている兄の姿を身た途端、それまで張りつめていた全身の力が、一気に抜けそうになる。

「妹がご面倒をおかけしました」

警察署長と憲兵に声をかけてから、兄はいつもの穏《おだ》やかな眼差しをこちらに向けた。海軍士官の制服をまとった兄の姿に、傍らの少年が身を固くする。

「大丈夫、私のお兄様よ」

囁くと、少年は弱々しい力で私の手を払いのけようとしたようだったが、力尽き、そのまま警察署の床の上に崩れ落ちてしまった。慌てた私に代わり、兄が少年の泥と血に汚れた体を抱き上げる。

奥の獄からは、相変わらず呻き声と悲鳴が弱々しく響いていた。

警察署の外に出るなり、兄は軍服のポケットから白いハンカチを取り出した。

「痛むかい？」

「かすっただけです。たいしたことはありません」

差し出されたハンカチを、左のこめかみに当てる。瞼の近くまでが熱を持ち、どくどくと脈打つようだった。

「帰ったらすぐに冷やすといい」

畦道はむっとするような草いきれに蒸し、夜の虫たちの声が途切れることなく聞こえてくる。

私はふと、警察署の入り口にぼんやりともった灯りを振り返った。赤くくすんだ光には、たくさんの羽虫や蛾《が》が引き寄せられていた。

「この子は？」

ぐったりとした少年を腕に抱いたまま、兄が再び声をかけてくる。

「志雄さんの知り合いです。以前、離れにも遊びにきたことがあります」

「そうか。酷い熱が出ている。とりあえず、今夜はうちで預かろう」

それ以上のことを、兄はなにも尋ねようとしなかった。

畦道の横に、黒いディーゼル車がとめられている。雪江から連絡を受けた兄は、海軍省から直接、警察署にやってきたようだった。

車では、祖父の代からの老齢の運転手が待機してくれていた。この白髪の運転手は一時は引退していたのだが、若い使用人たちが次々と出征してからは、再びこうして兄の運転手を務めている。運転手は兄から少年を引き受け、助手席に座らせた。

すっかり暗くなった空には、明るい月が輝いている。

月明かりの下、私は車窓《しゃそう》に映った自分の顔を見てギョッとした。あの女性ほどではなかったが、やはり左眼が酷く腫れていた。

車が走り出すと、月は車窓に張りついたように後を追ってきた。

「お兄様」

やがて沈黙に耐え切れず、私は口を開いた。

穏やかな表情で見返す兄の頬を、月明かりが白く照らしている。

「警察署で、殴られている人たちを見ました」

前の席で眠る少年を起こしてしまわないよう、私は声を潜めた。

「この子の父親も、国民党のスパイ容疑がかけられているそうです。でも、私が今日眼にしたのは、取り調べと言えるようなものではありません。あれは拷問《ごうもん》です」

昼も夜もなく殴られていた人の低い呻きが今も聞こえてくるようで、声が震える。

「私が釈放されたのは、私が華族で、軍人の妹だったからです。お兄様のお力で、私は無事に釈放されました。でも私は……」

「玉青は子供を助けただろう？」

兄が静かな口調で私の言葉を遮った。

「でも……」

縋るように自分を見上げてきた女の眼差しが甦り、口をつぐむ。

黙り込んだ私を兄が見つめた。

「僕も、妹を助けることしかできない。だがその妹が誰かを助ければ、二人は助かる」

「それは公平なことではありません」

「この世界は元々公平にできているわけじゃない。仕方のないことや、どうしようもないことは、山ほどある。それを一々、僕らが恥じる必要はない」

兄の言うことは分かる。

できもしないことを悔《くや》しいと恥じていても、なに一つ解決しない。

そうした感情は、己の領分を越えた不遜に等しい。

「お兄様も、私を身の程知らずと笑うのですか」

けれど八つ当たりと心で知りながら、言わずにはいられなかった。

「玉青は変わらないね」

兄がふと、笑みをこぼした。

「玉青は小さいときから、決してできないとは言わない子だった。周囲がどれだけ無理だと決めつけても、そんな脅《おど》しに屈したり、誤魔化されたりしなかった」

その言葉に、思わず赤くなる。

それは決して良い結果ばかりを生んできたわけではない。幼い頃から私は、五歳年上の兄を真似て、随分と無茶なことをした。そのたびに、兄を含めた周囲に多大な迷惑をかけてきた。

崖から飛び降りては足を挫き、竹刀《しない》を振り回しては父が大切にしていた花瓶を割った。

兄はそんな自分を背負い、善後策に駆け回ってくれたものだった。

その状況は今もたいして変わっていないのではないかと、急に我が身が情けなくなる。

私の表情を読んだのか、兄が微かに笑った。

「僕はそんな玉青のことを、ずっと誇りに思ってきたんだよ」

兄は車窓の月を追うように、視線を外に流した。

二人が黙ると、虫の声が耳についた。畦道をがたがたと走る中、青白い月と虫の声がどこまでもついてくる。

ふいに兄が真っ直ぐにこちらを見た。

「玉青、僕はね、自分が軍人でなくなる日がきたら、ピアノ弾きにでもなろうと思っていたんだがね……」

兄は突然、意外なことを話し始めた。

「でも、この間、志雄から借りた輸入版のレコードを聞いてみて痛感した。僕は一流にはなれない。当然と言えば当然だ」

その瞳に、いつものいたずらそうな笑みが浮かぶ。

「一番練習しなければいけないときに、四年も射撃訓練をしていたんだからね。もう、指が動かない」

「そんな、お兄様なら……」

兄に不可能があるなんて、信じたくなかった。

「確かにこの世界は不公平だよ。けれどね、それを嘆く暇があったら、僕は残っている大事なものを守る。守れるだけ、守ってみせる」

穏やかだが、力の籠《こ》もった兄の言葉が車内に響く。

月明かりに照らされた兄の横顔は、どこか遠くを見つめているようにも見えた。

「玉青のことも全力で守る。そのことで、僕自身が不公平の誹《そし》りを受けたって構わない。たとえなにを言われようと、玉青のことは何度でも助ける」

兄が再び私を見据えた。

「だから玉青は、今の自分の気持ちを大事にするんだ」

その視線は、どこか厳しいほどだった。

「身の程なんて、知らなくていい」

静かな言葉の中に漲《みなぎ》る強い意志に、胸を衝かれる。

かろうじて頷けば、兄は穏やかに微笑んだ。

いつしかリーリーという夜虫の鳴き声に、少年の寝息が混じりこんでいた。

翌朝、私はなかなかベッドから下りることができなかった。

昨夜はほとんど眠っていない。

どんなに体が疲れていても、代用監獄の汚れた床、肉を叩く木刀の音、呻き声、悲鳴、瞼を赤黒く腫らした女の顔が、脳裏を離れてくれなかった。

それでも少年のことが気にかかり、重い身体を引きずって床《とこ》を出る。ふと鏡台《きょうだい》を見ると、左眼ぎりぎりに貼られた白い絆創膏《ばんそうこう》が、情けなくも滑稽《こっけい》だった。

だがこの怪我のおかげで、昨夜はキサさんの小言を免《まぬか》れることができたのだ。

開口一番、「監獄に入るとは何事ですか！」と声を荒らげたキサさんは、私の腫れた顔面を見た途端、すべてを帳消しにして、湿布《しっぷ》に励んでくれた。そのおかげか、腫れと痛みは大分引いていた。

一階に下りていくと、早速キサさんが昨晩の続きとばかりに近づいてきた。しかし私の酷い顔色を見るなり、説教よりもやはり心配が勝ったようで、溜め息をついて黙り込んだ。

「キサさん、あの子は？」

「スミが看《み》ておりますが、今はまだ眠っているようでございますよ」

キサさんは怪訝そうに眉を寄せる。

「昨日体をふきましたが、酷い痣《あざ》だらけでござんしたね。一体、どういった素性の子ですか」

口を開きかけると、離れからピアノの軽やかな音色が聞こえてきた。

フレデリック・ショパンの「マズルカ」だった。

「お兄様がまだいらっしゃるの？」

「ええ、二日ほど、お休みを取られるそうでございますよ」

ピアノの音と共に、集まっている画家たちの歓声も響いてくる。

「そうそう、そうですよ。こうしちゃいられませんよ。せめて一鶴様がご在宅の間に、なにか精のつくものをこしらえないと」

キサさんがせかせかと腕まくりを始めた。

「ここのところ、配給は遅配ばかりですし、御用聞きもとんときやしないんですからね。玉青様、悪いですが、私はちょっと出かけさせていただきますよ。玉青様も昨日からなにも召し上がっていないんですから、今日はしっかりお食事を取ってくださいまし」

そう言い含め、キサさんは勇んで廊下に出ていった。その後ろ姿を見送り、私も離れへ足を向ける。

祖国ポーランドの民族舞曲をモチーフにショパンが作曲した素朴で軽やかなリズムが、力強く響いてくる。昨夜兄は「自分は一流になれない」と洩《も》らしたが、その音色は私には完璧なものに思われた。

音楽は不思議だ。どんなに心が塞いでいても、調べを追っているだけで、気持ちが沸き立つ。

跳《は》ねるようなピアノの音を聞いていると、すべてが悪い夢のように思えてくる。

今が戦争中であることも、獄で殴られる人たちがいることも、なにもかもが夢であってくれれば、どんなにいいだろう。

「いよ！　ムショ帰り！」

離れに足を踏み入れるなり、志雄の明るい声が響いた。

「うんまぁ、お顔に絆創膏まで貼っちゃって。箔《はく》がつくとはこのことね！」

すかさず、せいちゃんが合いの手を入れてくる。

兄も志雄もせいちゃんも忍ちゃんも熊倉さんも、金田さんまでが笑っている。

一瞬、自分がその笑顔をどう受け入れればいいのか分からなかった。

けれど、「受け入れてくれる人の前でも拗ねていたんじゃ、自分たちは生きていけない」と語った志雄の言葉が胸をよぎり、私は顔を上げた。

「なによ、なにか文句ある？」

精一杯、明るく声を放つ。

「おおう、怖い！」

せいちゃんが大げさに震え上がり、離れがどっと沸いた。

皆の笑顔を見ているうちに、私も本当に可笑しくなってきて、声をあげて笑った。

少し怪我に響いたが、笑い声は音楽以上に心の闇を払ってくれた。

なぜ兄が離れをアトリエとした開放したのか、その本当の意味が分かりかけた気がした。

「アホ面の将校を怒鳴りつけるとは、痛快だぜ」

金田さんの感嘆に、熊倉さんが「ひええ」と青くなる。

「お嬢さんは、いびせえのう。宗のシュルより、いびせえじゃあ」

熊倉さんだけは、本気で慄《おのの》いているようだった。

皆が笑ったり騒いだりしている中、志雄が近づいてきて私の眼を真っ直ぐに見つめる。

「シャオディーを救ってくれたんだってね」

「シャオディー？」

「あのガキさ。クソガキだけど、俺たちにとっては大事な弟分なんだ。あいつは名前を日本語読みされるのを嫌がるから、君もそう呼んでやってくれないか」

志雄は切れ長の眼に真摯《しんし》な色を浮かべて低く囁いた。

「謝謝《シェーシェ》。華僑を代表して礼を言うよ」

その言葉に、ようやく少しだけ救われた気分になる。

しかし、そのとき、急に渡り廊下が騒がしくなった。振り返ると、楓さんの制止を振り切ってこちらにやってくる従兄の剛史の姿が眼に入った。

「一鶴！　貴様、本家の当主として、妹のこの不始末にどう片をつける！」

怒号が離れに響き渡る。

全員が呆気にとられて、突然現れた陸軍の仕官服を着た男を見つめた。

「久しぶりだな、剛史。陸軍省は、今日は休みか？」

怒り心頭に発している従兄とは対照的に、兄はゆったりと笑ってみせる。

剛史の顔が見る間に赤くなった。

「ふざけるな！　貴様、自分の妹がなにをしでかしたか、本当に分かっているのか。昨日、陸軍の教練場で騒ぎを起こした女が、よりによってこの俺の従妹だということが知れ渡り、俺は隊のいい笑いものだ！」

「子供を竹槍訓練の的にする教練など、天下の帝国陸軍がやることではないだろう」

「その子供の父親は、国民党のスパイだというではないか」

「たとえ父親がそうであっても、子供には関係ない」

兄が相手では歯が立たないと踏んだのか、剛史はこちらに向き直る。

「いい年をして、お前は恥ずかしくないのか」

「なにがですか」

「とんでもないいかず後家がいたものだと、大変な話題だぞ。女のくせに、顔に怪我までして。おまけに未だに役にも立たない敵性語を教えているそうじゃないか。なぜ、素直に父上の話を聞いて、身を固めなかったんだ」

「私は自分の職業を役立たずと思ったことも、独身を恥ずかしいと思ったこともありません。むしろ恥ずかしかったのは、憲兵に理不尽な扱いを受けている人たちに、なにもできなかったことです」

「なんだと……！」

剛史の眼差しが微かに揺れた。

偉ぶっているようでいて、実際には気が弱い――。

こういうところは、昔から少しも変わっていない。

頭の中に、ぐずぐずと泣いている、幼い剛史の姿が浮かんだ。

子供の頃の従兄はとにかく泣き虫だった。体が小さく病弱だったせいもあるが、なにかとベソをかいては、兄に宥《なだ》められていた。

従兄のように神経の細い子供が、少年期から陸軍幼年学校に入れられてしまったのは、紛れもない不幸だったろう。だが、爵位コンプレックスから抜け切れない叔父は、なんとしてでも自分の息子をエリート軍人に仕立て上げたかったようだ。

幼年学校時代の剛史は、帰郷するたび本家の離れにやってきて、級友たちからの苛めを切々と兄に訴えては泣き続けた。

あの悲しげだった少年が、今ではすっかり筋金入りの軍国主義者になっていることが、なんだかとても寂しく思えた。

「お前たち兄妹は、本当に堕落《だらく》している」

私たち二人がなにを言ってもびくともしないのを見て取ると、剛史は苦々しく吐き捨てた。

「大体において、一体、こいつらはなんなんだ」

軍靴の音を響かせて、剛史が離れを歩き回り始める。

「父上から噂には聞いていたが、まさかここまで酷いとはな。海軍美術協会は、こんな絵のために絵の具を浪費することを、本当に許可しているのか」

陸軍士官の軍服姿の男に描いていた静物画を指差され、若い学生は震え上がった。

「この絵を描いたのは誰だ？」

次に、剛史は羽の生えた兵隊の絵を指差した。

「僕が以前に描いた絵だが」

当の志雄は平然としていたが、部屋の隅でそれを見ていた熊倉さんは真っ青になった。まずいじゃ、まずいじゃ、と、熊倉さんが慌てふためくのを、金田さんが後ろから無言で蹴飛ばす。

「貴様は、我が国の航空部隊を愚弄《ぐろう》する気か！」

剛史が声を張りあげた。

「今、画家がなにをすべきかを、貴様らは、本気で考えたことがあるのか」

後ろ手に腕を組み、剛史は周囲を睥睨する。

「昨年の春、我が陸軍美術協会は、日本の名だたる画伯たちを南洋に派遣《はけん》した。全員が佐官待遇だ。その成果は、暮れの大東亜戦争美術展で大いに発揮された。彼らの絵は、未来永劫《えいごう》、この国の宝となる。貴様らも同じ画家の道を目指すなら、バカげた己の妄想など捨て、勝利の写実に勤《いそ》しむべきだ」

「ご立派……」

ひとしきりぶち上げた剛史に、せいちゃんがぼそりと呟いた。

「なに！」

剛史は勢い込んで振り返ったが、眼の前にいる男の格好に、幽霊でも見たような顔になる。せいちゃんは長い髪をターバン代わりのスカーフで巻き、薄い桃色の女物のブラウスを着ていた。

「き、貴様、正気か……」

思わず声を震わせる剛史に、今度は熊倉さんが手揉みしながら近づいていく。

「年末の大東亜戦争美術展、あれはすごかったのう。わしも見たじゃ。山下《やました》大将がイギリスの司令官に降伏を迫っちょるんを描いたんは、ぶちド迫力じゃった。わし、知っちょるけえ。画家を派遣したんは、大本営報道部の山内一郎《やまうちいちろう》陸軍大尉殿じゃろ。将校さんは、大尉殿のお知り合いけえ？」

あわよくば、紹介してほしいと言わんばかりの口ぶりだ。

「あんの、アホ野郎……」

背後で金田さんが、腹に据えかねたような声を出す。

熊倉さんのおもねりに、剛史は満更でもない表情を浮かべた。

「お前は少しは向学心があるようだな。で、お前はどこの協会の会員だ？　どこの展で入賞したことがある？」

しかし剛史にそう言われると、熊倉さんはぐっと言葉に詰まった。

「けっ、アホが。美校にも受からなかった野郎が相手にされるものかよ」

金田さんが口元をゆがめて呟いている。

そのとき、兄が鍵盤に指を置いた。

重厚な和音が響き渡り、全員がハッとする。

「剛史、もういいだろう」

兄が、ピアノの前から立ち上がった。

「ここにいる彼らは、全員僕の客だ。仕事をしてもらうこともあるが、基本的に、海軍美術協会とは関係ない。無論……」

剛史に近づき、兄は肩に手を置いた。

「お前のことも、大事な客だと思っている。だから、少し控えてくれ」

「ふざけるな！」

剛史はその手を乱暴に振り払う。

「仮にも爵位を持つものが、こんな連中を屋敷に入れて、世間からどう言われているか、少しは考えたことがあるのか。おまけに、戦時中にピアノなどいじって、この軟弱《なんじゃく》ものが」

離れの入り口で楓さんがいたたまれないように立ち竦んでいることに気づき、私はとっさに従兄の腕を取りにいった。

「剛史さん、お話はよく分かりました。もう充分でしょう」

私の譲歩に、剛史も引きどきと考えたのか、渋々顎《あご》をしゃくる。楓さんの顔にようやく安堵の色が広がった。

「おかまいもできませんで」

取り繕うようにそう言うと、楓さんはいそいそと従兄を先導しようとする。ところが離れを出る寸前に、剛史はくるりと振り返った。

「非国民！」

大声が離れに響き渡った。

唖然として見返す画家たちを指差し、剛史は尚も吼《ほ》えた。

「貴様らは、全員、報国の意味を知らない、役立たずの非国民だ！」

そう叫ぶと、剛史は足を踏み鳴らして離れを出ていった。楓さんが急いで後を追っていく。

「いいかげんにしろよ、てめえ」

二人の姿が完全に見えなくなってから、金田さんが熊倉さんに蹴りを入れた。

「なにが、山内一郎陸軍大尉殿だ。日和見《ひよりみ》しやがって、この野郎」

「なにするじゃあ！」

熊倉さんが、蹴られた脛を抱える。

「満州国の高官がパトロンについてるお前には、分からんじゃ。宗や忍とちごうて、わしは美術学校にも入れんじゃった。親元騙して、絵描いてるわしの気持ちは、誰にも分からんじゃあ」

熊倉さんの嘆きを聞きながら、私の胸にも苦い思いが湧いた。

従兄の言葉は、ただのはったりではない。

今は画壇でも、戦争絵画以外がまったく認められなくなってきている。

昨年、あれだけ皆が奮い立った美術展では、離れの画家たち全員が落選した。

蓋をあけてみれば、美術文化協会の第三回展は、かつての前衛集団とは思えないような内容だった。

かつてフランス滞在中、パリから三十七点ものシュルレアリスム絵画を発表し、日本の前衛絵画の旗手と呼ばれた福沢一郎が、逮捕劇の直後に発表したのは、イギリスの巡洋艦《じゅんようかん》が日本海軍の攻撃を受け沈没していく様を描いた戦争画だった。

そして暮れに開催された第一回大東亜戦争美術展は、文展や院展など伝統的な美術展が足元にも及ばない大盛況を呼んだ。

スクリーンのような巨大な戦争画は一種異様な迫力を以って見るものを圧倒し、日本の画壇を代表する洋画家たちの手による精密な記録画の前で、多くの市民たちが黒山の人だかりとなって感嘆の声をあげた。

時代はすでに、自分たちを遠く置き去りにしているのかも分からなかった。

心の中に、再び暗い無力感が湧いた。

そのとき。

「僕たちも独立展をやらないか」

突如、兄がそう言った。

全員が驚いたように兄を見る。

「来年正月、銀座の画廊を貸してもらえるかもしれない。海軍省の許可が降りれば、不可能ではないだろう」

その言葉に、静まり返っていた離れにざわざわと活気が戻っていった。

私は思わず兄を見つめた。

守りたいものは、守れるだけ、守ってみせる——。

昨夜の言葉が、鮮やかに甦る。

「ええのう、ええのう！　自分たちでやるなら、誰も落選せんけんねぇ」

「うるせえ！　てめえは、山内大尉殿のところにいってこい」

はしゃいだ熊倉さんに、すかさず金田さんが蹴りを入れる。

喧騒をよそに、窓辺では、定位置に納まった忍ちゃんが、最初から何事もなかったように、一人夢中で絵筆を動かし続けていた。

降り続いていた雨がやむと、早くも真夏のような暑さがやってきた。

その日雄哉は、ようやく取り戻したＢＭＷクーペを駆り、都内のプランニング会社を中心に、いくつか取引先を回っていた。

未だに色よい返事はどこからももらえていない。散々返事を待たされた挙げ句、「詳細が決まったところで一から検討させて欲しい」と、言い出す担当者もいた。

大丈夫だ。

雄哉は自身に言い聞かせる。

担当者が慎重《しんちょう》になるのは最初の段階だけ。実際にプロジェクトが動き出してしまえば、自分の機動力が必要になる。それは担当者たちも、充分に分かってくれているはずだ。

だから、たとえ翔子の携帯が突如繋がらなくなろうとも、代わりに邦彦伯父がしつこく毎日のように電話をかけてよこそうとも、わけも分からないまま飲まされた強い酒で前代未聞の二日酔いになろうとも、駐禁で法外な罰金《ばっきん》を払わされようとも――。

しかしそこまで考えると、口元から溜め息が漏れた。

あの屋敷にいくたびに、どうも調子が狂う。

毎回、思ってもいない方向に引きずられ、当初の思惑を果たすことができない。

すでに六月も中旬をすぎてしまった。入居者に退去期限として言い渡した七月の末が、一ヶ月半後に迫ってきている。

手をこまねいている場合ではない。状況を打開すべく、自ら行動を起こすのだ。

雄哉はステアリングを握り直し、ミラーガラスに包まれたタワービルの地下にある駐車場に、クーペを滑り込ませた。

モダンなデザインチェアが配された受付で、雄哉は散々待たされた。

翔子と同じようなつけ睫毛をつけた受付の女性が、何度も「すみません」と謝ってくれたが、そのたび愛想笑いを返すのも、段々苦痛になってきた。

禁煙のロビーは手持ち無沙汰でいけない。雄哉はマガジンラックからビジネス誌を取り出し、ぱらぱらとめくってみた。

何気なく開いたページに、見覚えのあるデザインワークとロゴが現れ、思わず眼をとめる。

アボカドのデザインを配したライトグリーンのロゴは、雄哉が指定したものだ。

そこには、〝日本初！　この夏、駅モールに、ニューヨークと提携した本格オーガニックバーが登場〟という見出しが躍《おど》っていた。

そうか――。雄哉は腕時計の日にちを確認する。

もうすぐ、オーガニックバーの開店日だ。いよいよ、オープンにこぎつけたのだ。

出稿ありきのタイアップ記事のようだが、なかなか読みごたえのある特集が組まれている。

店の内装が、ほぼ自分の思いどおりに完成していることに、微かな喜びが胸を走った。

『今回一番力を入れたのは、産地と栽培《さいばい》農家をすべて明らかにしたことです』

だが、そう語る榎本のコメントが登場すると、雄哉は眉根に皺を寄せた。

そんなことは、とっくの昔にスーパーでもやっている。

ヨガやビーガンフードをいち早く取り上げた、ニューヨークブランドとの提携を全面に押さずにどうする。その上で、産地や農家の安全性に言及すればいいものを、榎本は身近な取引先を気遣うあまり、本来のブランディングの意味をすっかり取り違えてしまっている。自分がいれば、絶対にこんなコメントは出させなかった。

それでも記事を読む限りでは、榎本は紛れもなくこの企画のプランナーであり、責任者だった。

ふいに雄哉の口元に、皮肉な笑みが浮かぶ。

ずっと自分の陰に隠れ続けてきた男が――？

短く息をつき、雄哉は雑誌を閉じた。

それから十分後、首から社員証をぶら下げた取引先の担当者が、ようやくエレベーターから降りてきた。

「いやぁ、すみません、大崎さん。会議が延びちゃって」

ハンカチで額の汗をふきながら、太り気味の担当者は体を揺する。

「ここでもいいですか」

向かいのデザインチェアにどっかりと腰を下ろされ、雄哉は軽く失望した。どうやら会議室を押さえていないらしい。それだけ軽く扱われているということだ。

「もちろんです」

心に湧く屈辱感を押さえつけ、雄哉は愛想笑いを浮かべてみせた。

まったく、人をバカにしやがって……。

雄哉は代々木公園のベンチに座って、足を投げ出す。

散々人を待たせせた挙げ句、ラウンジでプレゼンをさせた担当者は、途中で「すみません、又上司が呼んでるんで」と携帯に入ったメールを見るなり、あっけなくエレベーターに乗ってオフィスへと戻っていってしまった。

会社のチーフプロデューサーだったときには、とても考えられないような扱いだ。同じ人間に対し、こうも態度を変えられる担当者に、雄哉は唖然とするばかりだった。

あいつは、一体人のなにを見てるんだ——。名刺か、肩書きか、会社名か。

それがすべてか。

すべてを実質的に取り仕切った自分と、見かけ上の〝責任者〟の榎本が並んだとき、人がどちらを選択するのかを考えて、雄哉は口元をゆがめた。

ふいに「他人の判断なんて曖昧なものだ」と言い切った真一郎の顔が脳裏に浮かぶ。

小さく息をつき、雄哉はコンビニで買ってきたサンドイッチを口の中に押し込んだ。最近益々味が分からず、空腹を覚えることすら稀《まれ》になってきている。

機械的に咀嚼《そしゃく》をしながら、雄哉は見るともなしに周囲を眺めた。

噴水前の花壇の薔薇《ばら》は終わりかけているが、夏に向けて伸び盛る緑が滴《したた》るようだ。芝生の上では子供たちが駆け回り、ビニールシートの上に座った若い母親たちが手製の弁当を広げてお喋りに興じている。

ジャグリングの練習をしているもの、ジャンベを叩いているもの、芝居の稽古をしているもの、三脚《さんきゃく》を立てて植物の写真を撮っているもの、スケッチをしているもの。そして、自分と同じように、ベンチでぼんやりとしているもの。

考えてみれば、昼間の公園の風景など、想像したこともなかった。

この十年、雄哉にとっての毎日は、オフィスが中心だった。クライアントと打ち合わせをしているか、パソコンのキーボードを叩いているか。いずれにしろ、外部との絶え間のない接触と、そこから生じる案件への判断に、四六時中つきまとわれていた。

その同じ時間に、こんなに多様な目的があろうとは、思ってもみなかった。

注意して見ていると、先程から何組も目の前を通り過ぎていくジョガーが、視覚障害者とその伴走者であることも分かってきた。色鮮やかなたすきで手首をつなぎ、息を合わせてジョギングを楽しんでいる。子供から大人まで、様々なペアが時折言葉を交わしながら、それぞれのペースで公園内のコースを周回していく。

サンドイッチを食べ終えてしまうと、雄哉は突然妙な気分に襲われた。

自分には、伴走者が誰もいない――。

雄哉は軽く頭を振る。こんなのは、意味のない妄想だ。

今までなかった余白のような時間が、自分に無駄な考え事をさせるのだ。

サンドイッチの入っていたビニール袋を握りつぶしたとき、胸ポケットの携帯が震えた。

液晶に浮かび上がったのは、邦彦伯父の名前だった。最近昼も夜もなく、伯父が携帯に連絡を寄こす。半ばうんざりしつつ、雄哉は携帯を耳に当てた。

『おお、雄哉君?』

なんら断りを入れることもせずに、伯父は勝手に話し始めた。

しゃぶしゃぶ会席の夜以来、邦彦は精力的に昔のことを調べている。

それは、あくまで邦彦の目的に沿った調査だったが、時折本当に、新たなことが分かることもあった。

『本家の屋敷が競売に出てたっていう件だけどさ、弁護士に銀行関係を調べてもらったんだが、どうも、分家も本家も屋敷は接収されたわけじゃないらしい。銀行を通して売却されたらしいんだ。それをやったのは、どうやらうちの爺《じい》さんと玉青叔母だ』

「え?」

今日も邦彦は、新たな情報を手に入れたようだった。

「大伯母さんが、あの屋敷を自分で売却したってことですか」

『そうだ。戦後すぐ、新円の切り替えの直後だそうだ。つまり、うちの爺さんと玉青叔母は、そこである程度まとまった額の新円を手に入れたことになる』

「円の切り替え、ですか」

『そう。戦後新円に切り替わるとき、それまでの預金は一切おろせなくなったんだ。預金の凍《とう》結《けつ》って、雄哉君も聞いたことがあるだろう? おまけに戦後、華族にはどえらい率の税金がかけられた。要するに、二人は金に困って屋敷を手放したってわけだよ』

邦彦の声はどんどん大きくなる。

『ところがだ。一体誰に売却したのか、それがまったく分からない。それに関しては、うちの弁護士も首を捻っているわけよ。つまり、あの時代に、新円を使って屋敷を買えるような人物が、民間にいたのかどうかということさ』

「と、言いますと……」

『いや、だからね、GHQ《進駐軍》がそれをやったとは考えられないんだよ。なにしろ、当時奴らは金なんて払わなくたって、自由に屋敷を接収できたわけだしな。事実、他の華族のお屋敷は、ほとんどGHQに接収されている。嘘か本当か知らないが、東京大空襲のとき、すでに勝利を確信していた米軍は、接収したいと思うお屋敷を避けて爆撃したっちゅう話もあるくらいだ』

「それじゃ、邦彦伯父さんのお祖父《じい》さんと大伯母がいったん誰かに屋敷を売却して、それから大伯母が〝サイウコウ〟という人と一緒に、改めて屋敷を買い戻したということですか」

『うーん、もしかすると、そこがからくりなのかも分からない。本家と分家の土地を、一体誰に売ったのか。それが分かれば、あの女がどうやって先祖代々の土地を独り占めにしたのか、分かるかもしれないんだよ。ところがそれに関しちゃ、銀行にも、なに一つ書類が残っていない。おかしな話だとは思わないかい?』

耳元でがなりたてられ、雄哉も眉間にしわを寄せた。

戦後、なにもかもが滅茶苦茶になった日本で、それだけの金を動かせた人物。

そんな人物と、大伯母の間に、一体どんな関係があったのか。

やはり大伯母は相当に〝危ない女〟か——。

雄哉の頭の中に、強い眼差しをした、若く美しい大伯母の姿が甦った。

『ところで雄哉君のほうはどうなってるのよ。住人とやらを追い出す算段は、ちゃんと進んでるんだろうね』

念押しされ、雄哉は曖昧に言葉を濁《にご》す。

本当にこの伯父と組むべきかどうか、雄哉は未だにその判断をつけかねていた。

しかしすっかり先走っている邦彦伯父は、『しっかりしてくれよ』と、雄哉をどやしつけてきた。

『分かってるよね？　わけの分からない権利者を捜し出すより、法的に土地を取り返すことのほうが先決なんだからさぁ』

しつこく念押しされ、雄哉は辟易としながら通信を終わらせた。

確かに、謎の人捜しよりも、二十年間今の状態を保つよりも、邦彦伯父と共に弁護士をたてることのほうが、はるかに現実的だ。それは理解している。

けれど、なぜだろう。なにかが引っかかる。

雄哉は暫し考えたが、やがてベンチから立ち上がり、ビニール袋をダストボックスに投げ入れた。


その晩、雄哉はマンションの自室に戻り、ノートパソコンに向かって今までの状況の整理をしてみた。

進捗《しんちょく》状況を打ち込んでいくと、恐ろしいほどすべてが進展していないことが明らかになる。

そこに収支計算を入れ込んでいけば、もっと危機的なことになった。雄哉はモノトーンで統一された自室を見回し、急に自分が砂上《さじょう》の楼閣《ろうかく》で暮らしているような気分に襲われた。

次にアウトルックを立ち上げてみたが、メールボックスに届いているのはエンパイアホームからのメールだけだった。メールには、未だに入居者が一人も次の物件探しの相談をしてこないが、放っておいてよいかどうかという旨が書かれていた。

雄哉は小さく舌打ちした。

すべてにおいて、なにかが欠けている。

事業を進めようにも、取引先の反応が捗々《はかばか》しくない。

彼らはイエスかノーかの意思表示さえしない。おそらく、決断を下すというリスクすら、冒《おか》すつもりがないのだろう。

次に、土地の件。

住人を追い出したところで、今の段階での転用には不安点が多すぎる。事実を知れば、エンパイアホームも尻込みをするだろう。

それでは邦彦伯父と共に、本気で弁護士をたてるか。

しかしその訴訟は、自分に遺言を残した大伯母本人を相手取ることになり、受遺者である自分の立場は、自ずと弱くなる。主導権は邦彦伯父へと横流れしてしまう。

それに雄哉には、今一つ邦彦伯父の言葉が腑に落ちない面がある。

〝土地を独り占めにした〟

本当に大伯母がそう考えていたのなら、まったく実利を生んでいない今の「十六夜荘」というのは一体なんだろう。赤字の補塡までしながら運営を続けていたことを考えると、それが利益を追求したものとは考えづらい。

そしてもう一つ。

アナーキーで、戦中は投獄されて、戦後は水商売に手を出して、最後は日本から逃げた女――。その女が、なぜ縁の薄い自分に、遺産なんて残したのだろう。しかも妙な入居者を住まわせたままで。

考えれば考えるほど分からない。

理由などなにもなく、単に結果的にそうなってしまった可能性も極めて高い。

雄哉はしばらくブラウザを睨んでいたが、やがてパソコンをシャットダウンさせて席を立った。

本棚に近寄り、実家から持ってきた赤いビロードのアルバムを手に取る。

そこには、小学生くらいの祖母、軍服姿の男爵、そして若い日の大伯母の姿が並んでいる。

雄哉は腕を組んで並んだ男たちの写真のページで指をとめ、改めて一人一人の顔を眺めた。

洋装で細面の美男子、国民服の坊主頭《ぼうず》、眼つきの鋭いぼさぼさ髪の着流し、潰れたベレー帽をかぶった丸顔の童顔、トンボ眼鏡をかけ、長髪に髭をたくわえた風変わりな男――。

父が「使用人ではないか」と首を捻っていた男たちは、どうやら離れに集まっていた画家たちであるらしい。一緒に写っている大伯母や祖母に比べると、着ているものが明らかにみすぼらしいが、全員覇気《はき》のある表情をしている。

この時代、写真を撮ること自体が、特別なことだったのだろう。

今の写真のように、笑顔を浮かべている人はいない。誰もがいささか真剣な面持ちで、じっとレンズを見つめている。それだけに、それぞれの個性が際立っていた。

雄哉は、ともすると柄が悪くも見える男たちに囲まれた、強い眼差しの大伯母の姿を見つめた。

結婚もせず、子供も産まず、英国で客死したこの女性は、晩年、故郷を遠く離れてなにを思っていたのだろう。

アルバムを棚に戻し、雄哉は煙草をくわえてベランダに出た。

十五階のベランダからは、湾岸から羽田《はねだ》空港、川崎《かわさき》のコンビナートまでが眼に入る。

幹線道路には絶え間なくテールランプが流れ、コンビナートは一晩中空を赤く焼く。羽田空港上の着陸待ちの飛行機は、金色の火球となって、焼けた空に斜《なな》め四十五度のグラフを作る。

雄哉はしばらく手摺《てす》りの上に肘をつき、湾岸のタワービルが赤い蟹《かに》の目玉のような航空障害灯を、休むことなく明滅させているのを眺めた。

会社を辞めてから、自分の周りが一気に茫洋《ぼうよう》とし始めた。

曖昧なものは、子供の頃から苦手なのに。

なにかというと「大丈夫か」と声をかけてくる、気まずそうな父の視線も。

思い出せそうでいて、結局なに一つ確かなものがない、母との記憶も。

成果さえ出していれば認められるサラリーマン社会や、男に経済力を求める合理的な若い女友達を、分かりやすくて気楽だと思ってきた。

しかし、いつの間にやら自分は、そこから足を踏み外してしまったらしい。

取り戻すためになにをすればいいのか。

深く考えていくと、雄哉は段々、自分が本当はなにを失い、なにを求めているのか、よく分からないような気がしてきた。

昭和十九年

暦《こよみ》の上では春といっても、二月はまだまだ寒さが厳しい。年々冬が長くなっていくように感じるのは、燃料《ねんりょう》不足のせいだろうか。

私は白い息を吐きながら、大きなお重を抱えて離れへの渡り廊下を歩いていた。

離れには、展覧会の最終日を終え、銀座の画廊から表装した絵を荷車で運んできた画家たちが集まっている。

一月の下旬から、銀座の画廊を十日間借りきって、離れの画家たちの展覧会が行われた。表具《ひょうぐ》は木工の心得のある金田さんが指導し、全員が見よう見真似で行い、搬入も搬出も、すべて彼ら自身でとりしきった。ここから銀座まで、表装された油絵を一杯に積んだ荷車を、延々と押していったのだ。

有名展に入選したことのない無名の画家たちの展覧会が話題になることはなく、毎日が静かだった。画廊で絵を見ていると、表の銀座通りを戦車が走っていく音が、みしみしと伝わってくることもあった。

たまにやってくる人たちは、壁にかかっている絵を見て、一様に不思議そうな顔をした。

そこには主流の戦争画が、一枚もなかったからだ。

志雄は、闇の中にたくさんの灯籠《とうろう》が放たれていく様を幻想的に描いた「元宵節《げんしょうせつ》」という夕イトルの油彩画を発表した。古来中国では、春節から数えて最初の満月の晩に、夜空に灯籠を放ち、新しい年の吉祥《きっしょう》を祝う習慣があるのだという。

忍ちゃんは、楠に青条揚羽《あおすじあげは》が舞う「初夏」という作品の横に、もう一枚、私の肖像画を並べてくれた。

熊倉さんは初めて有名画家たちの影響から解放され、素朴な筆致の自画像を描いた。

金田さんは妻をモデルにした婦人画を、金田さんと同じ池袋のアトリエ村に住む画家は江古《えご》田《た》の深い森を、美校の学生たちは静物画をそれぞれ完成させた。

朝から夕方まで、一人の客も来ない日もある、静かな展覧会だった。

けれど、どの作品からも作者の顔が見えた。

その人にしか描けない世界が、そこにはあった。

離れに入ると、画家たちは自分で表装した絵を、無言で離れの中に並べていた。離れの中も凍《い》てつくような寒さで、全員が古びた外套《がいとう》を着たまま黙々と作業を進めている。

「皆さん、お疲れ様でした」

声をあげて窓辺の飾り棚の上にお重を置くと、坊主頭を一層刈り込んだ熊倉さんが、いつになく神妙な面持ちで近づいてきた。

「お嬢さん、これでようよう、いっぱしの画家になった気がしましたけえ。男爵にもよろしく伝えてほしいじゃ」

「お兄様も、もうすぐ帰ってきます」

熊倉さんは俯いた。

この展覧会を最後に、熊倉さんと忍ちゃんは故郷の広島に帰ることになった。展覧会の始まる一週間前に、熊倉さんに召集がかかったのだ。入営は来月の頭だという。今回完成させた自画像は、赤紙がきた直後から離れに泊まり込み、熊倉さんが没頭して描き上げたものだ。

「最初からこういう絵を描いてりゃよ、少し前の二科展くらい、楽に入選できてたろうによ」

金田さんが溜め息をつきながら、ぼさぼさ頭を掻《か》きむしる。

確かにその絵には、素朴ながらも力があった。

眩しそうに眼を細め、遠くを見つめる男の顔には、悲しげな魅力があった。

美校を卒業したものの絵が売れるわけでもなく、生活に困った忍ちゃんも又、熊倉さんの帰郷に合わせて東京を引き上げることを決めていた。

離れの名物だった熊倉さんのお国なまりと、忍ちゃんの生み出す見事な作品を、これ以上聞くことも見ることもできなくなることが、私には寂しかった。

「まあ、お前のようなアホは、軍隊でも役に立たないだろう。御役ごめんになって、さっさと戻ってくるんだな」

金田さんがいつもの調子で毒舌を発しても、熊倉さんは俯いて笑っていた。

「入営したら、画家だって名乗ってください」

「佐官待遇になるかもしれないし……」

いつものように「なんじゃなんじゃ」と言い返さない熊倉さんを、美校の学生たちが心配そうに見つめ、次々に声をかけている。

「おいおい、今がそんな甘っちょろい情勢だと思ってるのかよ」

金田さんは顔をしかめたが、それ以上のことを口にしようとはしなかった。

「これ、お母様と、キサさんからよ」

いつになく元気のない彼らに、キサさんが大奮発したお重をあけてみせる。ぎっしりと並んだ白米の握り飯に、全員から大きな歓声があがった。

「こりゃぶちすげえ、銀シャリじゃ。キサさんは本当にたいしたもんじゃあ！」

先まで沈み込んでいた熊倉さんまでが、素《す》っ頓狂《とんきょう》な大声をあげる。

「ここんところ、水みたいな雑炊《ぞうすい》か芋《いも》の蔓しか食ってなかったからな」

金田さんが唸るように言うと、美校の学生たちも盛んに相槌《あいづち》をうった。

「雑炊ったって、米粒《こめつぶ》が見えやしないんですからね」

「あの美人の奥さんも握ったんですかねぇ」

ようやくいつもの調子が戻ってきたのが嬉しくて、「バカね、私だって握ったわよ」と、私は軽口を叩いた。

お重に次々と手が伸び、たくさんあった握り飯があっという間に消えていく。

いつの間にか、熊倉さんと忍ちゃんを囲むようにして、皆が夢中で握り飯を食べていた。

「ぶちうまいじゃ、げに銀シャリは最高じゃあ」

感極まって頰張る熊倉さんの前に、やがて志雄がおもむろに十円札を置いた。

「え？　宗、これ、なんじゃ……」

「忍をしっかり送り届けろよ」

志雄に倣《なら》い、次々と他の画家たちも動き始める。

学生たちまでが、なけなしの札を財布から取り出した。

「僕もいついくことになるか分かりません。又きっとお会いしましょう」

「戦地で会うことがあったら、向こうでも一緒に描きましょう」

金田さんも着古した着物から、擦り切れた札入れを取り出し、十円札を引き抜いた。

「長年騙し続けた親に、少しはましな土産でも買っていってやれ」

熊倉さんの肩が小さく震え始めた。せっかくの握り飯に、涙がぼたぼたと散る。

やがて、涙と鼻水に汚れた顔を上げて、熊倉さんが呟くように言った。

「これでようよう、わしにも居場所ができましたけえ、胸張って故郷に帰ることができますじゃ。立派に務めを果たしてこよう、思いますけえの」

その言葉を聞いた途端、金田さんが眦《まなじり》を決して立ち上がった。

「なんでだよ！」

金田さんの声が離れに響く。

「お前は、どうしてそんなにアホなんだ。お前は元々日本人で、なに一つ欠けてるわけでもねえだろう。どうしてそうやって、毎度毎度、おかしな方向に自分を追い込んでいこうとするんだよ。画家として認められなくたって、まして兵隊なんぞにならなくたって、好きなときに帰ればよかったじゃねえか」

途中から金田さんの声も震え出した。

「居場所なんてのはなぁ、人様に作ってもらうもんじゃねえ。心の中に、自分でしっかりと見つけるもんだ。どうしてもっと、自分に堂々とできねえんだ」

焦れたようにそう怒鳴ると、金田さんはふいとそっぽを向いた。

けれど、顔を上げることもできずに両肩を震わせている熊倉さんを横目で見ると、黙ってもう一枚、しわくちゃの札を引き抜き、皆の餞別《せんべつ》の上に重ねた。

それ以上、誰もなにも言葉を発することができなくなった。冷え切った薄暗い離れの中を、微かな嗚咽《おえつ》が満たしていく。

そこへ突然、渡り廊下をどかどかと走ってくる音が響いた。

「皆さーん、最終日、おめでとう！　差し入れよぉ」

場違いなほど晴れやかな声をあげ、せいちゃんが離れの入り口で汁粉の鍋を掲げている。

その姿を見るなり全員が啞然とした。

ゲートルのつもりなのか、幅広のズボンの裾を荒縄《あらなわ》で縛り、真冬なのに長髪を隠す麦藁帽子をかぶっている。おまけにスカーフ代わりに首に巻いているのは、どう見ても褌《ふんどし》だ。

「げえええ、美青年を退散させた、髭のオッサンの恐怖の汁粉差し入れだ！」

金田さんが叫んだ途端、しんみりとしていた離れがどっと沸いた。

「なんですってぇ、失礼しちゃうわね。古傷をえぐらないでよ、せっかくの甘味《かんみ》の大放出なのに！」

声をひっくり返して抗議しながらも、せいちゃんは汁粉をよそい始める。

お玉から直接汁粉を啜った忍ちゃんが、泣きはらした顔に満面の笑みを浮かべるのを見た途端、美校の学生たちが「うおおお！」と叫んで鍋に群がった。

「そうよ、そうよ。甘いのは幸せなの。誰？〝贅沢は敵だ〟なんて言い出したおバカさんは。人生の真実はね、〝贅沢は素敵だ〟ってことなの」

甘味に群がる若者を見て、せいちゃんは悦《えつ》に入っている。

「せいちゃん、よく手に入ったわね」

近づいて囁けば、せいちゃんはにんまり笑ってみせた。

「小豆が枕の中身で、砂糖の代わりがサッカリンなのはここだけの話よ」

せいちゃんの枕の中身は、ものの十分ほどで綺麗に平らげられてしまった。

夕刻、ディーゼル自動車の響きと共に帰ってきた兄が、清酒の一升瓶を二本も抱えて離れに入ってきたとき、無名の芸術家たちの興奮は頂点《ちょうてん》に達した。

「こいつは豪勢《ごうせい》だな、一鶴」

「上官殿のを失敬してきた」

志雄の歓声に、兄が朗らかに応える。

「皆、よく頑張《がんば》ってくれた。今回の展覧会は、僕ら全員の大きな功績だ」

広報部での激務の傍ら、海軍省のほか、警視庁、陸軍省、大政翼賛会等にお伺いを立て、開催までのすべての交渉に奔走したのは、他ならぬ兄だった。

その兄が全員の前に一升瓶を置くや、「今夜は無礼講だ！」と叫んだので、離れは一気に大興奮の坩堝《るつぼ》と化した。

冬の早い陽が暮れると、灯火管制の下、周囲は真っ暗になってしまったが、酔いの回った画家たちの気勢はとどまるところを知らなかった。

いつの間にやら清酒のほかにも、金田さんが持ち込んだ不法の濁酒《どぶろく》が回され始めた。

「だからお前はアホなんだよ！」

「なんじゃと、もういっぺん、言ってみろじゃ！」

熊倉さんもすっかりいつもの調子を取り戻して、金田さんの毒舌に応戦を始める。

「おう、何度でも言ってやらぁ、お前が描いてた絵なんて、全部他人の真似事じゃねえか。そういうのを猿《さる》真似って言うんだよ。しかも次々、流行《はや》ってるものに目移りしやがって」

「福沢一郎大先生だって、最初はエルンストの模倣《もほう》じゃけえ」

「だからって、お前にシュルはやれねえよ。シュルってのは、知性がないと駄目なんだ」

「なんじゃとぉ！」

ついに取っ組み合いが始まった。

酔っ払った全員から、「やれ、やれー！」と声がかかる。

「アホだよ、お前はまったくよ！　最初からああやって素直に、自分の描きたいように描いてりゃ、もっとどうにかなったろうによ」

途中から金田さんの声の調子が変わったが、闇の中、皆気づかないふりをした。

「でも、忍は惜しいよ。お前さ、広島に帰っても描くんだぞ、って言っても聞こえないか」

志雄が残念そうに声をあげる。

「大丈夫、あたしが書いてあげる」

せいちゃんが忍ちゃんの背中に文字を書きはじめたが、忍ちゃんはくすぐったさに身を捩《よじ》って奇声をあげた。途端に全員が奇声を発し、離れは大変なことになった。

んでいる。

大騒ぎする男たちから逃れ、私は兄の傍に寄った。兄は全員を見守りながら、静かに酒を飲

「男爵、ありがとよ、わし、楽しかったじゃあ」

つかみ合っている一団の中から、熊倉さんが叫んだ。

「美校にも入れんし、入賞もできんじゃったけど、宗に誘われて、このアトリエで絵を描けてよかったじゃ。わしの唯一の東京の思い出じゃあ。わし、男爵とお嬢さんのこと、絶対忘れんけえのう」

「なんだよ。俺たちのことはすぐに忘れる気かよ」

志雄がまぜっかえし、再び大騒ぎになる。

「宗のことも、皆のことも忘れんけえ、特に金田は一生忘れん。わしのこと散々アホだカスだと抜かしおって」

「忘れねえなら、ついでに教えてやる。俺は金田勲《いさお》じゃない。俺の本当の名前は、金重勲《キムチュンフン》だ。その足りねえ頭に刻んどけ」

「なんじゃと！」

金田さんの告白も有耶無耶《うやむや》になるほどの取っ組み合いだった。もう誰が誰につかみかかっているのかもよく分からない。

大騒ぎの中、兄がゆっくりグランドピアノに近づき、上蓋をあけた。重厚なアルペジオが響き渡り、私はハッとして顔を上げた。

一年前に禁制となってしまったジャズだ。

離れの中に、ゆったりとした波のような調べが優雅に響いていく。

いつしか私はその調べに合わせて口ずさんでいた。

ムーンライトセレナーデ――。

久しぶりに英語の歌詞を口にすると、その美しさに陶然《とうぜん》となる。

ふと気づくと、せいちゃんに手を取られていた。

「オンヴァダンサー、マダーム」

踊《りましょう》
せいちゃんの気取ったフランス語に、私も「ウイ、ムッシュー」と応える。

暗がりの中、禁制の音楽と、若い芸術家たちたちがあちこちで口論し、笑い、抱き合い、殴り合い、喚《わめ》き合う喧騒が、渦のように響いた。

いつしか、へべれけに酔っ払った男同士のカップルも踊り始めていた。

騒ぎを聞きつけ、様子を見にきたキサさんやスミも、酔っ払いたちに捕まった。

「一鶴様、玉青様、これは一体……」

キサさんはすかさず眦を吊り上げかけたが、「キサさんはたいしたもんじゃのう」とおだてる熊倉さんに丸め込まれ、いつの間にか一緒にステップを踏んでいた。スミは最初から大乗り気で、美校の学生と腕を組んでいる。

恐る恐るやってきた楓さんと雪江も、あっという間に即席のダンスホールに引っ張り込まれた。

いつ終わるとも知れない喧騒が、凍てつく寒さと暗闇を凌駕《りょうが》していく。

やがて、兄が〝口ピアノ〟のせいちゃんと交代し、私の手を取った。美しいピアノが、せいちゃんの叩きだす調子はずれな音階に取って代わられ、あちこちから「おいおい」と不満の声が湧きあがる。

同時に、どこからか金田さんの怒号があがった。

「こらあ、熊倉ぁ！　銀シャリを吐くんじゃねぇえええ！」

どうやら酔っ払った熊倉さんが、はしゃぎすぎて嘔吐《おうと》したらしい。

「あらまあ、熊ちゃんたら、おバカさんねぇ」

せいちゃんは可笑《おか》しそうに笑っているが、雪江は悲鳴をあげて顔を覆った。

「まったく、どいつもこいつも、どうしようもないアホだ！」

金田さんの憤慨と周囲の怒濤《どとう》のような笑い声が響く中、キサさんとスミが、「大変、大変」と口走りながら、掃除用具入れを目指してばたばたと廊下に駆け出していく。後始末を手伝おうと、私も苦笑混じりに兄の元を離れようとした。

そのとき、兄が私の手を引いた。声を潜めた囁きが耳朶を打つ。

「玉青、僕も出征する」

瞬間、すべての喧騒が消えた。

暗がりの中、兄はただ、静かに微笑んでいた。

真相

その日雄哉は、湾岸のタワービルにある取引先を訪ねていた。

朝から雨が降り、数日前の汗ばむような天気が嘘のような、肌寒《はださむ》い日だった。

約束の時間まではまだ余裕があったので、雄哉は売店でコーヒーを買い、待ち合わせスペースの一角に腰を下ろした。

コーヒーを一口啜り、雄哉は倉庫街に塞《せ》きとめられた淀《よど》んだ海を眺めた。

小さな波が立つ水面に、雨が降りしきっている。もっとも、たとえ晴れていたとしても、都会から見る東京湾が青く見えることはない。そこにあるのは常に、灰色の水溜まりのような海だ。

コーヒーをテーブルの上に置き、雄哉は煙草に火をつけた。今日の取引先は、今のところ、一番感触のよかった事務所だ。今度こそ、新事業を取りつけることができるかもしれない。

雄哉の中に、久しい闘志が湧いた。

しかし、ふと眼を上げた瞬間、雄哉は出入り口に現れた人影に凍りついた。

首から提げている来客用の入館証を受付に返却しているのは、榎本と三木だった。

不思議はない。ここは元々、会社の取引先の事務所が入っているビルなのだから。

それにしても、まさかこんなふうにかち合うことになるなんて――。

とっさに身を隠そうとしたが、すでに遅い。

先に気づいたのは榎本だ。その顔が引きつるのが分かった。

三木は相変わらずだらしなく背広を着て、だるそうに首から入館証を外していたが、雄哉のほうを見ると、きょとんとした顔をした。

雄哉は軽く会釈し、すぐに二人から視線を外す。今更話すことなどなにもない。ここはお互いに無言でやりすごすのが、気遣いというものだろう。

榎本は察したように会釈だけを返し、立ち去ろうとした。

「あれ、大崎さんじゃないですか！」

ところが、こともあろうか、三木が大声をあげてこちらに近づいてくる。その口元に笑みまで浮かんでいるのを見て、雄哉は本当に驚いた。

呆気にとられている雄哉の前のソファに、三木は当然のように座り込んだ。

「会社いってみたら、辞めちゃってるんで驚きましたよ。さすが、思い切りが早いっすね」

悪びれた様子もなく話しかけられ、雄哉は自分がどんな顔をすればいいのか分からなかった。

「おい」

後ろから榎本が声をかけてくる。

だが三木は振り返りもしない。雄哉との再会に、すっかり興味津々になっている。

「おい、三木」

榎本が再度促すと、ようやく面倒臭そうに顔を向けた。

「なんすか？　もう社に戻るだけじゃないですか。せっかく大崎さんと会ったんだから、話くらいさせてくださいよ」

三木の横柄な口調に、榎本は暫し決まりの悪そうな表情を浮かべていたが、やがてくるりと踵を返した。

その様子に、雄哉は啞然とする。

おい榎本、お前はこいつの上司じゃないか。叱りつけでもなんでもして、さっさとこのバカを引き取れよ――。

三木の薄ら笑いの前で、雄哉はなんとかその叫びを吞み込んだ。

「その後、どうすか……って、俺が聞くのも変な話ですかね？」

馴れ馴れしくそう尋ねられ、思わず睨みつける。すると三木は、余裕たっぷりに笑い返してきた。

「いやいや、そんな顔しないでくださいよ。マジな話、俺、別にグループ長のこと、なんとも思ってないですから。むしろ、すごいなって感心してたくらいだし。でも朝起きるのかったるくて、会社いくのやめてたら、寝たきりの曽爺《ひい》さんが激怒しちゃってさぁ」

相手の反応にお構いなしに、自分の言いたいことを無神経に話すところは、変わっていないようだった。

「会社なんて、いってもいかなくても同じなのに、社会勉強だとかなんだとか、もっともらしいこと言っちゃってさ。でも、寝たきりジジイの懇願だもん。聞かないわけいかないでしょう。感化されてじいさんと親父までうるさいし。それで、まぁ、しょうがないから会社復帰することにしたんですよ」

ぼさぼさの髪を掻き、三木はさもだるそうに伸びをする。

「俺は理由なんてどうでもよかったんですけどね。でも社長と専務が、なんか俺んちにえらい気ぃ使っちゃって。それで、なんかよく分かんないけど、全部グループ長のせいだ、みたいなことになっちゃったみたいですよ」

真顔で「悪いけど」とつけ足され、雄哉は絶句した。

それって一体どういうことだ。

筆頭株主への気遣いのために、自分が人身御供《ごくう》に差し出されたということか。

「それに榎本さんが、グループ長の日頃の行いならパワハラが成立するなんて、専務の前で言い出したらしくてさ。まぁ、みんなして、それにのっかちゃったんじゃないのかなぁ」

三木がへらりと口にした台詞に、背筋《せすじ》が凍りつく。

榎本が――。あの榎本が、本当に、そんなことを言ったのか。

かつて〝実力だよな〟と自分の肩を叩いてくれた同期の笑顔が甦り、雄哉は口の中に、苦いものが込み上げてくるのを感じた。

「でも駄目だねー、榎本さん。大崎さんが辞めてから、一応、グループ長代理ってことになってるんだけど、全然無理」

雄哉がすっかり青ざめていることにまったく気づかず、三木が続ける。

「今日のプレゼンも煮え切らなくて散々でさぁ。ああいう誰にでもいい顔したがる人は、肝心なところで詰めきれないんだよね。そんでもって上からは、大崎さんと同等の結果を求められちゃうから、全然堪え切れなくて、結局、全部現場に駄々漏れですよ。今になって現場、グループ長のこと恋しがってますよー。みんな、あんなに煙たがってたくせしてさー」

三木は面白そうに声をたてて笑った。まるで、対岸の火事でも見ている野次馬のような態度だった。

榎本の助言がどこまでの決め手になったのかは分からない。

だが、経済界大物ファミリーのバカ息子を穏便《おんびん》に職場復帰させるために仕組まれたのが、今回の「パワハラ騒動」の真相というのは、どうやら間違いないらしい。

ふいに、「お前、バカだよ！」と食ってかかってきた榎本の真剣な表情が思い浮かんだ。

榎本も、まさかこんなことで自分が辞表を出すとは思っていなかったのだろう。

「ま、オーガニックバーの件だけはなんとかなりそうですけどね。でもあれだって、全部お膳《ぜん》立《だ》てしたの、大崎さんでしょ？　やっぱ、実力が違うっすよ。榎本さんは基本、仕事できないもん。今になってあたふたしちゃってますよ」

あはは、と声をあげて笑う三木に、雄哉は声を低めて尋ねた。

「お前はなにしてるんだよ」

「俺？」

三木は意外そうに雄哉を見る。

「俺はなんもしませんよ。言ったでしょ。会社なんか、いったっていかなくたって同じだって」

「それでいいのかよ」

「別に。だって、目的なんか、さらさらないもの。とりあえず今の会社で二年我慢したら、親父の銀行に移れるし」

「要するに腰掛けか」

「あ、そんな感じかも。でも今はそれなりに面白いっすよ。グループ長辞めてから、色々ほころび出てきてて。でも、ま、それもすぐに落ち着くんでしょうけどね。又どっかから、猛烈型引っぱってくればいいだけの話だもん。そのとき、榎本さんは簡単に挿《す》げ替えられちゃうんだろうけどなー」

どこまでも他人事だった。

「あ、でも」

雄哉が黙していると、三木が思いついたように声をあげた。

「大崎さん、ちょっとやばいかもしれない。なんか今回の件、うちの親父たちには、必要以上に悪く伝わっちゃってるから。親父の銀行の取引先とは、話がうまく運ばないかもしれないっすよ。あ、ここの事務所もそう言われればそうだよな。なんか、マジに悪いっすね」

ヘラヘラとつけ加えられて、雄哉は胸が悪くなった。

悪意があるならまだよかった。そのほうが、まだ理解できる。

だが、ニキビ跡の残るその顔は無邪気ともいえる表情をたたえていて、雄哉は思わず眼をそらした。

こんなのが、主流なのか。

こんなふうにすべてを舐めきって、でもこいつは、結局最後まで安泰なわけか。

いくらでも取り替えが利く、俺や榎本とは違うというわけか――。

「でも大崎さん実力あるし、最初の二、三年我慢したら、又立派に復帰できますって」

雄哉はもう、三木の気楽な言葉を聞いてはいなかった。

黙って水溜まりのような灰色の海を見る。

汚染《おせん》物質や化学物質や、本来そこにはなかった色々なものに侵食されながら、それでもこの海を住処《すみか》にしている魚たちがいる。

体内に有害な汚泥を取り込んで、姿かたちを変形させ、それでも無心に生きなければならない悲しくも毒々しい魚たち。

雄哉は腕時計を見ると、冷え切ったコーヒーを持ちソファから立ち上がった。

まだ約束の時間まで五分ある。けれど、もうこれ以上、ここにいたくなかった。

「大崎さん、とりあえずリクルート、頑張ってくださいよ！」

後ろで三木の能天気な声が響いたが、雄哉は振り返らなかった。


翌日から雄哉はすべての取引先回りをやめた。

携帯の電源を切り、パソコンを放棄し、電話のプラグを外し、外部からの通信の一切を遮断《しゃだん》してベッドにもぐりこむ。よほど疲れていたのか、眼をつぶると、いくらでも眠れた。

眠り、眼が醒めると買い置きのスポーツドリンクを飲み、再び眠った。食欲は湧かなかった。珍しく、煙草を吸う気にもなれなかった。

どれくらい、そうしていたのだろう。

ある日、眼が醒めると、あまりに寝すぎたせいか、すっかり腰が痛くなっていた。

雄哉はふらふらと起き上がり、まずは洗面所に向かった。

顔を洗おうと手をやれば、無精髭が掌に刺さる。ふと鏡を見ると、酷い顔の男がこちらを見返していた。

無精髭を生やした虚《うつ》ろな表情の男が自分だとは、にわかに信じられないほどだった。

なにやってるんだ、俺――。

さすがにまずいと感じたが、髭を剃《そ》ろうと剃刀《かみそり》を見た途端、それが途方もなく億劫《おっくう》なことのように思われた。毎日髭を剃り、髪を整え出勤していたことが嘘のようだ。

結局剃刀を手に取ることもできず、なんとか顔だけは洗うと、雄哉はリビングに戻ってきた。

日付の感覚も、時間の感覚も、すっかり麻痺している。空は暗いが雨が降っているので、今が明け方なのか、昼間なのか、夕方なのかすら分からない。

雄哉は重い溜め息をつきながらソファに座り、見るともなしに壁にかけられたカレンダーを眺めた。

カレンダーに丸印が付いている。雄哉は暫し、それがなにを意味しているのか考えた。

随分考えた後、ようやく自分が手がけてきたオーガニックバーの開店日であることに思いが及んだ。

だが、雄哉の心には、もうなんの感慨も湧かなかった。

ふいに雑誌に載っていた榎本のコメントが甦り、そこへ、〝榎本さんは基本、仕事できないもん。今になってあたふたしちゃってますよ〟と嘯《うそぶ》いた三木の声が重なった。

雄哉はなんだか虚《むな》しくなった。

あの雑誌にコメントを出していたのが、自分であっても榎本であっても、きっと実際には、なに一つ変わりはしなかったのだろう。どこかではっきりと悟る。

自分は、会社の歯車だった。

がむしゃらに働いていたから、少しは便利な歯車だったかもしれない。

だけど、それだけだ。

唯一無二ではない。いくらでも取り替えが利く歯車だ。

そんなことに気づきもせず、自分は今までなにを目指して、あんなに懸命になってきたのだろう。そこには〝自分の仕事〟など、なに一つなかったのに。

翔子との連絡が取れなくなったわけも、取引先の担当者が急に態度を変えたわけも、その理由は簡単だ。

自分がなんの後ろ盾も持たない、それどころか、経済界大物の曽孫へのパワハラで失職した、思い上がりの激しい傲慢《ごうまん》な青二才だからだ。

ずるずると脱力し、いつしか雄哉はソファから床の上に、だらしなく腰を落とした。

立ち上がる気力もなく、雄哉は床にうずくまったまま、ベランダの手摺りに跳ねる雨の音を聞いていた。

翌朝、雄哉は再びベッドに臥《ふ》せっていたが、マンションの管理人からのインターフォンで叩き起こされた。

溢れかえっているメールボックスを、なんとかしろという連絡だった。

仕方なく、素足に革靴を引っ掛けてエントランスホールまで下りる。何日かぶりにボックスをあけると、雪崩《なだれ》のように新聞とダイレクトメールが滑り落ちてきた。雄哉はそれを乱暴に取り出し、ほとんど見もしないで、不用チラシ用のダストシュートに叩き込んでいく。

そのとき、一通の手紙が床に落ちた。

ダイレクトメールだろうと思い拾い上げてみると、ひどい金釘流の文字で宛て名が書いてある。その場で封をあけ、雄哉は暫し固まった。

それは、真一郎からの退去同意の書類だった。

昭和二十年

　年が明けたが、華やいだ気持ちはどこにもなかった。年賀状も門松《かどまつ》も廃止され、学童疎開《そかい》が進んでいるせいで、近所の子供たちの姿も見かけない。

　この年私は、初めて家族と共に過ごさない正月を経験した。

　昨年、熊倉さんと忍ちゃんが広島に帰郷した直後に、兄が出征した。

　兵が出征するとき、その行き先が家族に知らされることはない。職業軍人である兄も又、その例外ではなかった。

　徴兵により入営する一般市民と違い、職業軍人の出征は出勤と大差がなく、どことも知れぬ戦場にいくというのに、兄は老運転手が運転するディーゼル自動車に乗って、いつもと同じように家を出た。日の丸も、軍歌もなにもなかった。

　あれ以来、兄からは一枚の葉書も届かない。

　その後、秋から都内の空襲が激しくなり、毎晩のように警報が鳴るようになった。私たちの住む町は田園地帯で軍需工場もなかったが、楓さんは雪江を連れて、郷里の長岡に疎開すると言い出した。当初、楓さんは私も一緒にと言ってきかなかったが、私は屋敷に残ることを選んだ。勤《つと》めていた中学が教師に宿直を課していたこともある。だがそれ以上に、兄が戻ってくるまで屋敷を自分の手で守りたいという気持ちが強かった。

使用人たちもほとんどが郷里に帰り、屋敷には元よりここを離れるつもりのないキサさんと、「今更帰るところなどない」と頑として帰郷を拒んだスミだけが残った。

すっかりがらんとしてしまった屋敷内を巡り、私は久々に離れへと足を向けてみた。

部屋の中でも息が白くなるほどに寒い。けれどキサさんの掃除は相変わらず行き届いていて、グランドピアノは今も黒々と輝いている。

弾いてみようかと上蓋をあけてみたが、結局その鍵盤に指をおろす気にはなれなかった。

兄が禁制のジャズを弾いたときの重厚なアルペジオが耳の奥に甦る。

あのときに聴《き》いた「ムーンライトセレナーデ」は本当に美しかった。波のような調べが、灯火管制で真っ暗だった離れを、銀色の光で満たしていった。いかに自分がそれを真似たところで、とても同じ音色が出せるとは思えなかった。

離れの名物だった熊倉さんのお国なまりが消え、誰をも唸らせ嫉妬させた忍ちゃんの鮮やかな筆が消え、貴重な発注主だった兄もいなくなると、頻繁《ひんぱん》に離れに通ってきていた画家たちの足は次第に遠ざかっていった。志雄やせいちゃんの顔も、しばらく見ていない。

硝子が曇るほど熱気に満ちていた離れが、今では静まり返っている。そこにあるのは、若い画家たちが今までの御礼にと置いていった作品だけだ。

ピアノの上蓋を閉じ、私は窓辺に立てかけられている肖像画に視線を移した。

まだ、幾分少女じみた面影を残す、二十歳の自分の姿がそこにある。

明るく、迷いがなく、どこまでも強気な眼差しをしている。

五年前、自分はこんな表情をしていたのかと、なんだか不思議な気分になった。あれから途方もなく長い年月がたったようにも、すべてが瞬く間に過ぎ去ったようにも感じられる。

改めて一つ一つの絵を見てみようと椅子から立ちあがった途端、私は不穏な気配にハッとした。誰もいないはずの離れで、微かな物音が響いたのだ。

「誰！」

大声をあげた瞬間、薄汚れた硝子瓶がころころと足元に転がってきた。離れの片隅で、もぞもぞとなにかが動く。

「志雄さん？」

起き上がってきた影を見て、私は眼を見張った。

「やあ」

志雄は平然と声をかけてきたが、すぐさま「頭いてぇ……」と呻いて床の上に蹲る。

「一体、どうしたの」

近づくと、強いアルコールの匂いがした。

どうやら一晩中描き続けていたらしい。だらしなく寝そべっている志雄の傍らには、絵の具と空き瓶が散らばっていた。身なりに気を使う志雄が、こんなになるまで酔っ払っているのは珍しい。

床の上に二つのカンバスがあるのを見て、私は志雄が一人ではなかったことに気づいた。

「さっきまで金田もいたんだけどな」

志雄が半身を起こして息をつく。ようやく人心地ついたのか、両腕を抱えて「さすがに寒いや」と身を震わせた。

「……昨夜……かな……」

まだぼんやりとしているらしく、志雄は視線をさまよわせた。

「いつからここに？」

「いや、そうそう、昨夜だよ。最初は金田と駅前で飲んでたんだ。そしたら警報がウーウー鳴り始めてさ。金田が〝B公のいつものお役目だ〟とか言ったんで、僕もたいして気にしなかったんだ。それで、離れにいってみようってことになって」

そこまで記憶を辿ると、「そうだ！」と突然我に返ったように、志雄は私の腕をつかんだ。

「玉青さん、君ねぇ、いくらなんでも鍵くらいかけとけよ。今は空襲にかこつけた泥棒《どろぼう》だって多いんだぜ。僕らだからよかったが、こうやって勝手に上がり込む連中がいるかもしれないんだ。大体こんな屋敷に女ばかりなんだから、もう少し用心しろよ」

空襲警報が鳴り響く中、酔っ払って夜道を歩いてきた人間が言えた台詞ではない。

「それで、警報の中、ここで酒盛りしながら、描いてたってわけ？」

「まぁ、そういうことになるよな」

私は呆れたが、志雄たちの不敵な豪胆《ごうたん》さがなんだか可笑しくもあった。

「だったら、私もここにいればよかった」

思わず本音が口をつく。

警報が鳴るたび、夜中であろうが明け方であろうが防空壕《ぼうくうごう》まで走らなければならないのは、大変な苦痛だ。しかも防空壕には妙な派閥があり、「お華族様はお断り」と、締め出しを喰らうことが間々あった。

食糧と燃料の不足に加え、警報による寝不足の中、近所の住民たちが嫉妬混じりの排斥《はいせき》の眼を、お屋敷に住んでいる〝変わり者〟の自分たちに向けてきているのは明白だった。

「一鶴から連絡は？」

志雄の問いに、黙って首を横に振る。

「そうか……」

志雄も暫し沈黙したが、傍らのカンバスを差し出してきた。

「どうだい？　蠟燭《ろうそく》の灯りだけで描いたにしちゃ、良く描けてるだろう」

それは木炭で丹念《たんねん》に描かれたデッサン画だった。

絵の中で、平服の兄がピアノを弾いている。

確かなデッサンが、兄の見事な指使いが生む、力強い音色を響かせているようだった。

「これを僕のバロネスに」

いつもの芝居気たっぷりな仕草を取り戻し、志雄が大仰に頭を下げてみせる。

私はそれを胸に引き寄せた。

「金田は、いつ出ていったんだろう」

志雄はもう一つのカンバスを手に取った。まだ油が乾ききっていないカンバスを見つめ、

「さすがだな」と、唸るように呟く。

「ご覧よ」

私も志雄と並んでその絵に見入った。

それは、今まで見てきた金田さんの絵とは、まったく趣《おもむき》が異なっていた。

大きな川に、四季がモンタージュのように映っている。川の流れと共に移ろう季節の中、一艘《そう》の帆船が、真っ直ぐに進んでいく。

そこには、それまで彼の絵に感じたことのない豊かな詩情がたたえられていた。

「漢江《ハンガン》だそうだ。金田は、世界で一番美しい川だと言っていた」

そう囁くと、志雄は頰に薄い笑みを浮かべる。

「金田とは最初、池袋の喫茶店の画家の集まりで会ったんだ。いっつも飲んだくれてて、眼つきが悪くてさ。おまけに口を開けば、皮肉しか言わないんだ。でも、画家なんて、元々ろくでなしが多いからね。僕は慣れっこだった」

離れの画家たちの中で唯一、金田さんにはパトロンがついていた。その満州国の高官も、実は朝鮮族だったのだと志雄は語った。

「志雄さんは、初めから知ってたの?」

「薄々ね……。おそらく一鶴も知っていたと思う。本人から直接聞いたのは、あの晩だ。ただ金田は、連れてこられたんじゃなくて、もともと日本《こっち》にいたんだよ。その意味で、僕らはよく似てるんだ」

祖国の違いはあってもね、と志雄はつけ加えた。

「僕もそうだけど、物心ついた頃から日本にいて、日本の生活に慣れて日本語を喋っていると、自分の祖国のことなんて、たいして深く考えなくなるんだ」

志雄は金田さんのカンバスを床の上に置く。

「でも、戦争が始まって、同胞《どうほう》にスパイ容疑がかけられたりしているのを見ると、自分はここの人間ではないんだとつくづく感じた。金田はそれがもっと大きかったと思う。なにせ同胞が次々強制連行されてくるわけだしね。僕だって、言葉もできない台湾《たいわん》の人たちが、無理矢理連れてこられるのを見るのは嫌だった」

　志雄が皮肉な笑みを浮かべてこちらを見た。

「分かるかい？　日本人が五族協和と騒ぎ始めて、僕らは反対にそのことに気づいたのさ。自分たちの国はここじゃないってね」

　思わず俯くと、その肩を叩かれた。

「言ったろ。君がそんな顔をする必要はない。幼い頃から僕らはお互いをよく知ってるじゃないか。僕は一鶴や君のことを、日本人だと思ったことはないよ。一鶴は一鶴、君は君だ」

「志雄さんだって、志雄さんです」

「そうさ。国民党でも、共産党でも、南京政府でもない」

　志雄の眼差しに強い色が浮かぶ。

「非国民？　敵国民？　上等だよ。僕は僕だ。それ以外の何者でもない」

　しかしそう言い切った直後に、志雄は少し項垂《うなだ》れた。

「金田だって、本当はキム・チュンフンなんだ。なのに……」

　カンバスに視線をやり、志雄の口元が苦しげにゆがむ。

「金田勲に、赤紙がきた。来月入営だそうだ」

　押し殺した声に、私は言葉を失った。

　しんとした静けさと冷たさが、全身を包み込む。

やがて、志雄が床の上の金田さんの絵を手に取った。

「金田は戻ってくるよ」

志雄は立ち上がるとイーゼルを立て、その上にカンバスを置いた。

「だから玉青さん、この絵を預かってやってくれないか。奴は言ってた。バカは死なないって言うから、きっと熊倉も戻ってくる。それに男爵もしたたかだから、死ぬわけがないって」

私もイーゼルを立て、金田さんの絵の隣に、志雄の描いた兄のデッサン画を並べた。窓辺には、忍ちゃんが描いた私の肖像画と、熊倉さんの自画像が立てかけられている。

にぎわっていた離れのざわめきが、一瞬甦ったような気がした。

「ついでに、この僕にもお役目がきた」

だがその追憶は、志雄の唐突な一言で破られた。

スパイ行為を働く可能性があるため、大陸華僑に徴兵はかからない。よくも悪くも、それが不文律だったはずだ。驚いて見返すと、志雄はふっと笑ってみせた。

「裏山で、松の根を掘れとのご命令だ。松の根っこを掘って、そこから乾留《かんりゅう》した油で日本の飛行機を飛ばすんだとさ。ついに僕らも連行だよ」

志雄の声は淡々としていた。

いよいよの石油不足に追い込まれ、政府はドイツに倣い、「松根油《しょうこんゆ》」の大増産を決定した。その原料となる松の根を掘るために、華僑や、在日の日系人ら、徴兵が及ばない外国籍の人々が借り出されることが決まったという。

「まあ、僕らも日本で暮らす身だ。一つ奉国してくるよ。裏山で松の根っこでも掘ってね」

「いつ戻るの？」

聞いてしまってから、後悔した。それを一番知りたいのは、志雄自身に違いない。

「シャオディーが、君と雪江ちゃんによろしく伝えてくれってさ」

あんな子供までが連行されると知って、私は再び胸を衝かれた。

鼻の頭をすりむいた、気の強そうないがぐり頭の少年の姿が脳裏に浮かぶ。

シャオディーは会うたび、私の左のこめかみを気にした。憲兵に殴られたこめかみには、小さな瘤《こぶ》が残っている。内出血した血管が、そこで固まってしまったのだ。シャオディーはそれを見ると、いつも泣きそうな顔をした。自分のために私が憲兵に殴られたのだと、子供心に責任を感じているらしかった。

私は飾り窓の下の棚から、新しいクロッキー帖と木炭を取り出した。

「これをあの子に」

絵の好きな子供だと聞いていた。

強制連行の先に、絵を描くような余裕があるとは思えなかったが、せめて自分の気持ちが伝わってほしい。日本人の誰もが、同じことを考えているわけではないのだと。

「ありがとう」

受けとる志雄の表情に、沈鬱なものが浮かぶ。

志雄は足元に転がっていた硝子瓶を拾い上げると、蓋を外し、それを一気に喉に流し込んだ。

「どうだい、君もやるかい？」

差し出された硝子瓶に顔を近づけた途端、そこから立ち昇った凄まじい臭気に、思わず顔を背けてしまう。

志雄がからかうように眉を上げた。

「冗談さ。金田からもらったカストリだ。君みたいなお嬢さんが飲むもんじゃない」

なんだか急に拒絶された気がして、私はとっさに志雄の手から瓶を奪い取った。

「そうだ、最初の一口は、鼻をつまんで飲むんだよ。二口目ですぐ慣れる」

言われたとおり、鼻をつまみながら強烈な酒を飲み下す。むせそうになるが、なんとか堪えた。

「大丈夫。メチルじゃないから、失明したりしない。どうだい、体が温まってきただろう」

確かに胃の中が熱くなってきた。それでも私はアルコールを受けつけない体質らしく、たったこれだけのことで動悸がした。

「玉青さん。君は昔から、ちっとも変わっていないんだね」

胸を押さえた私を見て、志雄が苦笑する。

「君のその、決めつけられたくないっていう鼻《はな》っ柱《ばしら》の強さは、本当にたいしたもんだよ」

志雄の口調に、いつかの兄の言葉が重なった。

玉青は小さいときから、決してできないって言わない子だった――。

その端正な面差しの奥に、兄が潜んでいるような気がした。

「志雄さん、必ず戻ってください」

いつしか、強い口調で告げていた。

「当たり前だ。松の根なんて適当に掘って、すぐにでも戻ってくるさ。玉砕《ぎょくさい》だの特攻だの言ってるような戦争に、そうそういつまでもつき合わされてたまるものか」

志雄は眼差しに力を込め、私の肩をしっかりとつかむ。

「玉青さん。この戦争、日本は負けるぞ」

私は絶句して志雄を見た。

「僕や金田の同胞たちは、皆、炭鉱《たんこう》や軍需工場でこき使われている。そこで聞く話は、およそお話にならないことばかりだ。ゼロ戦を作るのに送られてくるのが、お玉だとさ。アルミのお玉や鍋で作った飛行機が、アメリカの鋼鉄の戦艦に敵うものか」

衝撃的な言葉に、私は茫然とする。

「一鶴だって当然分かっている。僕らは以前、一緒にアメリカを見てきたんだ。ルート66を大陸横断していく車の行列を見ているんだ。違いすぎるんだよ、石油の量も、国の力も」

「それじゃ日本は……」

「日本がどうなろうと、知ったことじゃない。居場所なんてどこにだってある。居場所のために、無益に死んだりしちゃ駄目なんだ」

肩をつかむ志雄の手に力が籠もった。

「僕やシャオディーはすぐに戻る。一鶴も、熊倉も、金田もだ。きっときっと、戻ってくる。だから、玉青さん。君も、絶対、死んじゃいけない。奥方も、雪江ちゃんも、キサさんも、スミさんも、僕たちは誰一人死んじゃいけない」

泣くまいと歯を食いしばる私を、志雄はしっかりと見つめる。

「玉青さん。僕はいつも斜めにものを見てきたから、逆によく分かるんだ。この世界には、権力が好きなくせに自分がない、不気味な連中がうようよしている。そんな連中に巻き込まれては駄目だ。君は天下一品のその鼻っ柱を、誰にも折られちゃいけない。最後まで立派に守り通すんだ」

眼尻に滲《にじ》んでくる涙をぬぐって頷くと、思いがけずすぐ傍に、志雄の顔があった。

切れ長の瞼の下の瞳の奥に、自分の顔が映っている。

幼馴染《おさななじみ》の志雄を、こんなに間近で見たのは初めてだ。

志雄がわずかに眼を眇めた。その眼の奥に、暗い炎《ほのお》が揺れた気がした。

見たことのない表情に、胸が波打つ。

だが、すべては一瞬だった。

「それでこそ、僕のバロネスだ」

いつものおどけたような口調に戻ると、志雄は私の肩から手を放した。

「せいちゃんがきたら、よろしく伝えてくれ。せいちゃんの頭の匂いが染みついた汁粉は、それさえ知らなきゃ、そこそこ美味かったって」

最後に冗談めかしてそう言って、志雄は離れを去っていった。

一人残された私は、しばらくぼんやりとしていた。

食い入るように自分を見ていた志雄の眼差しを思い返すと、今でも鼓動が速くなる。あんなふうに見つめられたのは、初めてだった。

私は志雄が残していったカンバスを手に取った。

そこには、生き生きとピアノを弾く兄の姿がある。

志雄の繊細で確かな筆致と、兄が繰り出す流麗なアルペジオ。

そっと胸に抱き寄せれば、そこから熱い脈拍《みゃくはく》が伝わってくるような気がした。

志雄の来訪を最後に、屋敷を訪ねてくる人はいなくなった。

三月に下町を壊滅させる大空襲が起こり、街には流言飛語《りゅうげんひご》が飛びかうようになった。そこには志雄が言ったような、至極現実的なものも含まれていた。

それでも私が暮らす田園地帯に、それほど大きな被害は出なかった。都市ガスの供給が完全にとまってしまい、煮炊《にた》きができなくなったのには閉口したが、川沿いの桜が満開の花を咲かせだすと、空気の緩みと共に、心にも幾分かの余裕が生まれた。

しかし、四月の十五日。その日の空襲は、なにもかもがいつもと違った。

警報が鳴り出したのは夜の十時だった。すでに寝室着に着替えていた私は、外套を出そうとして洋服棚をあけ、ふとその指をとめた。

お馴染みの警報の音に混じり、今までに聞いたことのない音が聞こえてくる。それは巨大な虫の羽音のような、大勢の人間の唸り声のような、なんとも不気味な音だった。

キサさんとスミと共に屋敷の外に出て、私はその異様な光景に息を呑んだ。

翼の文字が読めるほどの低空を敵機が飛んでいる。

呆気にとられて眺めていると、鈍い銀色の翼が自分たちの頭上を通り過ぎていった。その直後になにかがぴかっと光り、瞬間、その下が辺り一面火の海となった。

赤々と燃える炎が、夜空の敵機の姿を照らし出す。

恐怖で足が竦んだ。

なんという近さだろう。こうして見上げていれば、パイロットに自分たちの顔が見えるのではないかと思うほどの距離だった。

次にザーッとスコールのような音がして、焼夷弾《しょういだん》が落ちてきた。投下後分離した子弾が火の雨の如《ごと》く地上に降り注ぐ。あっという間に下草が燃え、火の粉が空中に舞い上がった。

「戻りましょう！」

我に返って叫ぶと、キサさんも盛んに頷いた。あちこちの下草が燃える中、無事に防空壕に辿り着けるとは思えなかった。辿り着いたところで、いつものように締め出しを喰らったら、本当に自分たちは死んでしまう。

すっかり腰を抜かしているスミを、キサさんと一緒に両側から引きずって、必死の思いで屋敷へと引き返した。

「一体どういうことでござんしょう、この辺りは田畑ばかりで、軍需工場はないじゃありませんか」

玄関に入るなり叫んだキサさんの抗議を嘲笑《あざわら》うように、地響きが伝わってきた。スミが悲鳴をあげ、私もキサさんも板張りの廊下に崩れ落ちた。

一体どこに焼夷弾が落ちているのか、どこが燃えているのかも分からない。次に火がつくのは、この屋敷かもしれなかった。

なんとか体を動かそうともがくのだが、脚に力が入らない。防火用水も、防空頭巾も、避難袋も、なに一つ役に立ちそうになかった。

そのとき、玄関先で人の声がした。

「玉青ちゃん、玉青ちゃん！」

暗闇の中、長身が近づいてくる。

影がはっきりとしてきたとき、私は思わず立ち上がった。

「せいちゃん！」

大声をあげ、体ごと長身にぶつかっていく。

「怖かったわね。ここにいて正解よ。防空壕は満杯だし、あっちこっちで大火事よ。でもね、西洋館は爆撃されないの、本当よ！」

せいちゃんの最後の一言で、キサさんとスミは、心底ほっとした顔になった。

「それにしてもB公の奴、ついに本気出してきたわね。いっつも上空をうろちょろするだけで、なにもできやしないと思ってたのが大間違いだったわ。この間の空襲では大本営が丸焼けになったって話よ」

綿の飛び出た防空頭巾を押さえ、せいちゃんは憤慨の声を漏らす。

「でも大本営はともかく、こんな田畑《でんばた》を焼きにくるなんて、B公も酔狂《すいきょう》すぎよ。冗談じゃないわ。あたしの防空頭巾も半分焼けたのよ。配色に苦労したのに、失礼しちゃうわ」

せいちゃんのいつもと変わらないお喋りを聞くうちに、ようやく私の中にも一本の芯が甦ってきた。

「離れにいきましょう。あそこなら、屋敷が燃えても、火が移らないかもしれない」

手招きすると、三人は大きく頷いた。全員が相手の服の裾をしっかりとつかみ、地響きの中を、一丸となって離れに向かう。

重い遮光カーテンで囲まれた離れは漆黒の闇だった。

「西洋館が爆撃されないというのは、本当のことでございますか」

足元さえ見えない闇の中で手探りしながら、キサさんが怖々と質問する。

「本当よ。あたし、憲兵に聞いたのよ。あの連中って本当に最低だけど、そこそこ情報は持ってるわ」

この空襲の中、せいちゃんが自分たちに会いにきてくれたことが、心の底から頼もしく、嬉しかった。多くの人が変わってしまう世の中で、せいちゃんは変わらない。

「硝子が割れると危ないから、窓の傍には寄らないで」

私は勘を頼りに、グランドピアノの近くまで皆を先導した。

重厚なピアノの脚につかまり、全員が息を殺す。

直接座っている冷たい床からは、絶え間なく地響きが伝わってきた。スミは耳を塞ぎ、小刻みに震えながら、か細く嗚咽していた。

不気味な羽音、焼夷弾が降り注ぐ音、地響き、すすり泣き——。

しばらくはそんな音しか聞こえなかった。

けれど必死に息を詰めていると、すぐ傍で小さい鼻歌が聞こえていることに気がついた。

せいちゃんだ。

闇の中、せいちゃんが長身の肩を揺らして、無心に「ムーンライトセレナーデ」を口ずさんでいる。

ふいに、私の胸の中にも兄のピアノが鳴り響いた。

漆黒の闇の中でダンスを踊った、あの日の自分たちの姿が甦ってきて、急に取り巻く世界が色彩を帯びる。私は自分も声を出して、せいちゃんの調子に合わせてみた。二人の肩が同じリズムで揺れる。

だが眼が慣れてくると、初めてせいちゃんの異変に気づき、口ずさんでいたハミングを呑み込んだ。

「せいちゃん……？」

防空頭巾を脱いだせいちゃんの顔の半分が、異様なほどに腫れている。

そして――髪がない。

すっかり刈られてしまっていた。

私の茫然とした様子に気づき、せいちゃんも歌うのをやめて、「んふふ」と含み笑いした。

「簡閲点呼《かんえつてんこ》なんて面倒なものがあるのをすっかり忘れてたら、憲兵に踏み込まれちゃってね。おまけに、ジャズのレコードとか、イギリスのファッション雑誌とか、禁制品が一杯あるのもばれちゃって。もう、殴られるは蹴られるはで大変よ」

再びせいちゃんは「んふふ」と笑う。

「あたしも玉川警察署にぶち込まれてたのよ。それで玉青ちゃんの顔もなかなか見にこられなかったってわけ」

すぐに返事をすることができなかった。

私には分からなくなっていた。一体誰が本当の敵なのか。どうしてこんなことになったのか。自分たちを焼き尽くそうとする敵は憎い。

けれど、その敵の前にも、理不尽なものが大きく深く横たわっている。

志雄は去り際、「誰にも鼻っ柱を折られてはいけない」と言った。けれど彼が与えてくれた肯定に、私はどこまで応えることができるだろう。

そう考えたとき、真っ暗な闇の中、イーゼルに立てかけられた絵が光ったような気がした。画家たちが残していった絵は、地響きの中でも倒れることなく立っていた。

〝非国民〟〝ピアノを弾く軟弱もの〟〝敵性語の女教師〟

思えば自分たちは、随分と色々なことを言われてきたものだ。

それでも、自分の道が見えてしまえば、人はそこをいかずにはいられない。あれだけ他人の顔色を窺ってばかりいた熊倉さんだって、結局「描かずにはいられない」人だった。

「こんな頭で死んだりしたら、末代の恥よね……」

しょんぼりと項垂れているせいちゃんに、私は思わず呼びかけていた。

「オンヴァダンサー《踊りましょう》、ムッシュー」

「ウイー、マダーム」

伏せていた顔を上げ、すぐにせいちゃんが呼応する。

私は寝室着の上からはおっていた外套のポケットを探るとハンカチを取り出し、差し出した。せいちゃんはそれを受け取り、いがぐりのようになった頭に素早く巻きつける。

歌いながら立ち上がり、手を組み、腕を組んだ。

いつしか、兄が奏《かな》でた豊饒なスイングが、離れいっぱいに響き渡っていった。

「大丈夫。一鶴さんが、守ってくれるわ」

せいちゃんに耳元で囁かれ、強く頷く。

怯んだりするものか。唇を噛みしめて前を向く。

なぜなら――私たちは自由だから。

自由なものはなにものにも負けやしない。

それを請け負ってくれるせいちゃんが、誇らしかった。

爆音が響く中、踊っている私たちを、キサさんとスミが茫然として眺めていた。キサさんは半ば呆れ、スミも鳩が豆鉄砲《まめでっぽう》でも喰らったような顔をしていた。

それでも、スミはすっかり泣きやんでいた。

いつかの食卓

望んでいたことのはずなのに、いざ真一郎から退去同意書が送られてくると雄哉は戸惑った。ベッドの側面に寄りかかり、暫し考える。立ち上がると軽い眩暈《めまい》がしたが、寝皺の寄った汗くさいベッドにもう一度横になる気にはなれなかった。

シャワーを浴び、髪を洗い、髭を剃り、頬にローションを塗りつける。鏡の前で髪を整えると、ようやく見慣れた自分に戻った。

とりあえず、真一郎に会わなければならない。

雄哉はクローゼットの扉をあけた。ずらりと掛けられているデザイナーズブランドのスーツを眺めて、なんとなく溜め息をつく。結局、一番下の収納ボックスから、普段滅多に穿かないジーンズを引き出した。

着替えながら携帯《スマホ》の電源を入れると、凄まじいほどの着信履歴が現れた。

すべて、邦彦伯父からだった。ふと嫌気がさし、雄哉は再び携帯の電源を落とした。

携帯でちらりと確認した日付を頼りに、壁のカレンダーをめくる。いつの間にか、七月に入っていた。時計の針は五時になろうとしていたが、空はまだ充分に明るい。

車のキーを手にしかけて、考え直す。あの屋敷にいくのに、車は禁物に思われた。

少し動くと、雄哉はさすがに空腹を覚えた。考えてみれば、もう一週間近く、液体とゼリーしか摂《と》っていない。それでも、食べたいものがなに一つ浮かばなかった。食べものの味自体を、すっかり忘れ去ってしまったような気分だった。

結局雄哉は空腹のまま電車を乗り継ぎ、緑道を十五分も歩き、ふらふらになりながら三角屋根の屋敷の前に辿り着いた。

階段の下の道路に届くほど、ノウゼンカズラがこぼれんばかりに鮮やかな花を咲かせている。なんだか単色の世界から、突如極彩色の世界に紛れ込んだようだ。

階段を上って呼び鈴《りん》を押すと、「はあいー」と長い髪を揺らしながら、ローラが玄関先に現れた。

「あ、大家さーん」

雄哉を見るなり屈託のない声をあげて、門の鍵をあけてくれる。

「桂木さんはいらっしゃいますか」

「いるよー、ほら、入ってよ」

「いえ、結構です」

退去の条件について話し合うなら、場所を変えたほうがいいと雄哉は考えていた。

「真ちゃん、真ちゃーん」

ところがローラが奥に向かって呼ぶと、又してもランニングにパンツ一丁の真一郎が完全にご機嫌な状態で現れた。

「桂木さん、お送りいただいた同意書の件ですが……」

めげずに雄哉は切り出したが、真一郎は最後まで聞こうとしない。

「あれ？　なんだい、雄哉君まで俺の送別会にきてくれたのかい？」

見当違いの大声をあげられ、雄哉は戸惑う。

「いやあ、義理堅《がた》いねー」

すっかり出来上がっている真一郎は、上機嫌で無精髭を撫でた。

「送別会」と言うからには、やはり本気で出ていくつもりなのだろう。しかもそれを、他の入居者にも公表しているということだ。益々細かい詰めをしなければと、雄哉は焦る。

「いえ、ですから、桂木さん。その件で一度お話させていただきたいんです」

「おう、いくらでも話そうよ。だからまずは上がりなさいって。飯もできたしさ」

「食事をしにきたわけじゃないんです。退去の条件についてですが……」

「条件？　そんなもの、どうだっていいよ」

「え」

言い切られて、雄哉は次の言葉を呑み込んだ。

すると真一郎が突然大音声で「うわははは！」と大笑いする。いつもいきなりスイッチが入るこの大笑いの意図が、雄哉にはまったく分からない。

絶句している雄哉に、真一郎は大真面目に言った。

「雄哉君は玉青さんの後継人なんだろ。だったら好きにするといいよ。俺は別に、雄哉君のやることに、端から条件なんてつける気ないよ」

なんでだ――。

何事も交渉して、少しでも有利な条件を取りつけていくのが、この世のすべてのはずではないか。この男の無防備さは、一体どこからくるのだろう。

「意味が分からない」

雄哉は思わず呟いてしまった。

「分からないことなんてあるものか。雄哉君はいつも、考えすぎなんだよ」

真一郎は平然としてそう言うと、式台に下りてきて、雄哉の右腕をむんずとつかんだ。示し合わせたように、ローラが左腕をつかむ。

「ほらほら、遠慮しないで入りなさいって」

又しても尋常でない力で引っぱられ、雄哉は慌てた。マッサージャーと、夜間警備員の腕力は並ではない。

「分かりましたよ、だから引っぱらないでください」

結局、前回と同様に雄哉が降参し、二人は満足そうに顔を見合わせた。

雄哉はなんだか本当に驚いてしまう。住人を追い出す立場の自分のことを、二人はなんとも思っていない。この期に及んでのその危機感のなさが、心底理解できなかった。

深い息を吐くと、雄哉は靴を脱いで廊下に上がった。

台所に入れば、凪が丁度、キッチンテーブルの上を布巾でふいているところだった。

いつも素っ気ないジーパン姿の凪が、今日は紺色のワンピースの上にクリーム色のエプロンを掛けている。

「あら、大崎さん？」

「おう、凪ちゃん、雄哉君も俺の送別会にきてくれたよ」

もなかった。

「そうですか」

真一郎の言葉に凪は淡々と頷いた。別に意外に感じている様子も、不愉快に感じている様子もなかった。

真一郎も凪も、本当に不思議だ。くるものは迷わずに受け入れるようなところがある。言ってみれば、思い込みが強くても、偏見《へんけん》がない。

「凪ちゃんの料理はいいぞ。基本素材一本勝負だからな」

真一郎が、どう考えても誉《ほ》めているとは思えない台詞を口にしたが、凪は平然としている。

雄哉はぼんやりと台所に立っているうちに、ローラにあれこれ指図され、結局枝豆《えだまめ》やらビールやらをテーブルの上に並べる羽目になってしまった。

しばらくすると、足をずるずる引きずりながら拡がやってきた。拡は前髪を深く垂らし、台所に入っても誰とも視線を合わせなかったが、それでも一番隅の椅子に、さも仕方がなさそうに腰を下ろした。

枝豆、シラスの大根おろし和《あ》え、茗荷《みょうが》とオクラとワカメの酢《す》の物《もの》、蒸《ふ》かした里芋《さといも》、葱と生姜《しょうが》のたっぷり添えられた冷奴《ひややっこ》、冷やしトマト、焼きたらこ――。

真一郎が言ったとおり、切ったり茹でたり焼いたりするだけで成立する料理ばかりが、テーブルに並べられた。酒飲みの真一郎には、このあっさりとした献立《こんだて》は物足りないらしく、勝手にキムチや塩辛の瓶を冷蔵庫から出してきて、自分の前に並べている。

いつの間にか、皆と一緒に食卓に着き、雄哉は益々ぼんやりとした。

凪が最後に大きな鍋を、テーブルの端の鍋敷きの上に置く。

ふいに懐かしい匂いがした。

これは多分——。

「じゃが芋の味噌汁《みそしる》だ」

声に出して呟くと、凪が意外そうな顔をしながら鍋の蓋をあけた。

「中身までよく分かりましたね」

「いや」

雄哉は自分でも驚いて、言葉を濁す。

じゃが芋の味噌汁は、ばあちゃんがよく作っていたメニューだ。

もう随分と長い間忘れていた光景が、頭の中に甦る。

ばあちゃんが鍋から味噌汁をお椀によそって、じいちゃんがそれを受け取っていた。食事の最中、じいちゃんは時折新聞のスポーツ欄に眼を落とし、「又横浜《よこはま》が最下位だ」と嘆いていた。

あの頃は家を出たくて仕方がなかった。年老いた祖父母の世話になっているのも、あまりうまくいっていない父の顔を見るのも嫌だった。だから大学進学と同時に、早々と家を出た。

もう何年も、思い出したことすらない記憶だった。

「桂木さんも、お酒ばっかりじゃなくて、ちゃんと食べてくださいね」

凪が全員に味噌汁のお椀を配り始める。雄哉も最後にそれを受け取った。

真一郎とローラが「いただきまーす」と声を合わせ、拡は黙って箸を取る。

雄哉はしばらく手の中のお椀を見つめていたが、久しく動く気配のなかった胃が急に音をたてた。その要求に抗《あらが》えず、お椀に口をつける。

唾液腺《だえき》が刺激され、きゅうっと耳の下が痛くなり、それが収まると、野菜と味噌が溶け合う温かな甘味が、じんわり舌の上に広がっていった。

「う」

思わず声をあげてしまう。

全員が雄哉を見た。

「なにか変なものでも入ってました？」

不安げに尋ねてくる凪に、雄哉は顔を上げた。

「味がする」

その言葉に、始終無言だった拡までがぽかんとした。

「バ、バ、バカ！」

真一郎が慌てて身を乗り出す。

「雄哉君、そりゃ、あまりに失礼だろう。いくら凪ちゃんの料理が素材一本勝負だからって、味くらいするよ、そりゃ」

そんなつもりで言ったわけではなかったのだが、凪が憤怒の表情で二人を睨みつけてきた。

「いや、違う、そんなつもりじゃない」

雄哉は慌てた。

つまり。

「俺、こんなベタで単純な飯、久々に食った」

雄哉は大真面目に言ったのだが、途端に真一郎が頭を抱えて崩れ落ちた。凪は怒りのあまり言葉が出ない様子だ。

「いや、だから、違うんだ」

雄哉は益々しどろもどろになる。

つまり、これは――〝普通の飯〟だ。

ばあちゃんがいつも作ってくれていたのとは、少し味が違ったけれど。

店で出るものとも、コンビニで売っているものとも、翔子がときどき作ってくれた、やたらと手の込んだものとも、それからもちろん、高級レストランで出てくるものや、栄養機能食品とも全然違う。

家庭で食べる、なんの気取りもない、普通のご飯だった。

「いや、マジで普通に味がする」

実際にはここ数日の休息で、機能を失っていた自律神経が正常化してきた表れだったのだろうが、久方ぶりの味覚の復活に、雄哉は素直な感嘆を抑えることができなかった。

「雄哉君、少しは空気読めよ……」

隣で真一郎が、普段の自分を遥か遠くの棚に押し上げた台詞を吐いている。

「いいじゃない、本当に美味しいものー。和食の基本は素材でしょー」

ローラのとりなしに、その場はなんとなく収まった。

しかし、勢いづいた雄哉が久々に味のあるビールをたて続けに飲み干していると、なにやらピシピシと二の腕に当たるものがある。見れば、枝豆の殻《から》だ。

飛んでくる方向に視線を向けた途端、今度は雄哉の左頬にそれが命中した。

テーブルの一番端で、誰とも口をきかず、ちまちま食事をしていたはずの拡が、食べた枝豆の殻を雄哉に向かって投げている。

「おい、よせよ」

雄哉は抗議の声をあげた。

だが長い前髪がテーブルに着くほどに俯きながらも、拡は続いて里芋の皮まで投げてくる。

「ちょっと植原さん、殻入れあるでしょう?」

凪が驚いていてたしなめたが、その隣の真一郎が「うわ」と眼を剝いた。

「ひょっとして拡君、ずーっと、一人でウーリャンイエ飲んでたんじゃや……」

言われてみれば、殻やら皮やらを投げているもう一方の手で、拡は透明《とうめい》な液体が入ったコップを握りしめている。

拡は一気にそれをあおり、コップをテーブルに叩きつけて雄哉に人差し指を突きつけた。

「勝手なこと言うな!」

「は?」

ビールを飲んでいた雄哉も、眼元を赤く染めて睨み返す。

拡は負けじと青白い顎を持ち上げた。

「俺には俺の算段ってものがあるんだ。それなのに、後からきて、今月中に出てけとか、勝手なこと言ってんじゃねえよ」

殻入れの皿を持ち上げ、それを一気に雄哉の頭上でぶちまける。

「うわ、拡君て酔うとこんなんなっちゃうんだ」

真一郎が仰天し、凪とローラも眼を丸くした。

「なにすんだ！」

雄哉はバラバラと振りかけられた食べ殻を振り払って立ち上がる。

「正式な契約書もないくせに、偉そうなことを言うな。俺の算段？　そんなものが罷り通るわけないだろう。この引きこもりのニート野郎！」

「だから、雄哉君も言いすぎなんだよ」

慌てて真一郎が仲裁《ちゅうさい》に入ってこようとする。

「うるさい！」

そこだけ、雄哉と拡は声を合わせた。

「俺は引きこもりでも、ニートでもない！」

拡は青白い顔を益々蒼白《そうはく》にして、肩を震わせる。

「じゃあ、一体なんのつもりだよ。ミュージシャンなんてのはな、社会に認められて、初めて名乗れるんだよ」

「だから今、曲作りに専念してるんじゃないか。自分を追い込むつもりがなくちゃ、誰がこんなうるさいオッサンのいるところで暮らすもんか」

〝うるさいオッサン〟というところで、真一郎は「え、俺？」と心底意外そうに凪とローラを見たが、二人の女性は曖昧な笑みを浮かべて答えなかった。

「じゃあな」

雄哉は冷たい笑みを浮かべる。

「ミュージシャンだって言うなら答えてみろよ。今週のダウンロードは何件だ？」

拡の骨ばった肩が益々震えた。

「言ってやろうか？　ゼロだろう。今週だけじゃない。先週も、先々週も、一ヶ月前も、半年前もだ。違うか？」

「チッキショー」

突然、拡が拳を握り踊りかかってきた。ふいを衝かれた雄哉は、椅子ごと床の上に引き倒される。

「うわ、拡君、ふり幅が大きすぎるよ！」

真一郎が料理の載ったテーブルを押さえながら、二人の女性をガードした。

「退避、退避、ここから先は男の世界だ」

「なに、格好つけてんのー、単に酔っ払いの世界でしょー」

「そうよ、それに大崎さんの言い方って本当にむかつく。一体、なに様のつもりなの？」

ローラと凪は壁際に退散しつつも、口々に非難の声をあげている。

雄哉は拡にのしかかられながら「うるさい！」と言い返した。

「どいつもこいつもいい歳して、恥ずかしくないのかよ！　お前ら全員、こんなところで群れやがって、大伯母に甘ったれてるだけだ。少しは現実と向き合えよ！」

そうだ、〝事情〟を察してくれる現実なんて、この世の中には存在しない。

その現実で、つまらない地雷を踏んで。

どうする、この先お前はどうする――！

頭の中で自問を繰り返すうちに、組み合っている拡の姿が、いつしか雄哉自身の姿と重なった。

「現実と向き合わなきゃいけないのなんて、言われなくても分かってる。でもとことんやらなきゃいけないことだってあるんだ」

完全な劣勢《れっせい》に追い込まれつつ、拡が必死の声をあげる。

「そのとおりよ！　誰にだって諦められないものはあるわ」

すかさず凪が加勢に出た。

「じゃあ、誰の庇護《ひご》にも頼らないで、それで食っていけるのかよ」

しかし雄哉がそう詰問《きつもん》すると、拡も凪も絶句した。

すると、それまで黙っていた真一郎がおもむろに口を開いた。

「いいと思うよ。とことん試せば。だって、どうせやめられないんだろ」

無責任なことを言うな、駄目人間。

雄哉は眼を白くしたが、真一郎はノンシャランと続ける。

「せっかく元気なんだしさ。拡君も凪ちゃんも、やりたいこと自由にやればいいと思うよ。そりゃ雄哉君だって同じだよ。それで食えなくなったら、それはそのときに考えればいい」

「うるさい、あんたはまともな人類の例外だ」

「え、そう？」

雄哉はじたばたと暴れる拡を押さえつけながら、「だったらな」と、きょとんとしている真一郎を指差した。

「お前、ああいうふうになりたいか」

途端に拡はぐったりと力を抜いた。

「ムリ……」

「ほらみろ！」

「ええ、ひどいよ、拡くーん」

真一郎が大いに嘆く。

「大事なのは他人の評価を勝ち取ることだ。大多数に認められて、ようやくなりたい自分になれるんだ。それができなきゃ、落ちこぼれていくだけだ」

しかし、その言葉に一番突き放されたのは、当の雄哉自身だった。

拡も凪も、そして雄哉も、なにも言うことができなくなった。

ふいに忍び笑いが漏れる。

壁に凭れたローラが笑っていた。

「私はねー、別に他人に誉めてもらうためにお金稼いでるわけじゃないけどねー。でも私の仕送りで弟が大学に入れるなら、それだけで日本にきてよかったと思うよ」

なんとなく決まりが悪くなり、雄哉も凪も視線を泳がせる。

己のことだけで必死になっている自分たちの姿は、出稼ぎのローラからすれば、あまりに贅沢なことかもしれない。

「まぁな……、ローラちゃんは、親戚一同背負ってるもんな。それ考えると、俺もさすがに恥ずかしいよ」

真一郎が少し真面目な顔をする。

「でもな、雄哉君。人にはそれぞれ事情があるし、背負ってるものの重さも違うけどさ、それでも俺はやっぱり、好きにするのが一番だと思うよ。ありがたいことに、俺たちは今、それができるんだしさ」

胸の中がもやもやした。

〝他人の評価なんて曖昧だ〟

不本意ながらも何度となく反芻したその台詞を、再び突きつけられている気がする。

けれど、事実は事実だ。現実でしくじった自分は、今、色々なものを失いつつある。

その損失の埋め合わせになるような納得を、自分はどこにも見出せていない。

「玉青さんがさ、よく俺に言ってくれた言葉があるんだよ」

真一郎が指を立てた。

「イッツユアーイマジネーション――人生は、所詮、気のせいだって……」

しかし。

大伯母が、〝遠隔操作〟で告げてきたこの言葉に、雄哉は思い詰めていた頭をいきなり殴られた気がした。

「ふざけるな！」

気がつくと、雄哉は立ち上がり、今度は真一郎の胸倉をつかんでいた。

「その場しのぎで生きてる奴が、適当なことを言うな！」

人間、生まれた以上は、前に進まなきゃ駄目なんだ。

「俺は、曲がりなりにも十年間、必死で働いてきた。どんな仕事だって手を抜かなかったし、誰よりも残業して、誰よりも成果を出した」

そして、誰よりも先に出世した。

それを当たり前だと思ってきた。

できない人間と比べれば、できる人間が前へいくのは当然だ。

それなのに――。

「その俺が、なんで失職しなきゃいけないんだ。間違ったことはなにもしていない。当然のことを、当然にしてきたままでだ。打ち合わせに遅刻した新人を叱責してなにが悪い。ミスをした社員に深夜の業務命令を出してなにが悪い」

そいつが筆頭株主の曽孫だろうが、新婚だろうが、そんなことは理由にならない。

自分は正しい、間違っていなかった。

「なのに、なんで、俺がパワハラで刺されるんだ」

しかも。

「俺を売ったのは、同期だ」

友人だったとまで言うつもりはない。

でも、理解してくれていると思っていた。

「俺がグループ長になったとき、〝実力だよな〟と笑ってくれた、たった一人の……」

雄哉の声がかすれて途切れる。

おまけに今まで散々こちらの働きに恩恵を得ていたはずの取引先まで、きれいに掌を返してみせた。

誰も、今の自分を正当に見てくれない。

「これが、気のせいでたまるか！」

叫んでからハッとした。

真一郎が驚いたように自分を見ている。

胸の中で燻《くすぶ》っていた思いをすべて吐露してしまっていた。

ずっと出口を探してさまよっていた感情がすべて表へ出ていき、代わりに大きな空洞《くうどう》が雄哉の中に残った。

真一郎の胸倉から手を放し、雄哉は手近にあった椅子に魂が抜けたように座り込む。

人前で、こんなにも本音を吐き出したのは初めてだ。

学校での発表は得意。会社でのプレゼンも得意だった。

正解が見えるから。

求められているものが、分かりやすいから。

だがこんなふうに、どうしようもない感情を溢れさせたことはない。

それは、つき合ってきた女性の前でも、育ててくれた祖父母の前でも、実の父親の前でも。

大丈夫かと問われれば、常に大丈夫だと答えてきた。

それ以外の答え方を、雄哉は自分に許すことができなかった。

〝愚痴《ぐち》〟なんて、敗者のものだと思っていた。

自分とは、無縁のものだと思ってきた。

静まり返った厨房に、冷蔵庫のモーター音だけが低く響く。

やがて、拡がのろのろと起き上がり、ぼんやりと椅子に腰を下ろしている雄哉の前に立った。長い前髪を払い、初めて視線を合わせてくる。

拡がなにかを言おうと口をあけた。

だが――。

「う、うぇえええええええ……！」

言葉の代わりに、違うものが溢れ出た。

吐瀉物《としゃぶつ》を浴び、雄哉が一気に我に返って飛び上がる。

「ぎゃあああああ!!」

「うわあー、これぞ酔っ払いの世界……」

感心したように呟いている真一郎をはねのけ、凪とローラがてんてこを舞いだした。

「ゾーキン、ゾーキン！　大家さん、ダイジョブー？」

「ちょっと、桂木さん、そんなところでぼさっとしてないで、さっさとモップ持ってきてください よ！」

ローラが雄哉に駆け寄り、凪はまだ呻いている拡を力ずくで洗面所に引きずっていった。真一郎も廊下に飛び出していく。

なんてことしてくれるんだ……!!

ローラにあちこちふいてもらいながら、雄哉はあまりのことに茫然自失した。

けれど。先刻の空っぽになってしまった感覚とはなにかが違う。

戻ってきた真一郎が、必死にモップがけを始めた。

「ああ、もう、全部台無しじゃない！」

拡を洗面所に置いてきた皿が台所に戻り、嘆きながら残った料理を片づけている。

不思議だった。

なぜか雄哉は、こうした状況を、自分が知っているように思えた。

〝あらまあ、おバカさんねぇ〟

〝まったく、どいつもこいつも、どうしようもないアホだ！〟

〝でも、分かるじゃぁ〟

耳元でさざめくような声が響く。

周囲に、大勢の人が集まってきているような気がする。

おかっぱ頭の幼い祖母、若く美しい大伯母、離れに集まっていた、なんとも個性的な男たち——。

写真では真顔しか見ていなかったのに、彼らが笑っている姿が鮮明に頭に浮かぶ。

「本当にバカだ」

雄哉はつられて口元に小さな笑みを浮かべた。

昭和二十年　夏

その日は雲ひとつなく晴れ渡り、本当に暑かった。

前日から何度も、重大発表ありと予告されていた放送を、私は同僚の教師たちと一緒に校庭で待っていた。宿直で一緒だった初老の教師は、それを「陛下の激励」と信じて疑っていなかった。

正午近くなると、学校近くに住んでいる人たちも三々五々校庭に集まってきた。

真夏の日光が天頂《てんちょう》から照りつける校庭で、私たちは正午の時報と共に始まった放送を聞いた。ラジオ放送の音は聞き取りづらく、最初はなにを言っているのかがあまりよく分からなかった。

しかし、放送が後半に差しかかったとき、ついに周囲から啜り泣きが起きた。

戦争が終わった。

日本は、負けた。敗戦したのだ。

このとき、己の心の裏腹さに愕然《がくぜん》とした。

〝この戦争、日本は負けるぞ〟

そう志雄に告げられ、自分の中にもぬぐいきれない疑念が湧いた。

それでもいざそれを現実として突きつけられてみると、頭の中にも心の中にも、真実「負ける」という概念が欠落していたことを、改めて思い知った。

「勝てるはずがない」と思っていたのとまったく同様に、「負けるはずがない」と思っていたのだと心底悟り、気づくと周囲の人たちと同じように地面に膝をついていた。

このとき、私は祈るように兄の名を呼んだ。

国が戦争に負けても、兄が帰ってくれるなら、自分たちは負けない――。

そう心の奥に刻みつけた。

それから五日後、灯火管制が解除された。街に灯りが戻り、もう本当に空襲がないのだと、誰もが胸を撫で下ろした。週末には、疎開していた家族も東京に戻ってくることになった。

しかし、先に迎えにいっていたキサさんとスミに支えられて列車を下りてきた楓さんの姿を見て、私は全身から血の気が引いた。

すっかりやつれた楓さんの右脚の膝から下が、忽然《こつぜん》と消えていた。

このとき、終戦の二週間前に、長岡で大空襲があったことを初めて知った。

十六万発の焼夷弾が、市街地のほとんどを焼き払ったのだという。疎開地だった地方都市にこれほどの空襲があろうとは、誰もが想像だにしていなかった。

後に、長岡のような地方都市が大空襲の標的にされたのは、そこが「パールハーバー」の指揮を執《と》った山本《やまもと》五十六《いそろく》の故郷だったからだという噂がまことしやかに流された。

けれどそんなことが、楓さんとなんの関係があっただろう。

楓さんは杜撰な手術のあと破傷風《はしょうふう》にかかり、今も感染症《かんせんしょう》で苦しんでいる。

私は楓さんのことを、真実母親だと感じたことはない。

だが、この若い継母が、自分と異なるなにかを理由もなく拒絶したところを、ついぞ一度も見たことがなかった。そうやって多くのことを許容してきた彼女のおおらかさを、なにかがとことん試すとでもいうのだろうか。

だとしたら、私はその〝なにか〟を絶対に許さない。なんとしてでも、それが再び自分たち家族を脅かさないように、徹底的に叩き潰さなければならない。

そのためにも、私には兄が必要だった。


夏がぶり返したような暑さの中、すし詰め状態の電車の車窓から、私は焦土《しょうど》と化した東京の中心部を眺めた。軍需工場のあった場所は、跡形もなく建物が消えている。

廃墟《はいきょ》のような町並みを、大勢の人たちと一緒に眺めているのは、なんとも異様な気分だった。

敗戦から二ヶ月が過ぎていた。

大本営が散々吹聴していたように、日本が失われることも、すべての男性が捕虜《ほりょ》に囚われるようなこともなかった。「戦時」が「平時」に切り替わり、近く戦地からの復員輸送が行われるという話だった。

敗戦から毎日、兄の帰りを待ち続けたが、何度問い合わせても海軍省からはなに一つ通達が届かなかった。出征兵士の消息が分からないのは兄だけではなかったから、最初は待つしかないと考えた。だが、もう限界だった。

私は父のかつての同僚に連絡を入れ、単身、海軍省に乗り込むことを決めた。

霞が関につくと、官庁街が例外なく壊滅してしまっていることに、改めて衝撃を受けた。幼い頃、父に連れられてきたときには赤煉瓦がことのほか美しく見えた海軍省の建物も、半分以上が焼失してしまっている。

受付で名前を言うと、かろうじて焼け残っている応接室に通された。カーテンのない窓から西日が差し込み、部屋の中は十月とは思えぬほどに蒸している。首筋を伝う汗をハンカチでぬぐいながら、私は硬い椅子の上でじっと暑さに耐えた。

いつ、どこで兄が帰国の船に乗るのか。

それだけでも分かれば、じりじりとした焦燥《しょうそう》と折り合いをつけることができる。

しばらく待っていると、ようやく見知った菅原《すがわら》主計中将が現れた。父の同僚だった中将は、すっかり髪が白くなっていた。

「菅原様、兄は……笠原一鶴は、いつこちらに戻るのでしょうか」

挨拶もそこそこに息せき切って尋ねると、中将は小さく頭を下げた。

「笠原一鶴少佐殿は、ボルネオ戦において、中佐に昇進されました。役所に公報が届いているはずです。どうかお向かいくださ い」

中将がなにを言わんとしているのか、すぐには分からなかった。

「では、公務がありますので」

ぼんやり立ち尽くしていると、中将は無表情に踵を返していってしまった。眼の前で扉が閉められ、私は茫然とした。

それ以上待っていても、中将が戻ってくる様子はなかった。

仕方なく応接室を後にし、駅への道に戻ってきた。

瓦礫を避け黙々と足を進めると、胸元を汗が絶え間なく流れていく。

なにもない。

廃墟と化した官庁街に、人影は疎らだった。高い建物はすべて崩壊《ほうかい》し、日差しを遮るものはなにもない。

動くことすらできない状態の電車に揺られ、私は地元の町へと帰ってきた。

知りたいのは消息であって、昇進の公報ではない。大体、敗戦の日本において軍人が昇進したところで、それがなにになるというのだろう。疲労に痺れる頭でそう考えたが、結局足は役所へと向かった。他に、なすべき術《すべ》が見つからなかった。

役所はひどく混雑していた。床にもベンチにも、先の空襲の罹災者《りさいしゃ》が蹲り、子供の泣き声や、なにかを罵る怒声が、あちこちで響いていた。

名前を告げると、「公報をお持ちします」と言われたが、それから延々と待たされ続けた。いつしか私は待合室の薄汚れたベンチの上でうたた寝をしていたようだった。

ようやく名前を呼ばれたときには、夕暮れどきになっていた。

ぼんやりとした頭で所定の場所にいくと、疲弊し切った様子の職員が奥のほうからやってきた。その手に白木《しらき》の箱があるのを見て、私は息を詰めた。

にわかに足元が震えだすのを感じた。

封書と白木の箱を差し出されても、なかなかそれを受け取ることができない。脚の震えが全身に伝播《でんぱ》し、体がいうことを聞かなかった。

職員は穴があいたような眼でこちらを眺めていたが、封書を白木の箱の上に載せると、それを無理矢理腕の中に押しつけてきた。そして、すべてを遮断するように一礼し、再び奥へと戻っていった。

私は震える腕で箱を支え、その場に立ち尽くした。

公報――。その言葉が、ようやく一つの意味を結ぶ。

何度も箱を落としそうになりながら、震えのとまらない指で封書をあけた。

中には薄い和紙の半紙が入っていた。

死亡告知書（公報）

太字で印字された文字が眼を打った。

雛形《ひながた》に万年筆で書き込みをしただけの、殺風景な文面が続く。

〝右は、いつ、どこで、何時何分、戦死せられた
市町村における死亡報告は、戸籍法に基づき、官において処理される〟

その青インクの万年筆の書き込みから、敗戦の一ヶ月前に、兄がボルネオのバリックパパンで戦死していたことを、私は初めて知らされた。書き込み部分の『　時　分』という空欄部分には、「時刻不明」という判子が、ぞんざいに押されている。

兄は絶対に、なにものにも負けやしない。

たとえそれが運命だとしても、ひれ伏すのは運命のほうだ。

そう、固く信じていた。

それなのに、なんという――なんという、杓子定規な文面だろう。

〝戦死〟

それは一体なんなのだ。

兄はどうやって死んだのだ。敵の弾に当たったのか、味方の流れ弾に当たったのか。それと

もなにかの病気に罹《かか》ったのか。即死だったのか、苦しんで死んだのか。

人一人の人生が永遠に奪われたというのに、その二文字は、なんの状況も語っていない。太陽そのものだった兄の死が、こんな雛形の文面や、白木の箱などで贖《あがな》えるわけがない。

恐ろしいほどに軽い箱を、私は震えながらあけてみた。

中には小さな木の位牌が入っていた。それだけだった。

遺骨も、遺品も、なにもなかった。

ピアノを弾いていた兄の面影が閃光《せんこう》のように脳裏に走り、私は激しく首を横に振った。

こんなことが、起こるわけがない。起こっていいはずがない――。

「お可哀相《かわいそう》にね、だんなかい？」

そのとき、ふいに後ろから声が響いた。

振り向けば、垢にまみれた一人の女が、干からびた芋の蔓をしゃぶりながらこちらを見ている。言葉とは裏腹に、女の口元には、明らかに皮肉な笑みが浮かんでいた。

私は激しい憎悪の眼差しで女を睨みつけた。

途端に女が大声をあげる。

「なんだい、小綺麗な格好しちゃってさ！　大体こんなことになったのは、兵隊がだらしないからじゃないか。ザマアミロだよ」

火のような怒りに貫かれ、気がつくと私は全身の力で女の頬を打っていた。

女がバランスを崩してひっくり返る。大きな音が響き、周囲が騒然とした。

床に倒れた女は、最初なにがなんだか分からない様子で唖然としていたが、やがて、「なにするんだよ、なにするんだよ！」と、金切り声をあげて騒ぎ始めた。

「あたしは家も店も焼かれたんだ。元々半病人だったダンツクは、煙を吸って、今じゃすっかりいかれちまったよ。兵隊がしっかりしないから、敵機がきたんじゃないか。そのくせどいつもこいつも死んじまって、一体誰が責任とってくれるんだよー」

床に崩れ落ちたまま、女が声をあげて泣き始める。

私は急に恐ろしくなり、逃げるようにして役所を後にした。

表はすっかり陽が傾き、絵の具を溶かしたように、夕映えに群青が滲んでいる。屋敷に向かう川沿いの畦道は、すすきの白い穂《ほ》で一杯だった。

薄暗い畦道を、足元だけを見つめて無言で歩き続ける。

女を打った右手が、じんじんと痺れた。

その手に、未だ軽々しい白木の箱を抱えていることに気づき、再び眼のくらむような激しい怒りに襲われる。

「こんなもの！」

思わず、力一杯白木の箱を地面に叩きつけていた。箱は畦道の草の上を弾み、川沿いの土手を転がっていく。

「あ！」

しかしそこに兄の位牌が入っていたことに気づき、私は声をあげた。

慌てて土手を駆け下りる。剃刀のようなススキの葉が腕や顔を打ったが、構わず両手を差し伸べ、つんのめるようにして箱を追った。

突然、鳩尾《みぞおち》のあたりに、ぐっしょりと気味の悪い感触が広がる。

気づいたときには、下半身が川に嵌《は》まっていた。それでも流れにさらわれる直前に、箱を受けとめることができた。

ほんの一瞬、心に安堵が走り、すぐに消える。

こんなもの……。受けとめたところで、どうにもならない。

分かっていても箱を放すことができなかった。川の中に蹲ったまま、私は胸に抱きしめた白木の箱に顔を埋めた。

どの位そうしていたのだろう。

いつしか、周囲に濃い夕闇が漂い始めていた。あんなに暑かった陽がかげると、秋の底冷えのする空気が地を這うように忍び寄ってくる。

私は濡れた下半身を川からのろのろと引き上げた。スカートは泥にまみれ、靴が脱げ、剝き出しの脚はあちこちから血が流れていた。

不思議なことに、涙は一滴も出なかった。

代わりに、暗い怒りと憎しみが、身体の底からじわじわと湧きだした。

許さない。

兄を奪ったすべてを。絶対に、絶対に、許さない。

血が滲むほどに、唇を嚙みしめた。

呪《のろ》ってやる。

世界を。すべてを。

夜話

ひどく喉が渇いていた。

雄哉はぼんやりと、雨漏り滲みのできた板張り天井を見上げた。

ようやく意識がはっきりしてくると、見知らぬベッドに寝ていることに気づき、ギョッとして跳ね起きる。

ふと気づくと、ベッドの下で真一郎が、寝袋をマット代わりにして鼾《いびき》をかいていた。

まだぼんやりしている頭に手をやり、雄哉はここに至った経緯《けいい》を思い起こそうと、意識を集中してみる。

そうだ。自称ミュージシャンの引きこもり男が、こともあろうか自分の眼の前で吐いたのだ。衝撃的な場面が甦ってきて、雄哉は思い切り顔をしかめた。

その後、再び皆で飲みなおした気がするが、それが現実だったのか夢だったのか、今一つはっきりしない。

「なにやってんだ、俺……」

意識がなくなるまで飲むなんて、学生時代にも経験したことがなかった。

改めて我が身を見ると、ネオアコのバンド名の入ったスエットを着ている。自分で着替えたのか、着せられたのかさえ判然としなかった。

部屋の中は壁に世界地図が一枚貼られているだけで、すっかり片づいている。

本気で出ていくつもりなんだ――。

雄哉は小さく息を漏らし、ベッドの上から下りてみた。

真一郎を起こさないようにそっと部屋を出る。したたかに飲んだ割に不快感はなかったが、とにかく水が飲みたかった。

月明かりが差し込むのか、意外に屋敷の中は暗くない。

雄哉は板張りの廊下をできるだけ音が出ないように踏みながら、厨房に入った。あっという間に二杯の水を飲み干し、息をつく。

そのとき、廊下の陰から、誰かが自分をじっと見ているような気がした。

長い髪とスカートが、ひらりと舞う。

夢と現実が入り混じったような感覚の中、雄哉は我知らず幻《まぼろし》のような影を追った。渡り廊下を歩き、気がつくと、離れの入り口まできていた。

突然天井が高くなり、視界が開け、雄哉はハッと我に返る。

古びた屋敷の床の木目や柱の陰が、急に不気味なように思えてきた。中央のグランドピアノが、黒い塊のように見える。

初めて会ったとき真一郎は、夜中にこのピアノが鳴るというようなことを言っていた。

バカバカしい……。そんなはずがあるわけがない。

そう否定した瞬間、ピアノの下でなにかが動いた気がして、雄哉はごくりと生唾《なまつば》を呑んだ。

そんなはずが、あるわけない。

たとえあったとしても、それはあの男の頭の中のバグだ。あの中年男の頭なら、それぐらいのバグは年中起こっているに違いない。

ところが完全否定した途端、本当に、ポーンと小さなピアノの音が響いた。

まさか。とうとう自分の頭にもバグが起きたのか。

ポーン……！

もう少し高い音が、今度ははっきりと聞こえてしまう。

「バグだ、バグだ、断じてバグに違いない！」

思わず声に出して念じると、暗闇の中から「なにがバグなのさ」というか細い声が響き、雄哉はもう少しで絶叫しそうになった。

遮光カーテンから漏れる月明かりの中、ピアノの下から這い出してきたのは、長い前髪を垂らした拡だった。

ピアノを挟み、互いにまじまじと見つめ合う。

先刻の取っ組み合いと、衝撃の嘔吐の記憶が甦り、なんとも気まずい。

「さっきは、すみませんでした」

先に口を開いたのは拡のほうだった。

「なんか、気づいたら飲みすぎちゃったみたいで……」

暗がりの中表情はよく見えないが、いつもの大人しげな様子に戻っている。

「いや」

雄哉は言葉を濁した。本来なら「すみませんですむか」と怒鳴りつけたいところだが、意識を失って住人たちの世話になっていたらしい自分を思うと、嘔吐した若僧と、そう大差がないようにも思われた。

拡が再びピアノの下に潜り込んでいったので、雄哉は離れに足を踏み入れた。

「こんな夜中になにしてんだ？」

「……調律……」

「調律？　こんなに暗くて見えるのか」

「眼が見えなくても、素晴らしい腕の調律師はいますよ」

雄哉は煙草を探そうとしたが、自分が真一郎の服を着ていることに気づいて手をおろす。それに、確か「離れは禁煙」だった。

「で……。なんでこんな夜中に調律なんてしてんの」

「落ち着くから」

雄哉は黙って壁に凭れる。

拡の心を落ち着かなくさせたのは、自分の発言なのかもしれない。

二人が黙ると、庭から虫の声が響いてきた。リーリーと絶え間なく鳴くマツムシに混じり、時折、ギーッギーッ強く鳴く、キリギリスの声が響く。

「俺、どうせあと一年で、ここ出る予定だったんですよ」

ピアノの下から這い出して、拡も離れの壁に凭れた。

「元々、二年で出るって約束だったから」

「笠原玉青とは、会ったことあるのか」

雄哉の問いかけに、拡は首を横に振る。

「俺がここにきたとき、玉青さんは、もう日本にいなかった。でも、メールで色々やりとりして……。ま、そのほうがよかったんだ。俺、直接話すより、メールのほうが楽だし」

それで、入居期間二年という「契約」が成立した。

「あんたさっき、契約書もないくせにって言ったけど、俺、このメールは今でも持ってるよ。メールって、一応、法的価値、あるんだよね」

拡の口調に、ほんの少し挑戦的な色が混じる。

「ま、別にいいけどさ。でも、せっかく決めたんだから、本当は二年、きちんと頑張ってみたかったよ」

眼が慣れてきたのか、暗がりの中、拡の白い頬が見えた。

「戦争中に、ここの画家たちが展覧会をしたことがあったんだって」

拡がひっそり呟く。

「いっくら曲作っても全然売れなくてさ、いい加減嫌になって、なんで音楽やってるのか分からないって、一度だけ、玉青さんに愚痴メール送ったことがあるんだ」

拡の言葉を聞きながら、雄哉は部屋のあちこちに飾られている油絵を眺めた。

「そしたら、玉青さんから結構長い返事がきた。俺、そのメールも消さないで持ってる」

それは、この離れの画家たちの展覧会について書かれたものだったという。

闇になれた眼に、おぼろげに浮かびあがる絵を眺めながら、雄哉はぼんやりと考えた。

この絵を描いた画家たちは、最後にどうなったんだろう。

大伯母の兄貴も軍人だったんだから、やっぱり戦争にいったんだろうか。一体、どこの戦地にいって、そして、それからどうしたんだろう。

彼らは皆、この屋敷に、ちゃんと帰ってきたんだろうか——。

「当時は、戦争画しか需要がなくて、ここにあるような絵は、相当異端だったんだって。非国民の描く、役立たずの絵だったんだって」

拡の静かな声が、離れに響く。

「展覧会をやっても、誰もこないし、一枚も売れない。それでも画家たちは、毎日必死に描いたんだ。虱のたかる服を着て、食べるものも我慢して、いつ赤紙がくるか分からないのに、毎日、精魂《せいこん》込めて描いたんだ」

微かな力が拡の声に籠もった。

「でも創作は元々そういうものだって、玉青さんは言ってた。別に明確な意味があるもんじゃない。それでもやめられないところに、意味があるんだって」

暗がりの中、拡はじっと前を見つめている。

「なんかそれ読んで、俺、腹に落ちたんだ。だから先が見えなくても、せめてここにいられる間はとことん音楽と向き合ってみようって決めたんだ。結局、俺、他にやりたいことないから」

その言葉に、雄哉は黙って視線を伏せた。

やってもいないことへの言い訳や逃げ道ばかり探している人間は、世の中にたくさんいる。

でも、こいつは——少なくとも、ちゃんと悩んで、ちゃんと一人で決めている。

流されているわけでも、安易なものに腰掛けているわけでもない。

もしかすると、拡は案外まともなのかも分からない。少なくとも、同世代の三木なんかより、ずっと。

もっとも、自分だって今までは、そんなことに思いを巡らせたことなんてなかった。

〝とことんやる？　離れられない？　それってなんすかぁ〟

そう言ってせせら笑う三木と、まったく同じ表情をしていた。

それに、自分には拡のように、「離れられない」と執着するものすらないのではないだろうか。

翔子との連絡が取れなくなったとき、傷つきはしたが、正直に言って、なんとしてでも振り向かせたいとまでは思えなかった。本当に傷ついたのは、心ではなく狭義《きょうぎ》のプライドだった。

飲食店のプロデュースにしてもそうだ。自信のある分野ではあったけれど、それでなければ駄目だとまで思ったことはない。

「あのオッサン……、ここ出るんでしょう？」

すっかり黙り込んでしまった雄哉に、拡がぼそりと尋ねる。

荷造りの済んだ真一郎の部屋が頭をよぎり、〝端から条件なんてつける気ない〟と言い切った真一郎の声が耳朶を打った。

「あのオヤジ、どこへいくつもりか聞いてるか」

「知らない……。でも又、井戸掘りにいくんじゃないのかな」

「井戸？」

「そう、あの人、結構有名なＮＧＯの井戸掘り職人《ウエルディッガー》だよ。中国の内陸で散々井戸掘って、表彰《ひょうしょう》もされてる。中国からは未だに毎年、ウーリャンなんとかが山ほど送られてくるし」

初めて聞く話だった。

「ネットでググると結構笑えるよ。なんかオッサン、英雄みたいになってるから。〝真一郎いくところに水あり〟とか、書かれちゃってさ」

拡は口元にいささか陰険な笑みを浮かべる。

〝実家に帰りゃ兄弟親戚から、親不孝だのごく潰しだのくそみそに言われてる野郎が、海外でちょびーっと働いただけで、英雄みたいに書かれることもあるでしょう？〟

以前に聞いた真一郎の台詞。あれは、自分のことを言っていたのか。

「ま、オッサンのことだから、遊ぶついでに井戸掘ってるだけだと思うけど。あの人、やっぱ、すごいよね。老後とか、貯金とか、保険とか、多分一つも関心がないと思うよ」

拡は一つ息をつく。

「さすがに、ああはなれないわ」

「まあな」

雄哉も笑みを漏らして頷いた。

なんとなく馴染んだような、少しだけ穏やかな気分だった。

そのとき、遮光カーテンの隙間《すきま》を割って、強い光が離れの中に差し込んできた。

いつの間にか虫の音がやみ、雀の甲高いさえずりが響いている。雄哉は遮光カーテンをあけにいった。

完全に夜が明けていた。夏の太陽は、昇った直後から、きらきらと金の矢を放っている。

庭の緑が眩しく、楠に、樟脳《しょうのう》を求める青条揚羽がひらひらと舞っている。その黒い羽に一筋掃いた碧《みどり》が、宝石のように美しい。

もうそろそろ、梅雨が明けるようだ。

「暑くなりそうだな」

振り向けば、すでに背後には誰もいなかった。

渡り廊下に眼をやると、日の光を避けるように逃げていく、拡の細い後ろ姿が眼に入った。


翌日から、雄哉はマンションで自炊をするようになった。

凪が作った程度の料理なら自分で作れるし、今まで作らなかったのは、単に時間がなかったからだ。

よくも悪くも、今は時間だけはたくさんある。ネットで真一郎のことも調べてみた。

拡の言ったとおり、たくさんの記事が出てきた。英字新聞にまで取り上げられているほどだった。写真の真一郎は、いつも明るい笑顔の地元の子供たちに囲まれていた。

それから雄哉は、父から借りてきた古いアルバムを、もう一度丁寧に眺めてみた。

大伯母や祖母のほかに、使用人や、離れの画家たちが、分け隔てなく並んでいる。

考えてみればその頃からあの屋敷は、シェアハウスのようなものだったのかもしれない。

自炊でまともな食事をとるようになってから、雄哉は節約の算段も始めた。六本木の会員制ジムを解約し、毎朝近所を走ることにした。

そうすると、今まで見えなかった景色も見えてくる。

マンションの最上階のベランダからは赤く焼けた空しか見えなかったが、その下の神社や公園には、意外なほど草木が茂り、鳥や虫がいる。露草《つゆくさ》も月見草も、蛍袋《ほたるぶくろ》の花もある。公園の池では、シオカラトンボが真っ直ぐに水の上を飛んでいく。

本人が見たいと思わない限り、なにも見えないのかもしれない。榎本とも翔子ともあんなに顔を合わせていたのに、彼らが考えていたことを、自分はなにも知らなかった。

早朝の道を走りながら、走っているジョガーとすれ違い、軽く会釈を交わし合うたび、雄哉はふと、そんなふうに考えた。

維持費がかかりすぎる車を手放すことも検討しなければならなかった。

高級賃貸マンションにも、そうそういつまでは住んでいられないだろう。気持ちの余裕とは裏腹に、近く経済が逼迫することは間違いがない。

携帯が鳴ったとき、雄哉はネットで手頃な賃貸を物色している最中だった。

邦彦伯父からの連絡なら、そのまま携帯の電源を落としてしまうつもりで手に取ると、液晶に浮かんでいるのは、未登録のナンバーだった。

訝しく思いながらも通話ボタンを押してみる。

「は？」

途端に凪の切羽詰まった声が耳朶を打ち、雄哉は暫しきょとんとした。

しかし、凪が続けた言葉に、たちまち鼓動が速くなる。

「分かりました、今すぐそちらに向かいます」

車のキーを手に取り、雄哉はマンションを飛び出した。

邦彦伯父が、弁護士と共に、十六夜荘に踏み込んできているという。

昭和二十一年

敗戦後に迎えた新年は、天皇の「人間宣言」から始まった。次いでGHQによる軍国主義者の公職追放が実行され、世の中は、文字通りひっくり返ったようになった。

けれど私にとって、そうしたことはなに一つ、意味がなかった。すべてはもう、どうでもよいことだった。

兄の戦死公報を受け取って以来、私は離れに入ることができなくなった。

あれだけ大切に思っていたピアノも、肖像画も、二度と眼にしたくない。

兄を奪った世界を、私は再び信じることができなかった。なにを見てもなにを聞いても、心が動くことはない。私の太陽は、永遠に潰《つい》えてしまったのだ。

灰色の冬空と同じように、心には冷たく厚い雲が、どこまでも重苦しく垂れ込めている。食糧がなくなっても、煮炊きのための燃料が切れても、切迫した思いは湧かなかった。

ふと窓硝子に映った自分を見て、まるで老婆《ろうば》のようだと思うこともある。手入れを怠っている髪はぱさつき、栄養の足りていない唇はひび割れていた。

「玉青様」

背後で声が響いた。冷え切った部屋の入り口にキサさんが佇んでいる。

「ご分家様が、お見えになっています」

その言葉に、私は眉を寄せた。

もう日も暮れている。当主を失った本家に、分家が今更なんの用だろう。なにもかも無縁にしか思えないのに、しがらみだけは未だにぬぐいようもなくまとわりついてくる。

さすがに訪ねてきた叔父を無視することはできず、私は急いで下ろしていた髪を結い、簡単に着替えをすませてから応接室に向かった。

スミに練炭を用意させたが、応接室は凍えるほどに寒かった。

「どうかそのままで」

外套を脱ごうとしている叔父に、そう声をかける。

久しぶりに会う叔父は、すっかりやつれ、ひとまわり小さく見えた。エンジンの音が聞こえなかったところをみると、叔父はたった一人、ここまで歩いてきたのだろう。

「剛史さんはお元気ですか」

尋ねると、叔父は頷いた。

「あれも今は大変なようだが」

言葉を濁した後、叔父は一段と声を落とす。

「一鶴君のことは本当に残念だった」

私は黙って、外套を着たままの叔父の肩先を見つめた。

分家は三月の大空襲で向島《むこうじま》の家を焼かれ、今は藤沢《ふじさわ》の別邸で暮らしている。軍需工場の指揮を執っていた剛史は、結局出征を免れた。

軍人風を吹かせ、私たちを非国民と詰った従兄が生き残り、離れをアトリエとして若い画家たちに開放し、最後まで軍人らしからぬ態度を貫いていた兄が南洋で戦死した。

そこにはなんの意味も理由もないのだろう。

途中、キサさんが湯気のたつ紅茶を運んできた。もう茶葉が残っていなかったらしく、紅茶は白湯《さゆ》のように薄い。キサさんが退出すると、応接間はシンとした。

なかなか用件は切り出されず、二人の間で紅茶だけが冷めていく。熱かったカップがすっかり冷え切ってしまった頃、ようやく叔父が口を開いた。

「玉青君、この屋敷を手放してみてはどうだろう」

無言で見返せば、叔父が説明を始めた。

本家の屋敷と分家の土地を買い上げるという話が、銀行から持ちかけられているという。

「玉青君、君も新円への切り替えの話は聞き及んでいるだろう。そうなると我々の資産は、今後一切銀行から引き出せないことになる。それに我々華族には、もうじき途方もない税率がかけられるという噂がある。マッカーサーは、日本の財閥を、徹底的に解体するつもりだ。どのみち、このままいけば屋敷も土地も、すべては進駐軍に接収されてしまう。つまり……」

叔父の声に必死の色が滲む。

「我々華族は、もうお仕舞いだということだ」

それまで黙って聞いていた私は、小さな息を漏らした。

「売買は、新円で行われるというのですか」

「もちろんそうだ」

叔父の即答に、眉をひそめる。

「一体誰が買うのです。この時勢に、新円で土地を買収しようとする余裕のある人間がいるとは思えません」

「そこは、銀行に任せてある」

「まさか叔父様も、その売却先をご存じないと仰るのではないですよね」

畳み掛けると、叔父は決まり悪そうに口を閉じた。

あれだけ、華族が、爵位が、家が、と権威を守ることに心を砕いていた叔父とは思えぬような提案だった。あまりの変わり身の早さに、ふと不快感が湧き起こった。

「つまり……叔父様は、おじい様が陛下から下賜された恩賞で建てたこの屋敷を、どこの誰とも分からない相手に売り渡せと、こう仰りたいわけでございますか」

私の強い口調に、叔父は曖昧に視線を漂わせた。

その反応に、銀行を通して売買を持ちかけている相手の目当てが、この屋敷であることが見て取れた。おそらく分家の焼け跡の土地の件は、そのおこぼれでしかないのだろう。でなければ、あれだけ兄と私を見下してきた叔父が、今更こんなふうにこちらの顔色を窺ってくるはずがない。もし私が拒絶すれば、この話は簡単にご破算となるのだろう。

華族が特権階級から接収の対象となろうとしている今、叔父はあえなくその宗旨《しゅうし》を替えようとしている。父の死後、度々自分たちに差し向けられてきた非難の根拠がこうも脆弱《ぜいじゃく》であったことに、少なからず驚かされた。

「玉青君、冷静になって考えてほしい。どの道この話をふいにしたとしても、屋敷は我々の手元には残らない」

　叔父の声音に益々必死の色がにじみ、私はそれを滑稽に感じた。

　こんなに簡単に宗旨替えする連中に、兄や私は非国民と呼ばれてきたのだ。

「よろしいではないですか、叔父様。それでは私たちはそんな新円など受け取らず、最後まで華族としての誇りを守ろうではありませんか」

　そう言って唇の端を吊り上げると、叔父の眼差しに絶望的な色が浮かんだ。

「玉青君、君のところだって大変だろう」

「私には教職があります。この先、外務省で通訳をして欲しいという話もきています」

　完全に立場が逆転していた。

　今では自分のほうが有利な場所にいるのだと、私は叔父を見返した。

　心の奥底に、暗い愉悦が湧く。

　だが、ふと眼を上げた先の硝子窓に、口元をゆがめた酷く醜《みにく》い顔の女が映っているのに気づいてハッとした。

　今、自分の中に込み上げているこの感情。

　これは――力？　自分より立場の弱いものを押さえつけ、屈服させる喜び。

　これが〝権力〟というものか。

　瞬間、無抵抗の人間に暴力を振るっていた憲兵の姿が頭に浮かび、なにかに自分の頭をがつんと殴られた気がした。

　我に返ると、悄然としている叔父の姿が眼に入った。

その頬にも肩にも、当時の勢いは微塵もない。叔父も又、この世の中の急激な変遷に、傷つき疲弊しているのだろう。

叔父の言うとおり、この先一人で屋敷を維持していくことは難しい。

兄が必ず帰ってきてくれる――。その一心で、私は今まで屋敷を守ってきたのだ。

だが、兄の一鶴は戦死した。

離れで出会い、別れた人たちも又、未だに誰も戻ってこない。

日本の敗戦を決定づけたアメリカの新型爆弾の一つは、忍ちゃんの故郷に落とされた。たった一発の新型爆弾で、広島は壊滅してしまったと聞く。忍ちゃんの消息はまったく知れない。

戦後、華僑たちは戦勝国の一員となったが、松根油掘りに動員された志雄はなぜか戻ってこなかった。強制労働先で志雄と一緒だったという日系人に会っても、情報はなにも得られなかった。通訳となった彼は、抑圧されてきた今までの鬱憤を晴らすように、米兵のジープに同乗して街中を飛ばしている。日系人たちを散々差別してきた人たちは、今では羨望《せんぼう》の眼差しでそれを見ている。

人の心は、単純で恐ろしい。それは叔父一人に限ったことではない。

なにもかもが裏腹で、いい加減で、不確かだ。

「玉青君、考え直してはもらえないか。決して君の悪いようにはしない」

切羽詰まったように、叔父が身を乗り出す。

「頼む。我々が生き延びる道は、これしかないんだ」

その必死の形相から視線をそらし、私は「分かりました」とだけ応えた。

叔父のためではない。

手放したかったのは、自分の中に生まれた暗い陶酔と、未だに待ち続けてしまう未練だ。

「数日で書類を用意します。この件は、すべて叔父様にお任せします」

私は長椅子から立ち上がった。

叔父もようやく安堵の色をその顔に浮かべ、いそいそと帰り支度を始める。

帰り際、叔父にもう一度呼びとめられた。

「玉青君、すまないが、この件は、他言無用にしてほしい。私も家族には、土地は接収されるのだと説明する。無論、剛史にも、本当のことは言わないでほしい」

歯切れの悪い言葉を聞きながら、もしかすると叔父は売り先の相手を知っているのかも分からない、とうっすら考えた。

さしずめその相手に問題があるのだろう。

「分かりました」

屋敷を、離れを、手放す。どの道その事実に変わりはない。

もう――。

誰もここに戻れない。

新しい家は、庚申塚《こうしんづか》の傍で、近くを軌道の都電が走っていた。お屋敷とは比べ物にならないほど小さな家だったが、住むところがあるだけでも御《おん》の字《じ》の時代だ。キサさんが「王電」と呼ぶこの電車に乗って、雪江は女学校に通っている。

私は再び、麻布で女学生たちを相手に教鞭を執るようになっていた。

時折池袋のアトリエ村に金田さんの妻を訪ねたが、金田さんの消息は知れなかった。

そんな中、唯一、ときどき様子を見にきてくれる旧友は、せいちゃんだった。非国民と殴られ続け、けれど結局戦争にいくことのなかったせいちゃんは、兄の葬儀のときも、家を引っ越すときも、女ばかりが取り残された私たちの面倒を、なにくれとなく見てくれた。

屋敷は誰とも知れない人の手に渡り、叔父の話どおり、多額の新円が現金で手渡された。私はその金を、楓さんの何度目かの入院費と雪江の学費、それからキサさんとスミの給金に充てた。絵画は、油紙に包んで大切に持ってきたが、グランドピアノは諦めた。ほとんどの家具も、そのまま置いてきた。

なにもかもが、夢の中の出来事のようだった。

ふと眼が醒めると自分はまだ十代で、隣に兄や志雄がいるような気がすることもある。けれどそのたびに、もうなにも待ってはいけないと自らを戒《いまし》める。

敗戦から半年がたっていたが、喪失感と同様に一向に改善されないのが食糧事情だった。

「玉青様、見てくだせえ」

その日、仕事を終えて家に戻ると、青い顔をしたスミが空になった米櫃《こめびつ》を見せにきた。

「米が一粒もなぐなりました。雑穀《ざっこく》も麦も、もうなんも残ってねっす」

「配給は？」

「最近の配給はまるで当てになんねっす。この間は四時間並んだっけ、菜っ葉の一枚も手に入らねがった」

私は眉間に皺を寄せた。

新円の蓄《たくわ》えも、すっかり底をついてしまっている。

「とりあえず、庭の芋の蔓を掘りましょう」

「もう種芋も残ってっかどうか……」

スミは益々顔を曇らせた。

以前、スミと雪江はよく、「あれが食べたい」「これが食べたい」と戦前の食卓を懐かしがっていたが、今はそうした話題に触れることさえなくなった。スミがむっつり黙り込んだまま噛んでいる爪《つめ》がすべてひび割れてしまっているのを見て、私は口元を引きしめた。

一旦スミを厨房に戻し、私は居間に戻った。

天井裏をあけ、行李《こうり》を下ろす。中からカーテンの布地を見つけ、キサさんを呼んだ。

「いかがいたしましたか」

雑巾を手にしたまま部屋に入ってきたキサさんは、私が行李をあけているのを見ると、隣に膝をついた。

「カーテンがあるんだけど、これでなにかできないかしら」

「そうですね、上手く仕立てれば更生服《こうせいふく》らしいものの一枚や二枚は、なんとかこさえられそうですね」

最近ミシンを仕入れてきたキサさんは、洋服作りの内職に精を出してくれている。

「ついに米櫃が空になったわ」

溜め息をつくと、キサさんも困ったように眉根を寄せた。

「本当にいつまでたっても物不足で……。輸入食糧の配給が始まったとも聞きますけど、こうも遅配ばかりだと、まるで当てになりませんしねぇ。おまけに最近の農家ときたら、本当に人の足元を見るばっかりで」

かつて物々交換に応じてくれていた近郊の農家たちは、今では法外な報酬をさも当然のように要求してくるという。

「以前だって、とんでもない闇値ではあったんですよ。それでも戦前は男爵家と名乗れば、ある程度の融通を利かせてくれたもんです。それが今じゃ、洟も引っ掛けないような態度でねぇ。おまけに虫の湧いたような腐った野菜を、平気で売ろうとするんだから」

食料品の仕入れに手腕のあったキサさんとしては、憤懣《ふんまん》やるかたないものがあるのだろう。

まさしく叔父が言ったとおり、「華族はお仕舞い」の時代だった。

今でもときどき従兄の剛史は「華族の誇り」ということを口にするが、私の頭の中に

そんなものは微塵もなかった。

とにかく、食べていかなければいけない。それを考えるだけで精一杯だった。

「キサさん、私、マーケットにいってみようと思うのよ」

前々から考えていたことを口にすると、キサさんは息を呑んだ。

「それはまさか、闇市のことでございますか」

頷くと、キサさんは血相を変えて、「いけません」と大きく首を横に振った。

「ものを売りにいった人が、そのまま売られてしまうという噂もあるじゃございませんか。いくらなんでも玉青様をそのようなところへいかせるわけには参りません」

最近、戦後の物不足を受け、新宿《しんじゅく》の東口を皮切りに、主要駅前に多くの不法露店が建つようになっていた。当初は、軍需工場で余っていた鉄兜《てつかぶと》を、鍋に改造して並べるところから始まったと言われている。いつしかそこにGHQからの横流し品までが並ぶようになり、今では大抵のものが手に入るとも聞く。

そうした非合法の〝闇市〟を統《す》べているのは、主に関東一円に勢力を伸ばすやくざや、特攻隊帰りの愚連隊といった恐ろしげな連中だった。

「さすがに私も、新宿や新橋《しんばし》にいこうとは思わないわ。でも、前に住んでいたあの町の駅前にも、同じようなマーケットができたらしいの」

「あんな小さい町に、でございますか」

「そう。よく知っている場所ですもの、そこで売り飛ばされる心配もないわ」

「そうでしょうか……」

「そうよ。それだったら、キサさんがしてきた物々交換と、たいして変わらないでしょう。とにかく、なにか食べ物を手に入れないと、この先どうにもならないわ」

配給が当てにならない今、合法非合法を問うている場合ではなかった。

「それなら私もご同行させていただきます」

覚悟を決めたように膝を進めてくるキサさんを、やんわりと押しとどめる。

「万一の場合、全速力で逃げなきゃいけないこともあるかもしれないでしょう。私一人でいったほうがいいわ」

不服そうなキサさんに、「このことはお母様と雪江には内密に」と言い含めると、最後には不承不承《ふしょうぶしょう》頷いてくれた。

翌日、私はキサさんの作った更生服を風呂敷に包み、かつて通いなれた地元の駅前に降り立った。

駅前の様子は、以前とすっかり変わってしまっていた。

あちこちにバラックが建ち並び、なんともいえない臭いが漂ってくる。そこには、志雄に飲まされたカストリに似た強烈な腐臭と、鼻をつまみたくなるアンモニア臭も混じっていた。

駅前は、凄まじいほどの人で溢れかえっている。かつてこの町に、こんなにも多くの人が集まっているのを見たことがなく、私はその勢いに圧倒された。

地方で強制労働を課せられていた人たちや、帰る家をなくした復員者が近郊都市に流出し、人口分布を塗り替えているという噂は、どうやら本当のようだ。

兄の死に茫然としているうちに、世の中がどんどん変容していることに私は少々怖気《おじけ》づいた。

ござや筵《むしろ》が所狭しと敷かれ、その上にたくさんの品物が並んでいるが、どこが境界線で誰が売人なのかさえ分からない。

なんの肉とも分からない肉を焼いている屋台や、真っ黒な漬け汁で原形も分からないものをぐつぐつと煮込んでいる鍋の前に、罹災者と思われる半裸の人たちが群がっている。明らかに異臭を放っているにも拘わらず、口の中に唾液が湧いた。空腹はとっくに慣れっこのはずなのに、時折衝き上げてくる狂おしいほどのひもじさには、抗いようがなかった。

あちこちで、日本語でない言葉が飛びかっている。

一体どうすれば、品物を金に換えることができるのだろう。

当てもなくバラックの前を歩いていると、ふいに小綺麗な格好の男が眼の前に立った。

「品物かい？」

なんともいえない猫撫《ねこな》で声で、男が私の手にしている風呂敷を指差す。そのアクセントから、男が日本人でないことが分かった。

「売るのかい？　さあ、いくら。いくらで売る？」

男が益々優しげな声を出す。

どこからともなく、同じような声色を使う数人の男たちがわらわらと現れた。

「おや、お嬢さん、品物だね」「買うよ、買うよ」

「品物はなんだい？」「いくら欲しい、いくらで売るつもりかい？」

一体どこから寄ってきたのだろう。

いつしか猫撫で声を出す男たちに、ぐるりと取り囲まれていた。

「さあさあ、いくら？」「いくらだい？」

声の優しさとは裏腹に、男たちは円陣の中に、ぐいぐいと私を追い詰める。応じる間も与えられず、「いくら、いくら」と問い詰められ、男たちに密着された。

そのとき、一本の手がするりと出て、風呂敷をつかむ。

あっと叫んだときにはもう、風呂敷は奪い取られてしまっていた。

顔すら認識できなかった男が、全速力で駆け出していく。

必死で後を追おうとしたとき、ひょいと足をかけられた。バランスを失い、地面にしたたかに顎を打ちつけた。

周囲から嘲笑《ちょうしょう》が漏れる。

「おやおや、駄目じゃないか」「せっかくの品物を盗られるなんて」「買ってあげたのに」

「ぼんやりしていて品物を盗られたね」「残念だ」

言葉とは裏腹に、男たちの嘲笑は悪意に満ちている。立ち上がろうとすると、脇腹を強く蹴られ、もう一度地面に転がされた。あまりの痛みに、しばらく体が動かなかった。

ようやく顔を上げたとき、男たちの姿はどこにもなかった。なけなしの品物を奪われた悔しさに、眼尻に涙が滲んだ。

スミのひび割れた爪や、決してひもじさを口にしない雪江の青い唇、更に手術が必要な楓さんのやつれた頬が脳裏をよぎる。このまま帰ることなど、絶対にできない。

せめて、品物を取り戻さねば。

腐臭の漂う莚の前を歩き回り、二階建ての建物の前で、ついに男の姿を見つけた。

「返してよ！」

つかみかかれば、男は唖然とした顔をした。

だがすぐに「関係ないよ。逃げたのは知らない男だから」としらを切り始める。

「嘘つき！　あなたたちグルでしょう！」

私は夢中で男に詰め寄った。途端に男の顔に、凶暴な色が閃《ひらめ》く。

「しつこい女だな、今着てる服も買ってやろうか」

猫を被っていた男の声が一変すると、建物の中からも数人の男たちが出てきた。

「いい服着て、元はどっかの令嬢か」

「生意気な女め、ついでに服の中身も買ってやろうか」

まずい――。

じりじりと近寄ってくる男たちに、恐怖を覚える。

男たちに完全に取り囲まれる前に、今度は私のほうが飛び出した。

「不要放走《ブーヤオファンツォウ》！」

男が声をあげた瞬間、数人にいく手を阻《はば》まれる。あっという間に取り押さえられ、地べたに叩き伏せられた。巻き添えを喰っては大変と、罹災者たちが逃げていく。誰も自分を助けてくれそうにない。

ずるずると引きずられていく先に、ぼろぼろの小屋が見えた。あの小屋に引きずり込む気なのだと察し、私は力一杯身を捩る。だが数人の男の力には、どうにも敵うはずがない。

こんなところに単身乗り込んだ己の向こう見ずを呪ったが、すべては後の祭りだ。

そのとき。

「住手《チュウシショウ》！」

突如背後で澄《す》んだ声が響いた。

その途端、男たちの手から力が抜けた。そのまま地べたに崩れ落ちると、誰かが駆け寄ってくる。

「阿姨《アーイー》！」

聞き覚えのある声に、なんとかして眼をあけた。

見違えるほど逞《たくま》しくなった華僑少年、シャオディーが間近から私を覗き込んでいた。

耳元で囁かれ、ハッとする。

「分かる？　僕だよ！」

シャオディーの知り合いだと分かると、男たちはあっさり風呂敷を返してくれた。男たちの淡々とした態度からは、戦中を共に耐え忍んできた華僑たちの、固い結束が見て取れた。

しかし、シャオディーの助けがなかったら、今頃どうなっていたか分からない。無法地帯に足を踏み入れるには迂闊《うかつ》すぎたのではないかと、私は項垂れた。自分の世間知らずを思い知らされた気分だった。

今や戦勝国民となったシャオディーは、すっかり元気になっていた。かつての拗ねたような様子もなく、流暢な日本語と中国語を使い分け、はきはきと声をかけてくる。

シャオディーは、男たちが出てきた二階建ての建物の中に、私を案内してくれた。戦後の焼け跡に二階建てがあるのは珍しいが、その建物は焼け残ったものではなく、後から建てたもののようだった。

急階段を上った先の小さな部屋で、私はシャオディーの父親に紹介された。

戦時中、国民党のスパイ容疑をかけられ、酷い拷問を受けた父は、とてもシャオディーのような少年の親には見えなかった。髪は白く疎らで、歯も抜け、すっかり老人のような姿になっていた。

「あなたは私の息子の恩人です」

しっかりと手を握られたとき、私はなかなか顔を上げることができなかった。その手は、爪がひび割れ、かすかな震えを帯びていた。自分のしたささいなことが、この男性の受けた非道な仕打ちの埋め合わせになるなどとは、とても考えることができなかった。

「お姉ちゃん、ちょっと待ってて」

しかし、そう言って部屋を出ていったシャオディーが、次に大きな油絵を持って戻ってきたとき、私は弾かれたように顔を上げた。

それは、展覧会に志雄が出品した「元宵節」の絵だったのだ。

「志雄さんは、今どこにいるんですか」

勢い込んで尋ねると、シャオディーの父がつらそうに眉を寄せる。

「彼はもう、日本にはいません」

「どういうことですか」

私の声が震えた。見れば、シャオディーも沈鬱に下を向いている。

「宗志雄は、最後まであなたに会いたがっていました。でもそうするには、危険が多すぎました。彼が黙って去ったのは、あなたのためを思ってこそです」

親日家だった志雄の父親は、今では日本の傀儡《かいらい》政権と言われている南京政府の支持者だった。そのことは、私もよく知っている。

在日華僑の中には、「日本と戦いたくない」という強い思いを持っていた人たちも多かった。だが戦争が終わった今、その意志が、「裏切り行為」として中国本土に伝わってしまっているという。

「彼の家は、汪精衛《ワンジンウェイ》政権に近すぎました。日本が戦争に負けた今、中華民国の軍人たちにとって、彼は漢奸《ハンジェン》……売国奴なのです。捕まれば、間違いなく、一家全員殺されます」

シャオディーの父の言葉に、私は夢中で首を横に振った。

お洒落《しゃれ》をして、絵を描いて、冗談を言って周囲を笑わせていた志雄が、売国奴のはずがない。私は子供の頃から、ずっと彼を知っている。その志雄に、そんな罪があろうはずもない。

「私たちは本当に、不幸な時代に日本に住んでいたものです。時代はようやく変わりました。けれど、一つの時代が終わると、新しい時代は古い時代の生贄《いけにえ》を欲します」

「志雄さんはどこへ……」

「彼は名前を捨てて、アメリカに亡命しました。華僑には華僑の〝幇《バン》〟というものがあります。彼が国民党に捕まることはないでしょう。でも、もう、宗志雄《ツォンチーシオン》はこの世界中のどこにもいません」

差し出されたカンバスを、私は無言で受け取った。

重い沈黙の中、ふいにシャオディーが口を開く。

「東風夜放花千樹《トンフォンイエファンファーチエンシュー》……更吹落《ガンチュイルオ》、星如雨《シンルウユウ》……」

それは詩のようだった。

「宋の詞人、辛棄疾《シンチージィ》が書いた有名な宋詞《そうし》です。灯籠が街を埋め尽くす、元宵節の夜の美しさを謳《うた》ったものです」

東風は夜樹に花降らし。吹けば落ち、星雨の如く——。

シャオディーの父の説明に、私はカンバスの中の無数の灯籠を見つめる。

「灯籠がきらめく喧騒の中、恋する人を何度も何度も捜し回る。けれど、ふと振り返ると、その人は、自分のすぐ傍にいたという詞です」

そう言うと、シャオディーの父は震える指で筆を取った。

「この詞の題名です」

渡された紙に書きつけられた文字に、私はハッと眼を見張る。

そこには〝青玉案〟という文字があった。

「……あなたの、お名前ですね。私たち、中国人にはすぐに分かります。この絵は、宋志雄があなたへの慕《おも》いを秘めて描いたものです」

あの離れでの別れの日。

食い入るように見つめてきた、志雄の眼差しが甦る。

恋する人を何度も何度も捜し回る。けれど、振り返ると、その人は――。

あんなにすぐ傍にいたのに。息がかかるほど、すぐ近くにいたのに。

頭の芯が痺れたようになり、私は息を震わせた。

けれど、たとえどんなに遠く離れていても、私たちは間違いなく、同じ道を歩く同志だ。これからも、この先も、決して道を違《たが》えることはない。

私は瞼を閉じて、胸にしっかりとカンバスを抱きしめた。

きっと――。名前を変え、住む場所を変えても、志雄はきっと。

〝受け入れてくれる相手〟の前に、変わらぬ自己を守り続けていくだろう。

その強さに、私も倣いたい。

「もう一つ、大切なお話があります」

眼をあけると、シャオディーの父の誠実な眼差しがあった。

「あなたも見たとおり、今、この町の駅前を統治しているのは中国人です。我々のような本土の人間もいますが、ほとんどが、戦時中に日本につれてこられた台湾省の人たちです。彼らは皆、辺境地で強制労働をさせられていました。彼らは今、開放国民と呼ばれています。そして、その私たちに土地を与えたのが、私の遠い親戚なのです」

「土地を与えた……？」

不審に思い、私は眉をひそめる。

「元国民党の軍人です」

シャオディーの父はときどき音を外す日本語で、一生懸命に話し始めた。

「彼は連合国軍の中国軍関係者としてアメリカ軍と一緒に日本にきましたが、今は軍籍を抜けています。そして、日本の土地や不動産をどんどん買い占めているのです」

戦勝国の人間が、敗戦国である日本の土地を買っている。

その話には、どこか空恐ろしいものがあった。

「アメリカ人やイギリス人は彼を笑ったそうです。接収することもできる土地をなぜわざわざ買うのかと。負けた国の焼けた土地を買ってどうするのかと。しかし接収したものは、機関のものでしかありません。だから、彼は接収ではなく買ったのです。それが、中国人というものです」

シャオディーの父が強い眼差しで、私の眼を見据える。

「どうか、よく聞いてください。うちの息子は、その親戚にとても気に入られています。そして、その軍人が現在住んでいるのが、元々はあなたの住んでいたお屋敷だったと、息子は言っているのです」

　驚いて振り向くと、シャオディーが大きく首を縦に振った。

「だから俺、ずっとお姉ちゃんを捜してたんだ」

　シャオディーの声に、父も頷いた。

「日本の銀行は、土地を買い占めているのが中国人であることを、あまり公表したくないようです。けれど親戚は逆にそれを隠《かく》れ蓑《みの》にして、疎開で人のいなくなった焼け跡を、どんどん買っています。分かりますか……」

　父の言葉に力が籠もる。

「彼はそこに、市場を開いているのです。もちろん、ここだけではありません。今、東京の多くの市場が、彼の勢力の下にあります。そしてそこに、たくさんの開放国民が集まっています。彼はそこで、新しい戦争を始めているのです。今までの戦争とは違う、〝経済〟という戦争です」

　それは、世界中で商売をしている中国人たちの底力を感じさせる発言だった。

「どうか、その方に会わせてください」

　気づくと、私はそう口にしていた。

「覚悟がいります」

　シャオディーの父が真剣な眼差しで見返す。

　志雄のカンバスを胸に、私はしっかりと頷いた。

シャオディーとの再会を果たした帰り道、私はすっかり様変わりした駅前を改めて眺めた。無数のバラックでは、あちこちで中国語が飛びかい、又一方では、朝鮮の言葉も聞こえてくる。半裸の罹災者がなにとも知れない肉に夢中で歯を立て、煮込みの前には長い行列ができている。いつしか夕闇が迫り、裸電球が灯り始めていた。

そこに漂っているのは、生きていくための猛烈な臭気だった。混沌《こんとん》と喧騒の中から、今まで誰も見たことのないような新しい時代がやってくる。

それを肌身に沁《し》みて感じずにはいられなかった。

疲れた足を引きずっていると、鋭い口笛《くちぶえ》が響いた。

振り向いた途端、先の猫撫で声の男と眼が合う。私は持っていた風呂敷をきつく握りしめて身構えたが、男は悪びれたふうもなく近づいてきた。

「今度は本当に買ってやるよ」

後じさる私に、男は低い声でそう言った。

「さっきちらりと見たけど、なかなかいい更生服だ。服はどの市場でも売れ筋だぜ。でも、あんたじゃ売れない。だから俺が、ここでちゃんと買ってやる。怖がるな、金が必要なんだろう?」

言われて口元を引きしめる。

「言ってみな。いくらで買ってほしい」

「ご、五十円……」

公務員の月給が五百円とちょっとの時代だ。これでも、眼一杯〝張った〟つもりだった。

だが私の震える声を聞くと、男はフンと鼻を鳴らし「傻瓜《シャーグァー》」と呟いた。

「こういう場所にくるなら、それ相応の相場を知れよ、間抜け！」

唾を吐き捨てるなり、男は私の手に札を押し込み、風呂敷を奪い取った。足早に去っていく男の後ろ姿を見送りながら、恐る恐る手を開く。

握らされていたのは、くしゃくしゃに丸められた二枚の百円札だった。

十六夜

雄哉はクーペを道路に乗り捨て、ノウゼンカズラがこぼれんばかりに咲いている石段を駆け上り、玄関をあけた。

「あ、大家さん、早く、早くー」

待ち構えていたローラに連れられ、離れへと急ぐ。

そこでは邦彦伯父と弁護士らしい男が、凪や真一郎と対峙していた。

「邦彦伯父さん」

雄哉が声をあげると、全員が振り返る。

「これは一体、どういうことですか」

息せき切って尋ねた雄哉に、邦彦が後退した額を赤くした。

「そっちこそ、どうなっちゃってんるんだよ！　マンションにも携帯にも、何度連絡しても不通だし、どうにもならないんで会社に連絡したら、二ヶ月も前に辞めちゃってるって言うじゃないか。お父さんに話したら、えらい驚いてたぞ」

しまった――。

雄哉は内心、顔をしかめる。自分の失職は、どうやら最悪の形で実家に伝わってしまったらしい。

「どちらにせよ、このような形で押しかけられても困ります。今日は一旦……」

「ちょっと、〝押しかける〟ってのはどういうことよ」

邦彦が眼を剝く。

「雄哉君、ここ一ヶ月の間に、一体なにがあったのよ。なにいきなり、この人たちの味方みたいな顔してるのよ」

邦彦は興奮して、凪たちを指差した。

「君だってさ、ここの住人たちには手を焼いてたわけだろう？　だから俺に連絡を寄こしたんじゃないのかい？」

「それはそうですけど、でもいきなりこれは困りますよ。せめてご連絡をいただかないと」

「こっちが何度連絡したと思ってるんだ。勝手に行方知れずになったのはそっちのほうじゃないか」

〝藪から出てきた蛇〟を放置したのは自分にも落ち度があったのだと、雄哉は口元を引きしめる。凪、真一郎、拡、ローラの四人が、不安そうにこちらを見ていた。

雄哉は大きく息をつき、なんとか状況を整理しようと頭を働かせる。

「でも伯父さん、僕には、どうしても分からないんですよ」

「分からないってなにが」

「大伯母が、個人の利益のために、この土地を独り占めにしたって話です」

雄哉たちの会話を聞いた真一郎が、「あ、そりゃないな」と割り込んできた。

「だって俺の家賃、二万円よ」

「私は一万五千円。一応、管理人ですから」

「俺も一万五千円。一応、最年少なんで……」

「私はイチマンエーン、一応、出稼ぎの美女ですからー」

凪、拡、ローラが次々と後を受ける。

その金額を聞いて、さすがの邦彦も、少々たじろいだようだった。

「僕は、この屋敷の税理士の石原氏から、通帳を預かっています。このシェアハウスは、もう何十年も、ずっと利益らしい利益を出していません。足がでたときは、逆に大伯母が補塡していたくらいです」

言いながら、雄哉は自分の中の変化を感じずにはいられなかった。

ほとんど利益のない、赤字経営に近いシェアハウス――。そんなもの、迷惑なだけだと思っていた。そこにどんな思いや理由があるのか、そんなことに、興味はなかった。

「そ、そりゃ、あの変人の叔母がなにを考えていたのかは、よく分からないけどな……」

邦彦は、少し前の雄哉と同じようなことを口にする。

「だけど、ここが〝笠原の土地〟であることは、間違いないんだよ」

「だとしてもです」

邦彦の口調が凄みを帯びたが、雄哉は怯まなかった。

「笠原玉青は、本家の長女でしょう。大伯母の素行がどうであれ、土地を〝奪った〟ことになるとは思えない」

「ちょっと待ってくれよ、雄哉君」

邦彦は、どうにも腑に落ちないといった表情で身を乗り出す。

「君だって、ここを転用したくて、わざわざ俺に相談してきたわけだろう？　この際、玉青叔母のことなんて、どうでもいい。問題なのは、転用の障害になっている、もう一人のサイなんとかっていう権利者だ。ひょっとすると、そいつが玉青叔母を騙して、この土地の共同権利者におさまったのかもしれないじゃないか」

邦彦は鼻から息を吐いて、腕を組んだ。

「つまりさ、そのサイなんとかっていう、正体不明の権利者を法的に排除することが、俺たちの最初からの目的だったんじゃないのかい？」

そう言われると、雄哉は口ごもった。

邦彦伯父は、傍らの弁護士と大いに頷き合っている。

確かに伯父の言うとおりなのだ。最初は、そうだった。でも今は――。

そこまで考えて、雄哉は混乱した。

今は、一体なんなのだ。

今、自分は、なにをどうしたいのか。はたまた、どうするつもりなのか。

「でも僕は……、もっと本当のことが知りたい。もし可能なら、蔡宇煌という人に会って、当時のことをちゃんと聞いてみたい」

考えあぐねた末、雄哉はそう口にしていた。

そうだ――。知りたいと思わなければ、なにも分からない。

もしこのまま、この屋敷のあちこちに秘められている「謎」に気づかぬ振りをして、邦彦伯父と共に強引にここを取り壊してしまったら、自分はこの先ずっと〝なにも知らない人間〟のままになってしまう。

それは、今の自分の本意ではない。

「雄哉君……、君、会社辞めて、どうかしちゃったんじゃないのかね」

邦彦が、すっかり呆れ果てたような声を出す。

「それとも、ここの住人たちと、なんかあった？」

その視線が、雄哉の後ろに控えている、凪とローラに注がれた。

凪は相変わらず素っ気ないジーパン姿だが、ローラはミニスカートから小麦色の太腿《ふともも》をむき出しにしている。邦彦の眼に、いささか下卑《げび》た好奇心が浮かんだ。

「なにかあったかと言われると……」

すると、端にいた真一郎が無精髭を撫でながら、おもむろに口を開く。

「ちょっとした弾みで寝たな。ま、一回だけだけど」

思わせぶりにそう言って、口の端を吊り上げて笑ってみせた。それがあまりに淫蕩《いんとう》だったので、その場にいた全員が一気に引いた。長髪に無精髭、ランニングにトランクス姿の真一郎は、見ようによっては相当に怪しい。

「ゆ……雄哉君、君ねぇ……」

邦彦がふらりと一歩後退した。

「ち、違いますよ」

雄哉は慌てて否定したが、伯父も弁護士も怖いものを見るような眼で雄哉を見ている。

「どうも結婚が遅いと思っていたが……」

「だから違いますって！」

「え、なにが違うんだよ。酷いな、もしかして覚えてないの？　あの晩、俺たちさ……」

「うるさい！」

大真面目に迫ってくる真一郎に、ついに雄哉は大声をあげた。

「愛に境界線はないのよねー」

「あんたも黙ってろ！」

体をくねらせてウインクするローラのことも、死ぬ気で怒鳴りつける。

ようやく二人は大人しくなったが、いくら雄哉が弁解したところで、離れに充満している妙なムードを払拭することは、最早不可能だった。

「と、とにかくだ」

今までと完全に違う眼で雄哉を眺めながら、邦彦伯父がずりずりと後退していく。

「受遺者の君がそんなことじゃ、お話にならないんだよ」

まだニヤニヤしている真一郎を怖々と一瞥し、邦彦は無理矢理咳払いした。

「とにかく、ここじゃ、その、なんだ。日を改めて、違う場所で、もう一度きちんと話をしようじゃないか」

よくも悪くも、伯父が退出したがっているのは明白だった。

遠い親戚とはいえ、一応は甥っ子の〝衝撃の事実〟を前に、すっかり動揺してしまっている。

雄哉は内心嘆息しつつ、それでも伯父がこれで退散してくれるなら御の字だと、無理矢理自らを納得させた。

今度はちゃんと携帯に出るようにと念押しして、邦彦伯父と弁護士はそそくさと十六夜荘を出ていった。

「おお、案外、あっさり引き下がったな」

途端に、真一郎が呑気な表情に戻る。

「あんたなぁ！」

雄哉が食って掛かろうとすると、ローラがすっと割って入ってきた。

「大家さん、ありがとねー。弟、これから受験だから、私、助かるよー」

ローラは長い両腕を前に揃え、深々と頭を下げる。

「え？　いや、俺は別に……」

ふと気づけば、凪も心からの笑みを浮かべてこちらを見ていた。


その晩、雄哉は再び十六夜荘で夕食を振る舞われた。

真一郎が今夜旅立つというので、ついでに見送ることにしたのだ。先の苦い経験からクーペは早々に有料駐車場に停めてきた。

食後、雄哉は荷造りを終えた真一郎と二人、ぶらぶらと離れに向かった。

離れには、伯父たちが退散してから夕食までの短時間に、凪が取り組んでいたらしいデッサンが散らばっていた。電気はつけなくても、遮光カーテンが開いていると、離れは案外明るい。

遠目にも力強い木炭の線がよく見えた。

「凪ちゃん、頑張ってるよな」

確かにそのデッサンを見ていると、凪の真剣な様子が浮かんでくるようだった。

「あのさぁ、雄哉君。少し待ってやんなよ」

真一郎が、パンパンに膨らんだリュックを床の上に置く。

「どうせ、凪ちゃん、来年四年だろう。拡君も同じ頃出るつもりでいるしさ、ローラちゃんも、就業ビザには限りがある」

珍しく真一郎は、真面目な顔をしていた。

「俺が出ていけば、ここは雄哉君の好きにできる」

どう答えてよいか分からず、雄哉は視線をさまよわせる。

「気にするな。玉青さんが亡くなったって聞いたときから、覚悟はしてた。雄哉君が言うように、俺も玉青さんの庇護に甘えすぎてた」

「あの絵……」

真一郎の言葉を遮るように、雄哉は壁にかけられた、ピアノを弾く青年のデッサン画を指差した。

「あの絵の人は、一体どうなったんです？」

「ああ、一鶴さんな」

真一郎は床に座った。雄哉もその傍に腰を下ろす。

「南洋にいって、そのまま戻らなかったらしい」

「戦死……？」

「そうね。骨も、遺品も、なんにも戻らなかったそうだよ」

　小さく息を吐き、真一郎は「だからかな」と言葉を継いだ。

「俺はね、玉青さんがロンドンの共同墓地に入っちまったって聞いたとき、なんとなく納得できたのよ。あの人、基本的には信じてなかったんじゃないかな」

「なにを？」

「骨とか、墓とか、あと、国とか。そういう、所謂《いわゆる》〝側《がわ》〟のこと全部さ」

　真一郎は傍のリュックを一撫でする。

「いや、別に、そういったことを全否定してたわけでもないと思うけど……。まあ、つまり、そういったものの代わりに、あの人にはあの人なりの価値観があったってことだよ」

「桂木さん」

　下を向いたままで雄哉は聞いてみた。

「大伯母は――。笠原玉青は、なんだってこんなことをやってきたんだと思いますか」

「こんなことって、十六夜荘のことかい？」

　雄哉は頷いた。

〝そんなことは分からない〟

　てっきりそう言われると思っていたのに、真一郎は、案外あっさりと答えた。

「そりゃ、ここに、あの人の価値観があったからだと思うよ」

　雄哉は驚いたが、すぐに怪訝な思いが湧き起こる。

「その価値観って、まさかあんたたちのこと？」

「そう言われると、身も蓋もないけどさ」

　真一郎は苦笑した。それから急に、ふっと表情を変える。

「雄哉君、俺の部屋空くんだから、凪ちゃんたちを待ってる間、君もここに住みなさいよ」

「は？」

「部屋探してるんだろ。今のところは家賃が高すぎてもう住めないって、散々嘆いてたじゃないか」

「いつ」

「俺と一夜を過ごしたとき」

　しゃあしゃあと言い放たれて、雄哉は「だから！」とそれを遮った。

「あんたの言い方は、妙な誤解を呼ぶんだよ」

「ええ、どんなぁ？」

「あんた、それ、わざとやってるんじゃないだろうな……」

　雄哉が睨みつければ、真一郎は「だははー」とだらしなく笑う。

「今度はどこいくんですか」

「うん、カシミール地方にいってみようと思ってね」

　雄哉には、それがどこだかすぐには分からなかった。

「インドと中国とパキスタンの狭間にあるとこ。あそこも紛争が絶えなくてさ。なに好きこのんでそんなとこいくんだって、皆に言われるんだけどね。俺、ああいう山岳《さんがく》地帯が好きなのよ」

　リュックを手元に引き寄せ、真一郎は少し遠い眼差しをする。

「暮らしていくのは大変だけどね。でもそういうところには、本当に敬虔《けいけん》な人たちがいてさ、子供はよく働くし、明るいし。空はもう、成層圏《せいそうけん》まで突き抜けるかってくらい澄んでるし。とりあえず色々なことがどうでもよくなるよ」

「でも、そこで紛争が起きてるんでしょ」

雄哉が言うと、真一郎は笑った。

「雄哉君は、本当にリアリストだよな」

「だって、今あんたがそう言ったんじゃないですか」

「そうだな、現実って酷いよな」

そこで雄哉も真一郎も口を閉じた。沈黙の中、雄哉は密かに考えた。

その紛争地帯の狭間の土地で、この男は又井戸を掘るんだろうか。

一瞬、黒曜石のように輝く瞳をした子供たちに囲まれた、真一郎の姿が頭をよぎる。

「玉青さんだって、戦後は大変だったんだぜ」

ふいに真一郎がそう言って、雄哉を見た。

「兄貴は戦死しちゃうし、下手に華族だったから、新しい時代に入った途端、死ぬほど重い税金かけられるしさ。おまけに義理の母親……って、雄哉君のおばあさんの本当のお母さんだから、雄哉君にとっちゃ、曽おばあさんだよな。その人が、空襲で負傷してね。戦後はなにもかも、玉青さんが一人で背負って奮闘したらしい」

だからなのか――？

「大伯母は、戦後、水商売に手を出していたらしいですけど」

「そんなことも、あったんじゃないのかな」

なんでもないことのように、真一郎が頷く。その様子に、雄哉は再び考え込んだ。

ロンドンで客死した、変人の独身女。こんな人生だけは送りたくない。

それが大伯母に対する、雄哉の最初の印象だった。

次に、凪の話から想像したのは、和製ポンパドール夫人。

邦彦伯父の話からは、危ない仕事にも平気で手を出すがめつい女。

そして今、真一郎が語る苦労人――。

一体、どこに大伯母の本当の姿があるのだろう。

雄哉が黙り込んでいると、真一郎がふっと笑った。

「あのさぁ、雄哉君。人も月と同じで、満ちてくときもあれば、欠けてくときだってあるのよ」

どれ、と真一郎は立ち上がり、大きな一枚硝子の窓に寄った。

「今夜はまだ月は出てないなぁ」

伸びをしながら、硝子越しに空を眺める。

「そりゃあ、世間は光の当たっているものや、勢いのあるものしか認めない傾向はあるけどさ。満ち欠けがあるのが自然なのよ。人も国も社会も仕事も、恋愛もね。完璧な状態だけ追い続けてたら、おかしくなっちゃうよ」

そう言うと、真一郎は雄哉を振り返った。

「常に現実を見て、完璧であろうとする雄哉君は偉いと思うよ。でも、欠けていくのも、満ちていくのも、結局は同じことなんじゃないかな」

床に座った雄哉は、ぼんやりと薄暗がりの真一郎を見上げる。

すぐ後ろの窓辺に、もう一人、髪の長い女が立っているような気がした。

「とは言え、欠けていくタイミングはつらいよな……」

真一郎の溜め息が、離れに響く。

「色々なものを失ったり、手放したりしなきゃならないし、人から軽んじられたり、バカにされたり、自分が世間から〝無用だ〟って全否定されてるような気がするよな」

雄哉の頭に、ここ一連の日々が浮かんだ。

必死のプレゼンを聞き流している担当者の上《うわ》の空の相槌や、見下したような物言いがまざまざと甦り、胸の奥が苦しくなる。

「でも、それって、やっぱり結構大事な時期だと俺は思う」

遠くを見つめ、真一郎が呟いた。今までに聞いたことのない、深い声だった。

雄哉は夢から醒めたような気持ちで真一郎を見つめた。

「なんてな！」

途端に、いきなり強い力で背中をどやされる。

「欠けっぱなしの俺に言われても、説得力ないか！」

なんだか茶化されたような気がして、雄哉はムッとした。

「あんたの人生は、所詮〝気のせい〟だからな」

「俺だけじゃないさ。雄哉君だってそうだよ。だから、自分のやりたいようにやるといい。あの伯父さんのことも、君を〝売った〟同期君のことも関係なくね」

真一郎は楽しそうに笑い、リュックを持ち上げる。

「俺たちは、それができる時代に生まれたんだ。その自由を、無駄にしてたらもったいないよ」

雄哉はハッとして真一郎を見上げた。

「桂木さん」

思わず呼びかけたとき、「真ちゃーん」とローラが離れに入ってきた。

「真ちゃん、そろそろ時間よー」

「おう、今いく」

雄哉は車で送っていこうかと申し出たが、真一郎は「もう切符を買ってあるから」と、それを辞退した。

体の半分ほどの大きさのあるリュックサックを背負い、玄関をあけると、真一郎は軽い足取りで石段を下りていく。雄哉、ローラ、凪、拡がその後に続いた。

入り口のノウゼンカズラは夜も閉じることがなく、闇の中で鮮やかな橙《だいだい》色を滴らせている。

その花の下で、真一郎は「じゃあな」と見送りに出た全員の顔を見た。

「次に帰ってくるのは、多分一年後くらいになると思う。拡君、俺がいなくても、ちゃんと部屋から出るんだぞ」

拡の頭を撫でようとして、「あんたがいるから出ないんだよ」と、毛虫の如く嫌がられている。それでもしつこく拡にかまう真一郎を見ながら、雄哉はぼんやりと考えた。

一年後――。

そのとき自分は、ここは、一体どうなっているのだろう。

真一郎は大きく手を振り、もう振り返ることもなく、意外なほどあっさりと十六夜荘を出ていった。その姿が見えなくなると、ローラと拡が玄関に戻っていく。

なんとなく、雄哉と凪が、石段の下に取り残された。

「あの」

同時に言ってしまい、互いに口ごもる。

「なんでしょう?」

「いや、別に……」

雄哉は珍しく、煮え切らない態度で髪を掻いた。

言いたいことがあるようで、いざそれを口にしようとすると、なにも見つからない。

凪もしばらく逡巡《しゅんじゅん》していたが、やがて思い切ったように、正面から雄哉を見た。

「実は私、大崎さんが探していた〝蔡〟という人について、自分でも調べてみようと思ったんです。もしかしたら、その人を調べることで、ここの解体を阻止《そし》できるんじゃないかって思ったから」

凪の言葉に、雄哉は少し驚いた。しかし考えてみれば、あの段階で人捜しを始めた自分に、住人たちが受遺の不備を察していたとしてもおかしくはない。

「それで、分かる範囲の伝《つて》をたどって、何人かに連絡を取ってみたんです。そうしたら、ただ一人だけ……」

ジーンズのポケットから、凪は一枚の名刺を取り出した。名刺の上には〝小野寺幸義《ゆきよし》〟という名が書かれている。

「離れの絵を預かると約束してくださった、私の恩師です」

そう言うと凪はしばらく口をつぐんでいたが、改めて覚悟を決めたように、はっきりと続けた。

「電話でお尋ねしたとき、教授がこう仰ったんです。〝随分久しぶりに聞く名前だ〟と」

雄哉は驚いて凪の顔を見た。

凪は真っ直ぐな眼差しで、雄哉を見返している。

「詳しいことは、私もまだ伺っていません。でも、小野寺教授は、私が授業料や画材の支払いで四苦八苦してるのを見かねて、十六夜荘を紹介してくれた方なんです」

「それじゃ……」

「教授は、玉青さんの古い知り合いです。今はお体を悪くして自宅療養《りょうよう》されていますが、教授なら、大崎さんの知りたいことを、きっとご存じのはずです」

凪は名刺を雄哉に差し出した。

「どうしてこれを、俺に……」

受け取りながら、雄哉が呟く。

互いが黙ると、草むらで、草雲雀《くさひばり》がひょろろと澄んだ声をあげた。足元に、ノウゼンカズラの小さなラッパのような花がぽとりと落ちる。

凪が無言で踵を返した。佇む雄哉の耳に、足早に去っていく靴音と玄関の閉まる音が響いた。

雄哉は名刺を手に、小さく息をつく。

ノウゼンカズラの蔓越しに、下弦の月がゆっくりと昇り始めていた。

数日考えた末、雄哉は小野寺教授を訪ねてみることにした。

当日、雄哉は凪にも声をかけた。

教授は、目黒の高台に住んでいた。それは、立派な門構えの大きな邸宅だった。

呼び鈴を押し雄哉が名乗ると、家政婦らしい中年の女性が現れ、二人は庭に面した応接間に案内された。

応接間には、額装された油絵が何枚か飾られている。どれも、ダイナミックな筆致の風景画だった。

「教授の絵よ。素晴らしいでしょ？」

絵を眺める凪の表情が、にわかに生き生きとしてくる。本当に絵が好きな人なのだと、雄哉はその横顔を見つめた。

やがて孫娘らしい若い女性につき添われて、車椅子に乗った老人が現れた。周囲に強い薬品の匂いが漂う。

「先生！」

凪が声をあげて、ソファから立ち上がった。

「久しぶりだね、一ノ宮君」

老人は手元に酸素吸入器のバッグを携えていた。鼻に差し込まれた二本の管が痛々しいが、しっかりとした眼差しをしている。

凪につられて立ち上がった雄哉は、やや緊張しながら頭を下げた。

「あなたは、雪江さんのお孫さんですね」

そう声をかけられ、雄哉は驚く。

「祖母を、ご存じなんですか」

「玉青さんと雪江さんは、本当に仲のよいご姉妹《きょうだい》でしたよ」

教授は眼元に穏やかな微笑を浮かべた。

「玉青さんのことは、本当に残念でした。私も体がこんなふうになる前は、毎夏学生たちを連れてロンドンに玉青さんを訪ねていたものです」

教授に丁寧に頭を下げられ、雄哉も再び頭を下げる。

最初はひたすらに持っていきどころのなかった〝お悔やみ〟が、いつしか心のどこかに響くようになっていた。

「さ、どうぞ、おかけなさい」

促され、雄哉と凪はソファに腰をかけた。

「さて、大崎雄哉さん」

教授の真っ直ぐな視線が、ぴたりと雄哉に当てられる。

「あなたが私に聞きたいというのは、どんなことですか」

一呼吸置いた後、雄哉は教授の静かな、しかし強い眼差しを見返した。

「先生は、私の大伯母とは、どういったご関係だったんでしょうか」

「古い……。とても古い友人です」

教授はゆっくりと息を吐くように答えた。

それを聞くと、なぜか雄哉は次の言葉を口にすることができず、膝を見つめて黙り込んでしまった。凪が怪訝そうに自分の顔を覗き込んでくるのが分かる。それでも雄哉はなかなか顔を上げることができなかった。

不自然なほどの沈黙が流れた。

庭の木にとまったミンミン蟬の鳴き声が、部屋の中まで響いてくる。八月に入り、蟬たちが本格的に鳴き始めていた。

「先生、前に私がお電話でお尋ねした……」

とりなすように凪が口を開いたとき、雄哉はようやく顔を上げた。

「差し支えなければ、教えてください。私の大伯母は……。笠原玉青は、一体、どんな人だったんでしょうか」

少し驚いたように、凪がこちらを見ている。

けれどそれが、今の自分の正直な気持ちだった。

雄哉は、今では謎の権利者のこと以上に、大伯母のことを知りたいと思っていた。

教授は雄哉のことをじっと見ていたが、やがて傍の孫娘になにかを囁いた。女性は頷くと、応接間を出ていった。

しばらくすると女性が、片側を紐で縛る形の古いクロッキー帖を携えて戻ってきた。教授は震える指先でその紐を解く。

中からコンテで描かれたたくさんのデッサン画が滑り出た。

丁度眼の前に滑ってきた一枚に、雄哉は小さく眼を見張る。

そこには、髪を短く切り、燕尾服《えんびふく》を着た若い女がグランドピアノを弾く姿が活写されていた。

その他にも、バラックの前に立つ姿、米軍の将校と踊っている姿がある。どれも、髪を短く刈り込み、男物の服を着た、舞台役者のような風情だった。

凪も一枚一枚手に取り、興味深く眺めている。

雄哉が顔を上げると、教授がゆっくりと言った。

「これが私が一番よく知っている、笠原玉青さんの姿です」

昭和二十二年

「小姐《シャオジエ》！」

猛烈な臭気と猥雑《わいざつ》な熱気にごった返す駅前に、野太い声が響いた。

人混みの向こうで李《リー》が手を上げている。初めて闇市を訪れた私を鴨《かも》にしようとした男だ。器用に人混みをすり抜けて近づいてくるなり、李は耳元で囁いた。

「蔡《サイ》の旦那に会うってのは本当か」

すぐ隣で売人たちが、異国の言葉で猛烈に罵り合っている。

「本当よ」

彼らをやりすごしながら応えれば、李は少し難しげな顔をした。

「売り飛ばされるなよ」

冗談を言っているようには見えなかった。

だが、もう後へ引くことはできない。

十月に入り、ようやくシャオディーから、「蔡の大人《ダーレン》（旦那）」との面会の許可が出たという連絡がきたのだ。

「しかし、あんたが元々あの屋敷に住んでたご令嬢だったとはな。ま、今はなにがあってもおかしくない時代だ。新橋じゃ、宮様の親戚が筵に座ってるって噂だぜ」

李の軽口を遮り、私は抱えていた風呂敷を差し出す。

「お、なんだよ。まだ掘り出し物があったのかい。さすがにご令嬢だ」

「後で〝事務所〟であけて。とてもいいものよ。できるだけ高値で売ってほしいの」

「中身はなんだい？」

私は風呂敷の紐を解き、ちらりと中身を見せた。

「お、こいつはすげえ」

李が低く唸り、すぐに風呂敷を脇に抱え込む。たとえ自分たちの〝ショバ〟であっても、気を抜くことができないのが、闇市の常だ。

風呂敷の中には、美しい小物入れが入っていた。それは、かつて楓さんが大日本婦人会の地域代表の前で、泣く泣く鋏を入れさせられた着物の袂《たもと》で作ったものだ。越後上布《えちごじょうふ》の滑《なめ》らかな手触りは、今では滅多に手に入るものではない。

先週、新たな合併症《がっぺいしょう》で入院した楓さんに着替えを届けにいったとき、「どうかこれをお金に換えてちょうだい」と、この小物入れを手渡された。

病床から懸命に身を起こし、楓さんは呟くように言った。

「玉青さん、離れは楽しかったわね」

私は驚いて、「この冬を越すことは難しいかもしれない」と主治医に告げられた、痩せこけた継母の顔を見つめた。

「なんでも節約、なんでも国防で、息がつまりそうだったとき、忍さんの綺麗な絵を見たり、ハンサムな志雄さんとダンスを踊ったり……。私、本当に楽しかったわ」

そう言うと、楓さんは幸せそうに「ふふふ」と笑った。

そのやつれた頬に浮かんだ笑みが、今も胸に焼きついて離れない。

楓さんは、自分とはまったく違う女性だった。それでも力を合わせて一緒に暮らすことはできると、教えてくれた人だった。

楓さんのこの言葉は、屋敷を取り戻そうと考えている私の背中を強く押してくれた。

この一年と半年。従兄の剛史の批判をものともせず、私は足しげく闇市に通い、持ち出せるものはすべて持ち出して金に換えた。

それまで苦手だった算盤《そろばん》と帳簿づけを、本格的に習うことも始めた。

「まんず、こんな物の値段が倍々であがっときに、帳簿なんかつけたって意味ねっす」

「玉青様が金勘定だなんて、私は嫌ですよ」

スミもキサさんも最初はあまりよい顔をしなかったが、私の粘りに負けて、最後は渋々手ほどきをしてくれた。

私はもう、いつまでも〝お嬢さん〟ではいられなかった。

「必ず高値でさばいてやるよ」

そう約束してくれた李と別れ、駅前の喧騒を後に、久々に川沿いの道へと足を向ける。

川沿いの道は、乾いた枯葉で埋まっていた。落ち葉を踏みながら、私は逸《はや》る心を抑えるのに必死だった。

田園の竹藪を見るのも、二年ぶりだ。その向こうに、赤いスレート瓦の三角屋根が見えてきたとき、私は内心歓声をあげた。

屋敷と広い庭を取り囲む、波形の黒いフェンスは二年前のままだ。外観はまったく変わっていない。けれど、その門の前に、黒塗りの外車が二台も停まっていることに私は驚いた。そのとき、車の陰から突然、シャオディーが飛び出してきた。

「おどかさないでよ！」

仰天して尻餅《しりもち》をつきそうになった私を指差し、シャオディーが悪ガキそのものの顔で笑う。こういうところは、以前とたいして変わっていないようだ。

だが今回シャオディーが付き添いを買って出てくれたことは、私にとって幸いだった。シャオディーは大人《ダーレン》のお気に入りらしく、この屋敷にもよく出入りしているようだった。

「安心して。ピアノはあのままだし、ダーレンはなにも変えてないよ」

シャオディーが明るい声をあげる。

一緒に門をくぐると、玄関先に黒い中山服《ちゅうざん》の男が現れた。男は私たちの顔を見るなり、「过《グゥオ》来《ライ》（こい）」と顎をしゃくった。

男の後に続きながら、すぐに自分たちが離れに連れていかれるのだと分かった。シャオディーが言ったとおり、屋敷は中も二年前のままだ。キサさんが見ても「合格」を出すと思われるほど、掃除も行き届いている。

懐かしい離れは、少しだけ雰囲気が変わっていた。

グランドピアノを中心に、たくさんのソファが置かれている。かつてはアトリエに使っていたこの部屋を、ダーレンは応接室として利用しているらしかった。

先導してきた男に促され、私とシャオディーは真ん中のソファに腰を下ろした。私はソファの端に浅く座りながら、素早く周囲を見回した。

離れの壁を背に、黒い中山服姿の男たちが均等の間隔を置いて立っている。その全員が、足を腰幅に開き、手を背の後ろで組み、同じ格好をしていた。

しばらくすると、渡り廊下を踏む音と共に、長い衣装が床をこする音が響いてきた。現れたのは、中山服の上に長袍《チャンパオ》と呼ばれる中国式のガウンをまとった、大柄な男性だった。

広い肩幅と厚い胸板が元軍人の厳《いか》つさを思わせる。浅黒い顔の中央にある大きな鼻の横には、獲物を見据える猛禽類《もうきんるい》のような眼が埋め込まれていた。歳は五十前後だろうか。

彼が正面のソファに座るのを見て、しかし、私は思わず息を呑んだ。

ダーレンがゆっくりと口を開く。

「日本語は分かる。それに聞こえる」

よく響く、低い声だった。それでも応えられずにいると、ダーレンは身体を揺すって笑いだした。

「お前たちの国では〝ホウイチ〟と言うそうだな」

ダーレンには、片耳がなかった。

鋭利な刃物のようなもので、つけ根からすっぱりと切り取られていた。

「だが私の耳を切ったのは、幽霊じゃないぞ。日本の兵隊だ。よく声を出さなかったものだと思う。声を出していたら、本当に殺されていた」

白兵戦で負傷したダーレンは、死体の山に紛れて日本軍の追撃をやりすごしたのだと語った。

「私の隣の死体は、〝記念〟に鼻を削がれた。私は運がよかったんだ」

私は自分の背中を、冷たい汗が流れるのを感じた。

やがて、シャオディーが中国語でなにかを話し始めた。それを聞きながら、ダーレンは何度か鷹揚《おうよう》に頷く。それから、二人の中国語だけの会話が長く続いた。私は息を詰めて、それを見守ることしかできなかった。

ひとしきり話した後、ダーレンが再びこちらに眼をやった。

「昨年の春、連合国が占領軍の会議を開いたことは知っているか」

私は頷いた。アメリカ、ソ連、中国、イギリスによる占領軍対日理事会のことだろう。

「私は元々、その会議に出席する中国国民党軍の関係者として日本にきた」

そこまで話すと、ダーレンは、シャオディーを顎でしゃくった。

「その後のことは、これの父親がお前に話したのと同じことだ。私は日本の占領などどうでもいい。ここには商売をしにきただけだ。だから、きちんと金を払って土地を買った。他の国の連中は皆、私のやっていることを見て笑っている。わざわざ負けた国の金を集め、なにもない焼けた土地を買っているとな」

ダーレンは、浅黒い顔に不敵な笑みを浮かべてみせる。

「だがな、土地は金を生む。そこが廃墟になろうが、人の生活は続くからな」

そんなことは何度もよその国に土地を焼かれた中国人なら誰でも知っていることだと、ダーレンは唇を舐めた。

「今、日本人は皆金が欲しい。だから土地をどんどん売る。必要なことは、銀行が代行して全部やってくれる。銀行にも多額の手数料が入るからな。だから今まで土地の売買で揉めたことは一度もない。私は、上海《シャンハイ》と同じ国際マーケットを、日本にも作りたいと思っている」

鷹《たか》のような眼差しが、私を射《い》る。

「だが、ここは違う。ここは、私が住むために買ったのだ。ここが攻撃されなかった理由を、お前は考えたことがあるか。アメリカのパイロットも、きっと私と同じことを考えていたのだろう。ここを手離すつもりはない」

話し終えると、ダーレンは瞼を閉じた。

ダーレンと自分の間に大きな幕が降りた気がした。

もう、いくら押しても叩いても、その幕は微動だにしそうにない。自分も又、新円欲しさに土地を手放した日本人の一人なのだと、改めて突きつけられたのだ。

結局、私は一言も発することができなかった。

そのとき、シャオディーが立ち上がり、ダーレンに向かって中国語でなにかを必死に訴え始めた。見る間にその瞳に涙が溢れていくのを見て、私は驚いた。

竹槍で突かれても代用監獄に入れられても、決して泣かなかったシャオディーの頰に、涙がぽろぽろとこぼれ始める。

「どうしたの？　シャオディー、どうしたの？」

言葉の分からない私は困り果てたが、泣きながら訴え続けるシャオディーを見ているとたまらなくなり、その身体を自分の腕の中に抱きしめた。

「女、ピアノが弾けるか」

ふいに尋ねられ、ハッとする。

ダーレンが、今までとは少し違う眼差しでこちらを見ていた。固く閉じていた幕にわずかな隙間が見えた気がして、私は夢中で頷き返す。

「では、なにか弾いてみせろ」

ソファに深く身を沈めたダーレンが、ピアノを指し示した。

まだしゃくりあげているシャオディーから身を離し、私はグランドピアノに近づく。

上蓋をあけるとき、指が震えているのが分かった。

もう二年以上、ピアノには触ってもいない。こんな状態で、まともな演奏ができるとは思えなかった。

それでも大きく息を吸うと、私は白黒の鍵盤の上に自分の指を置いた。

鍵盤が重い。兄が去って以来、調律のされていないグランドピアノが軋《きし》むような音をたてた。

ダーレンが、光る眼でこちらを見ている。

弾けない――。

項垂れそうになったとき、ふと自分の手の上に、誰かの手がそっと重なった気がした。

その瞬間、魔法のように鍵盤が軽くなる。

自然と指が動き、気がつくと、離れの中にゆったりとした旋律が流れ始めていた。

ムーンライトセレナーデ。

灯火管制の暗闇の中、兄や画家たちとすごした最後の晩が甦る。

あれから私たちは、なんと遠くにきてしまったのだろう。

二度と戻らぬ時間を求めるように、私は夢中で調べを追った。

きらきらと上りつめていく銀色のアルペジオ。緩やかなリズムが部屋中を波のように揺らす。喧騒が満ち、暗闇の中を、楽し気な影がいくつもよぎった。楓さんの手を取った志雄が、キサさんやスミや雪江と腕を組んだ、熊倉さんや金田さん画学生たちが、鮮やかな笑みを残し、くるくると回りながら消えていく。

月明かりの中から差し出される懐かしい手。その手を取って、私も銀色の波にさらわれる。

鳴り響く見事な演奏は、とても自分のものとは思えなかった。

このとき私は、自分の中に兄を感じた。

兄が自分の中に宿り、鍵盤の上の指を踊らせている。戦死公報を受けとった絶望以来、一度も感じたことのない兄の気配が、自分の中に脈々と息づいていた。

三分にも満たない短い曲を演奏し終えた後、私はすべての力を出し尽くしたように自失してしまっていた。

ゆっくりとした拍手の音に、ようやく我に返る。

「真《チョン》、了不起《リャオブチィ》（たいしたものだな）」

ダーレンが口元を引きつらせて笑っていた。

「ダンスは踊れるか」

次いで問われ、再び頷く。

「さすがは華族の娘だ」

又踊って見せろと言われるのかと思ったが、ダーレンはソファから立ち上がり、満足そうな声をあげた。そして暗い笑みを浮かべ、「利用日本貴族的女儿《リーヨンリーペングイズウダニュアル》、也蛮有趣儿《イエマンユウチュイル》（日本の貴族の娘を利用するのも一興だ〉」と、中国語で呟いた。

言葉の分からない私は訝しげに眉を寄せたが、ダーレンは続けざまに言った。

「身分を捨てることができるか、女」

「もう、とっくに捨てています」

ピアノの前から立ち上がり、はっきりと応える。

ダーレンはチャンパオの裾を引きずりながら、傍までやってきた。その鋭い眼差しが全身を値踏みしているのを感じ、背筋が冷たくなる。

「お前はアメリカ語の教師だそうだな」

ダーレンは私の肩を分厚い掌でつかんだ。

「自分は今度、新橋にダンスホールを出そうと考えている。日本人じゃなくて、アメリカの将校たちを相手にする店だ。そこで、得意のアメリカ語を生かすつもりはないか」

「どういう意味でしょうか」

私の問いかけには応えず、ダーレンは背後に立っている中山服の男になにかを短く命令した。

足早に去っていった男が再び離れに戻ってきたとき、その腕には真赤な布がかけられていた。

男がこちらに向かって布を投げる。離れの真ん中に、真紅の布が裂け目のように広がった。

床に落ちる寸前に、私はそれを拾い上げた。手にとってよく見ると、胸と背中の部分が大きくあいた朱子織《しゅすおり》のイブニングドレスだった。

つまりこの男は――。私に水商売をやれと言っているのか。

真紅のドレスを手にしたまま、耳の穴だけが黒々とあいているダーレンの横顔を見返した。

「私がそれを引き受ければ、屋敷を買い戻す相談に乗っていただけるということでしょうか」

涙をぬぐったシャオディーも、固唾《かたず》を呑んでダーレンのほうに身を乗り出す。

ダーレンはやはり応えようとせず、こちらに背を向け、ゆっくりと離れの入り口へと引き返し始めた。

「お前次第だ」

最後に、低い声だけが響いた。


その晩、持ち帰らされたドレスを前に、私は自室で随分長い間考え込んでいた。

ふと思いつき、衣装箪笥をあけてみる。そこには、大切に保管しておいた兄の礼服が一式揃えられていた。

しばらくそれを見つめた後、文机の上に古びた鏡を立てかけただけの粗末《そまつ》な鏡台の前に座った。鏡に映る顔を見つめ、抽斗《ひきだし》から鋏を取り出す。

結っていた髪を解くと、長い黒髪が肩の上に広がった。黒々とした一房を、私は指でつかむ。

そして、迷うことなく鋏を入れた。

じょきり、と、鈍い感触があり、自分の顔の横から長い髪が消えた。頬がぴくりと動く。それでも構わずに、私は髪を切り落とし続けた。

ほとんどの髪が床に散ってしまうと、なんだか生まれ変わったような気がした。次に剃刀と手鏡を出し、合わせ鏡にしながら襟首を刈り込んでいく。

そこに映っているのは、もはや戦前に流行ったモガなどと呼べる代物ではなかった。完全に、男性のそれだった。ここまでやってしまえば、もう後へは退《ひ》けない。

私は、教師を辞める決意を固めていた。

自分の決断が周囲にどう評されるかは、容易に想像がつく。

華族の娘が、元国民党の軍人の下で水商売に身を投じるのだ。華族没落史の一つに数えられても仕方がない。

それに、おそらくそれだけでは終わらないだろう。きっと私はあの「蔡の旦那」のもとで、法に触れるぎりぎりのことまでやらされることになるだろう。

戦勝国民に対し、日本は裁判権を持っていない。ダーレンがその特権を乱用しているのは間違いなかった。

だが、その無軌道ぶりに恐怖を覚えると同時に、胸の中にもう一つの思いが湧く。

最近、食糧統制法に従い、配給の食糧だけで生活をしていた判事が餓死《がし》した。

この事件は、新聞やラジオでも盛んに取り上げられた。なぜなら彼の死が、闇米を買った老女に禁錮《きんこ》刑《けい》を言い渡さなければならなかった己の職務に起因していたからだ。

それは、統制法への強烈なレジスタンスに他ならなかった。

国も法も、自分たちを守らない。

あの夏の終わり。冷たい白木の箱を渡されたときから、私はそのことを思い知っていた。

後の報道や証言から、兄や友人たちが出征したときにはすでに、日本は敗戦への一途を辿っていたことが明らかにされた。

勝てる見込みのない戦争に兄たちを送り込んだだけでは飽き足らず、国は未だに民を切り捨てる方策を平然と取り続けている。

ならば私は、法なんて恐れない。誰の眼も気にしない。

瓦礫の中からこの国を立ち上げようとしているのは、官庁街にいる政治家たちではない。本気で生き抜こうとしている市井の人たちだ。

生きようともがく人々に国が本気で応えたならば、闇の勢力など端から生まれるはずがない。

私は襟首の髪を払い、まるで別人のようになった自分の顔を眺めた。

断髪のその顔は、どこか志雄に似ているようにも思われた。

志雄さん……。

鏡に向かって問いかける。

私は、「闇」と向き合うよ。

〝たいした決意だね。でも、それも、案外面白いかもしれないな〟

鏡の中の志雄が、からかうような笑みを浮かべた。

〝いびせえのう、げにお嬢さんは、いびせえじゃあ〟

〝あんたみたいな世間知らずのお嬢さんに、水商売などできるものか〟

熊倉さんの、金田さんの声が頭に響く。

〝僕、それ、描きます〟

忍ちゃんもジェスチャーをしてみせた。

「皆、見ててね」

そう呟いて、私は鏡台の前から立ち上がった。兄の礼服を手に、部屋を出る。

「キサさん、キサさん」

呼びかけに応えてやってきたキサさんは、短く刈り込んだ私の断髪を見るなり「はぁ！」と叫んで絶句した。

「玉青様、そ、その髪は一体……！」

ようやく口を開いたキサさんの肩に手をかける。

「髪のことは、今はいいわ。それより、これを仕立て直して欲しいの」

「でも、玉青様、これは一鶴様の……。いくらなんでもそればっかりは……」

「売るためじゃないわ」

自身にも言い聞かせるように、私はゆっくりと告げた。

「私が、着るのよ」


後日、私は一人で「蔡の旦那」の元を訪れた。

髪を刈り込み、体にぴったりと合った燕尾服を着てソファに座っている私の姿を見て、ダーレンはしばらく黙り込んでいた。

やがて、チャンパオをはおった大きな肩が震え出した。

ダーレンが怒りに震えているのではないかと思い、私は一瞬息を詰まらせた。

だがダーレンは天井を仰ぐと「太逗了《タイドウラ》（傑作《けっさく》だ）！」と叫び、腹を抱えてげらげらと笑い出した。離れの中、ダーレンの豪快な笑い声が響き渡っていく。

「小姐《シャオジエ》……」

笑い終えると、ダーレンがこちらに近づいてきて、舌なめずりでもするように言った。

「その格好は、どうしたことだ。この俺の言いなりになるのは嫌だということか」

「違います」

「ではなぜだ」

私は立ち上がり、ダーレンを見上げる。

「私の兄は、しばらくアメリカにいたことがあります。私は兄から聞いています。アメリカ人は、迎合するものを好みません。彼らの関心を本当に引きたかったら、新奇でいることが必要です」

私の言葉に、ダーレンは少し真面目な顔になった。

「私には私のやり方があります。それを認めてください。私は必ずやあなたのご期待に応え、そして屋敷を取り戻してみせます」

ダーレンの眼の中に、明らかに今までとは違う色が浮かぶ。

「では、もう一つ聞こう」

ソファに腰を下ろし、ダーレンは腕を組んだ。

「どうして、この屋敷をそんなに取り戻したい」

鋭い眼差しを当てられ、思わず口ごもる。

「それは……」

そのとき、ダーレンの後ろに、私は確かにその姿を見た。

兄が、ピアノの前の椅子に腰掛けていた。その向こうで志雄が、忍ちゃんが、熊倉さんが、金田さんが、絵筆を執っていた。

自分をじっと見つめる兄の口元が、微かに動く。

知らなくていい――。

兄は、かつてそう言った。

私はダーレンを見上げ、はっきりと答えた。

「それは、私が身の程知らずだからです」

瞬間、たまらなく熱いものが込み上げてきた。

気がつくと、足元にぱたぱたと涙が散った。

兄の戦死公報を受けたときにも、志雄の亡命を知ったときにも流れることのなかった涙が、次から次へと込み上げ、私は歯をくしばって嗚咽を堪えた。

ダーレンがソファから立ち上がり、こちらに近づいてくる気配がした。

つと手を伸ばし、私の前髪をかき上げ、こめかみの小さな瘤に眼をとめる。

「シャオディーから聞いている。お前も殴られたそうだな」

「あなたの痛みには、遠く及びません」

私も指先を伸ばし、怖々とダーレンの傷口に触れた。

そこはわずかなひっかかりを残し、ざらざらとしている。傷口の皮膚は死んでいたが、すぐ傍の皮膚からは、熱い脈拍が感じられた。

「俺はな、最初、日本の華族の娘を屈服させるのは面白いと思ったんだがな……」

ダーレンの眼に、ふと静かな色が浮かぶ。

「どうやらお前は、本当に身の程を知らないようだ」

そう言うと、ダーレンは私に背を向けた。

「お前に任す」

低い呟きが、離れに響いた。


ブルーランタンと名づけられたダンスホールは、年末に開店した。

その日、大通りに面したホールの屋上からは、十円札が降った。

それはダーレンが用意した、派手な演出だった。誰もが度肝《どぎも》を抜かれ、通りはあっという間に大騒ぎになった。

ホールの支配人が元華族令嬢だということも、大いに吹聴された。

新聞に、「男装の令嬢」「没落華族」と、スキャンダラスな記事が載った。そこには兄の礼服を着た私の姿が、大々的に映し出されていた。記事の内容は酷いものだったが、話題のためには仕方がなかった。

それをすてきだと誉めてくれたのは、せいちゃんだけだ。

せいちゃんには、今回もお世話になった。店の内装デザインを、一手に引き受けてもらったのだ。アールヌーヴォーを気取ったエミール・ガレもどきの過剰な装飾は、店に妖《あや》しくデカダンスな雰囲気を添えてくれた。

開店から一週間たった日のことだ。

店の準備を始めていた私の元に、せいちゃんが長い髪を翻しながら駆け込んできた。

「玉青ちゃん、大変よ！　変なオジ様がきてるの！」

フリルのついた女物のブラウスを着ているせいちゃんに、「変なオジサンはお前だろ」と、黒服たちは大いに沸いたが、私はその後ろに分家の叔父の姿を認めて、表情を硬くした。

叔父は、私の写真の載った新聞を手にきつく握りしめている。

「玉青君！」

息せき切って詰め寄ってこようとする叔父を、私は裏口に案内した。

「叔父様、困ります。もう、店が開く時間です」

冷静にそう告げれば、叔父は歯軋りした。

「どういうつもりだ、君は。闇市への出入りだけでは飽き足らず、こんなことをして、どこまで笠原の顔に泥を塗るつもりだ。おまけになんていう格好をしてるんだ」

「落ち着いてください、叔父様。私は私の仕事をしているだけです」

「これが仕事なものか、君には誇りというものがないのか」

「それでは叔父様、誰が母の入院費を払ってくれますか。誰が妹の学費を払ってくれますか。私たちは、生きていかなくてはいけないんです」

「教職があっただろう」

「ええ。でもそれだけでは、とても凌《しの》いでいけません。なにより、自分のために生きることができません」

「これが自分のために生きるということか」

叔父が激昂《げっこう》すればするほど、私は冷静になっていった。

「そうです。私は私のものを、取り戻す必要があるんです」

叔父がハッとして「まさか……」と、表情を変える。

「この店の裏に中国人が絡んでいるという噂は本当か」

私は黙って叔父の顔を見返した。

「君は……君は、恥ずかしくないのか。日本人としての誇りがないのか！」

「その相手に、屋敷を売ったのは、どこのどなたですか」

途端に叔父の顔が引きつった。

「叔父様、もうよろしいですか。開店の時間です」

私は踵を返しかける。

「一鶴君が泣くぞ！」

その瞬間、雷《かみなり》に打たれたような衝撃が全身を貫いた。

「なにも……」

呻くような声が出た。肩が激しく震えてくる。

あなたはなにも分かっていない――！

胸に叫ぶと、キッと顔を上げた。

「叔父様、それ以上仰るなら、私にも考えがあります」

燃えるような眼差しを向け、今度は私が叔父に詰め寄った。

「剛史さんに言いますよ。本家の屋敷と分家の土地はＧＨＱに没収されたのではなく、叔父様が銀行と結託して、国民党の軍人に売り払ったのだと」

見る間に叔父の顔が、怒りで真っ赤に染まる。

「毒婦、この毒婦め！　笠原家の面汚し！　お前など、姪ではない！」

「結構でございます。もう二度と、ここにこないでください」

「毒婦め！」

叔父が背後で罵っていたが、もう二度と振り返るつもりはなかった。

ホールに向かって歩いていく。

途中でせいちゃんに腕を取られた。

「玉青ちゃん、今日も身震いするほどすてきだわ。それでショパンを弾いてると、まさに昭和のジョルジュ・サンドね」

せいちゃんと共に、ホールの中央に足を進める。

今宵《こよい》も酔った将校たちと丁々発止のやりとりを演じ、ピアノを弾いて、ダンスを踊る。

私は光り輝くフロアに、ヒールの音を響かせながら出ていった。

途端に、拍手と歓声が沸き起こり、猥雑な喧騒に包まれる。

その中で、ぐいと顎を上げた。

私は〝身の程知らず〟だ。いけるところまでいってやる。

時代の波に阻まれて、自らの人生を全うできなかった人たちの窓になる。

生きて新しい時代を見る。なにより、自分自身のために。

それが、私の覚悟だった。

本当の遺産

「玉青さんの努力は、大変なものでした」

午後の陽が傾きかけた応接室に、小野寺教授の静かな声が響く。

クロッキー帖の数々のデッサン画を前に、雄哉と凪は固唾を呑んで教授の話に耳を傾けていた。いつの間にか、部屋の中に黄みを帯びた夏の西日が差し込み始めていたが、時間がたつのも気にならなかった。

「戦後というのは、厳しく、恐ろしく……けれどある意味、なにもかもがあり得る時代だったのです」

教授の指が、慈しむようにデッサン画を撫でた。

やがて、大伯母が支配人を務めるダンスホールは、単身で日本に駐在している米軍将校——所謂〝東京バチェラー〟たちの間で、評判を呼ぶようになった。

気に入らない客は達者な英語でとことんやり込め、手さえ握らせようとしない気位の高い女性男爵《バロネス》ぶりが、特殊慰安施設《RAA》やパンパンガールに食傷気味なインテリ将校たちの興味を引いたらしい。彼らがわざとネイティブスピードで繰り出す英語に、大伯母は真剣に食らいついていった。そのうち将校たちも、大伯母の語学力や知識が生半可でないことに気づき始め、本気で一目置くようになった。そして、いつしか大伯母とダンスを踊ることが、東京バチェラーのステイタスの一つにまでなっていったという。

戦後、西洋趣味の少女小説で一世を風靡《ふうび》した作家、沢村晴一《さわむらせいいち》のアイデアによる、アールヌーヴォー調のデカダンな内装も、店の人気に一役買った。

大伯母は飲めない酒を飲むたびに、陰で嘔吐を繰り返していたらしい。高い酒から、法に触れる危ない酒まで、すべてを試し、酷いときには急性アルコール中毒の一歩手前までいった。そのたび塩水で強制的に胃を洗浄し、真青な唇に紅《べに》を差し、震える足を踏みしめて、休むことなくホールに立った。どれだけ飲んでも酒に慣れることはなかったが、それでも下戸《げこ》であることを、最後まで客たちに悟らせようとはしなかった。

「玉青さんの頭の中には常に、志半ばで亡くなられたお兄さんや、ご友人のことがあったのではないかと思います」

教授の指が、ダンスホールでの大伯母を描いた数枚の上でとまる。

コンテの線画で描かれた大伯母は、ときとして断髪を乱してピアノを弾き、ときとして長い燕尾服の裾を翻し、まるでその時代を生きた大女優のように見える。

事実、大伯母はダンスホールを舞台に、大役を演じきったのだろう。

「誰もが喪失を抱えたまま、それまでの価値観がひっくり返った時代に、順応していく必要があったのです」

一度はなにもかもが壊滅し、そこから生まれたまったく新しい世の中で、多くの人たちが、崩壊さえなければ決して出会うことのなかった自分自身の姿に巡り会ったのかもしれない。

「引き際も又、見事なものでした」

教授は、孫娘が淹《い》れ替えてくれたお茶を啜り、喉を潤しながら続けた。

朝鮮戦争が始まり、在日の米軍将校たちが次々と基地を移動するようになると、大伯母はオーナーであった国民党の元軍人に、店の撤退を申し出たという。占領したての日本における〝男装のバロネス〟の新奇さが、新たに日本にやってくる将校たちの同じ関心を呼ぶとは、大伯母は考えていなかった。

終戦から五年たった昭和二十五年。

それは登記によれば、大伯母が屋敷を取り戻した年だ。

「その頃には日本の経済もかなり回復していました。オーナーだった国民党の男も、自身のマーケットの時代は終わったと考えていたようです」

教授は、血管の浮き出た痩せた手を組む。

「なにより、前年に中国国内の内戦が終わり、新たに中華人民共和国が成立しました。つまり、在日の中華民国国関係者たちは、その時点で全員、無国籍となってしまったわけです」

当時、日本の各地に「無国籍」となった中国人が取り残されたことを知り、雄哉は少なからず衝撃を受けた。それは、そう遠い時代の話ではなかった。

「ブルーランタンのオーナーだった国民党の元軍人は、決して清廉な人物ではありません。たくさんの黒い噂があり、そうした噂はほとんどが真実だったと思います」

教授がクロッキーの一枚を手に取る。

そこには、長いガウンのようなものを肩にかけた、片耳のない男が描かれていていた。

「けれど、帰る国を失った彼が、たった一人で自らの証《あかし》を立てようとしている玉青さんに、なにかを重ねたとしても不思議ではなかったと、私は思います」

　次に教授が手にしたのは、その男と踊る大伯母の姿だった。

「確かに玉青さんは店を成功させ、経済的にも大きな貢献をもたらしました。しかし、男をよく知る人たちの話によると、彼が自分が手に入れたときとほぼ同額で不動産を売却した相手は、後にも先にも玉青さんただ一人だけだったということです。その後、東京の土地整備のために男へ流れた裏金の金額は、今でも闇社会の伝説になっているという噂ですよ……」

　教授は静かに笑った。

「なにもかも、戦後の瓦礫の中に生まれて消えた幻です。戦後の代名詞にもなった〝アプレ〟には、まこと様々な妖怪変化がいたものです」

　片耳のない無国籍の男に、男の姿をした女。

　大伯母も又、アナーキーな戦後派《アプレゲール》の一人だったのだろう。

　西日の中、今にも動き出しそうな、大伯母のデッサンに雄哉は指を這わせた。

「国籍を失った国民党の男は、その後サンフランシスコに渡ったとも、マカオに渡ったとも言われています。チャイナタウンの抗争に巻き込まれて死亡したという話も聞きますが、定かではありません」

　一通りの話を終えると、教授は静かに目を閉じて膝の上で手を組んだ。

「教授はどこで大伯母と出会ったのでしょうか」

　雄哉の問いに、教授は眼をあけた。

「最初に出会ったのは、あのお屋敷です。でも、私が玉青さんを本当に知ったのは、陸軍が軍事教練を行っていた阿弥陀堂の前でした」

もう随分と昔のことです、と、教授は呟くように言った。

「けれど、そのときのことを、片時も忘れたことはありません。竹槍訓練の的にされていた私の前に、玉青さんが立ちはだかってくれたのです」

竹槍訓練の的という教授の言葉に、「なぜ、そんな……」と、凪が痛ましげな顔をする。

「そうですね。一ノ宮君にも、この話をするのは初めてですね」

教授は穏やかな眼差しで凪を見た。

「それは、私が本当は日本人ではなかったからです」

凪も雄哉も一瞬言葉を呑み込んだ。教授は手元のクロッキー帖を引き寄せる。

「当時の私は皆から、弟分という意味の中国語、〝小弟《シャオディー》〟という愛称で呼ばれていました」

胸のポケットから万年筆を取り出し、教授はクロッキー帖の端に文字を書き始めた。

書きつけられていく文字に、雄哉と凪は息を詰めた。

「私は、『蔡の旦那』と怖れられた国民党の元軍人、蔡徳明《ツァイダーミン》の身内です。そして……、これが私の本名です」

達筆な文字で、一つの名が現れる。

書き終えると、教授は雄哉の眼を見つめて、しっかりとした口調で告げた。

「私が、蔡宇煌《ツァイユーファン》です」

雄哉も凪も、しばらく言葉を発することができなかった。

いつしか、部屋の中が橙色の夕日に染まり始めていた。

その夕日を浴び、小野寺教授の全身から、柔らかな後光が差すようだった。

「戦後、私は家族と共に、日本に残りました。今更中国へ帰っても、今度は国民党の残党として叩かれることが分かっていたからです。国とは、戦争とは……本当に理不尽なものです」

教授の淡々とした声が、応接室に響く。

「私たちは、戦争に翻弄された世代です。私の少年時代が、日本の軍国主義のおかげで真っ黒に塗りつぶされてしまったことは、紛れもない事実です。でも、だからこそ……」

教授はクロッキー帖の奥の最後の一枚を取り出し、テーブルの上に置いた。

「私は驚いたのですよ。あの頃の私にとって、日本人は皆同じ顔でした。冷たく、聞く耳を持たない、恐ろしい記号のようでした。けれど、あのとき……。あのお屋敷の離れで普通に絵を描いたり、ピアノを弾いたりしている人たちを見たとき、私は腰を抜かすほど驚きました」

テーブルの上に置かれたのは、十六夜荘の離れの絵だった。

一人の少年の前で、青年がピアノを弾き、美しい若い女が英文タイトルの本を読んでいる。その後ろで、数人の若い画家たちが、熱心に絵筆を動かしている。

雄哉の眼の前で、酸素吸入器を鼻に通している老人が、見る見るうちに少年の姿に変わっていった。

「あのとき、もし玉青さんに出会わなければ、私は人を信じることができなくなっていたと思います。日本の戦争が終わった後も、私たち華僑を待ち受けていた運命は過酷すぎました。でも、どんな時代の中でも、確かな人たちは……、自分に確かでいようとする人たちは、いたのですよ」

教授はすべての絵をまとめると、クロッキー帖の中にしまって再びそれに紐をかけた。

「私があの屋敷の共同権利者になっていることは、後に玉青さんから聞かされました。私がいなければ、ダーレンに辿り着くことはできなかったと、玉青さんは言ってくれたのです」

でも、と、教授は首を横に振る。

「私には充分です。あの屋敷で得たものだけで、私はここまで生きてくることができました」

教授は結婚後、小野寺姓に入り、国籍も捨てた。「幸義」という名は、今は亡き妻と一緒に考えた〝通り名〟だったという。

「同胞にも、こうして名を変えた人たちは何人かいます。私は現在、国籍も戸籍も、すべての名前を『小野寺幸義』に変更しています。だから今、蔡宇煌という人はこの世に存在していません。ですから……」

教授はゆっくりと顔を上げた。

「大崎雄哉さん。お屋敷の権利者は、間違いなく、玉青さんの受遺者であるあなたです。あのお屋敷を今後どうしようと、それはあなたの自由です」

その瞬間、雄哉は悟った。

持ち出されるであろう案件をなにもかも理解したうえで、教授が今日、自分を待っていてくれていたのだと。

言葉を返せないでいる雄哉に、教授は静かにクロッキー帖を差し出した。

「今のあなたを、玉青さんに見せてあげたかった」

その口調が、ふっと和らぐ。

「ねえ、一ノ宮君。君も、離れの肖像画を見て思ったでしょう？」

教授は凪を見やってから、雄哉に優しげな眼差しを向けた。

「あなたは、あの頃の一鶴さんに、よく似ています」


教授の家からの帰り道、雄哉は凪と一緒に、御幸が丘の駅に降りてみた。

駅前では、夏休みの部活帰りらしい女子高生たちが明るい声をあげている。そこにあるのは、都内の住みたい街ランキングで常に上位に入る、女性好みのお洒落な街並みだ。どこへいってもカフェと雑貨の看板が眼に入る。

雄哉は教授からもらい受けたクロッキー帖を開き、かつてそこにあったという「マーケット」のデッサンを眺めてみた。バラックが立ち並び、筵やござの上に、鍋や薬缶《やかん》が並んでいる。なにを売っているとも知れない屋台に、半裸の人たちが群がっている。そこに、鳥打帽《とりうちぼう》をかぶった、少年のような姿の大伯母が立っていた。

今の街並みからは、想像もつかない光景だ。凪もクロッキー帖を覗き込み、感慨深そうな顔をした。

かつて〝事務所〟と呼ばれた二階建ての建物跡には、それらしい物件が、今も残っていた。もちろん後から建て替えたものだろう。しかし、その一帯だけが、なぜかタイムスリップでもしたかのように、現在のお洒落一辺倒の街並みからは浮いていた。

二人は、誘われるようにして、その中に入ってみた。中はまるで迷路のようだ。鰻《うなぎ》の寝床のような長いフロアに、まったく業種の違う雑多な店が、所狭しと並んでいる。

「こんなところ、あったのね。駅のすぐ傍なのに、今まで入ったことなかった」

隣で凪が小さく呟く。

二階の窓からは、駅のホームが見えた。かつてここを、多くの「開放国民」たちが、いきかっていたのだろう。この街にそんな歴史があったことを、雄哉はまったく知らなかった。

雄哉はホーム越しに、夕闇が漂い始めた駅のロータリーを眺める。

立ち並ぶ幻のバラックの中、鳥打帽をかぶった大伯母が、自分を見上げて笑っているような気がした。


それから一週間後。

雄哉は自然光の溢れる離れで、大伯母が残した何冊もの帳簿を、手に取って眺めていた。

以前見たときには、意味のない数字の羅列にしか思えなかった。

だがそれは、大伯母がこの屋敷を取り戻すまでの道のりを示す、貴重な記録だった。一冊、一冊の帳簿が、大伯母の通ってきた里程標《りていひょう》だ。

雄哉は丁寧に、帳簿の文字を追ってみた。

毎日欠かさず売り上げが締められている。仕事の後、くたくたになった大伯母が、算盤を弾いてその日の売り上げを計算し、数字を帳簿に書き入れ一日を終わらせている様子が、眼に浮かぶようだった。

そこに、毎晩のように売り上げの表計算に取り組んでいた、かつての自分の姿が重なった。

自分たちは、案外、よく似たところもあったようだ。

雄哉は帳簿を元の棚にしまい、大切に保管されている油絵の中から、大伯母の若い日の肖像画をそっと引き抜いてみた。

聡明で快活な乙女の顔だ。

おそらく大伯母は、最後までこの眼差しを失うことはなかったのだろう。

人づてに聞く大伯母は、まるで月のようだった。日に日に姿が変わり、とりとめがない。

だが雄哉にはようやく、今まで見えなかった大伯母の本当の姿が、おぼろげながら見えるようになっていた。それは噂とは、まるでかけ離れた姿だった。

最初、国外で孤独死したという話を聞いたとき、「寂しい人生」だと思った。そんな生き方はごめんだと思った。

でも、その自分が求めていた人生というのはなんだろう。

一流企業に勤めて、高層マンションの最上階に住み、若くて綺麗な妻をもらうことだったろうか——。

雄哉が壁に立てかけた油絵の中の大伯母を見つめていると、ぎしぎしと渡り廊下を踏む音がした。

「宅急便、あんた宛」

離れの入り口で、拡が小包を手にしている。

「悪い、ぼんやりしてたから、呼び鈴が聞こえなかった」

「……別に」

拡は俯いたまま、小包を突き出してきた。

現在、拡は以前より熱心に「表に出る」ことに邁進《まいしん》している。

最近、拡のホームページを見たレコード会社のプロデューサーから、新人アイドルユニットの曲を作ってみないかというオファーが入ったらしい。

「まだ、コンペに入っただけだから」と、拡は案外冷静だが、それでもその態度に、少しずつ変化が表れ始めていた。しかし荷物を渡し終えると、まったく視線を合わそうとせず、拡はそそくさと走り去っていってしまった。

四ヶ月前、この離れで雄哉が彼らにした「退去勧告」は今ではすっかり無効になっていた。

彼らは相変わらず、月末に微々たる賃料を「十六夜荘」の口座に振り込んでくる。雄哉もそれについてはなにも言わない。一方、今後のことをなに一つ決めず、雄哉が度々離れを訪れても、入居者たちも又、なにも言わなかった。

会社を離れた途端、あっという間に崩れ去ってしまった今までの人間関係と違い、干渉もなければ拒絶もない、彼らとのつき合いは不思議だった。

拡の足音が聞こえなくなると、雄哉は届いた小包を見た。それは小野寺教授からだった。

床の上に座り、早速あけてみる。中からは、一冊のアルバムが出てきた。

表紙をめくると、少し色のあせた古いカラー写真がたくさん並んでいる。カラーのフィルムプリントが出たての頃の写真なのかもしれない。写真というよりは絵画のような質感だった。カラー写真が一般化された頃といえば、おそらく昭和三十年の半ばだろうか。

まだ充分に若々しく美しい大伯母が、改築中の屋敷の前で笑っている。見違えるほど溌溂《はつらつ》とした、小野寺教授の姿もある。他にも、雄哉の知らないたくさんの人たちがいた。

その中で、一人、見覚えのある人がいた。

長身の、どう見ても一般人には見えない髪の長い男性だ。

雄哉は頭の中で記憶を辿り、それが父に渡されたアルバムの中で見た、「離れの男たち」のうちの一人であることを認めた。

「相変わらずだな……」

思わず、旧知の友人に出会ったように呟いてしまう。

若き日にも充分異質だったその人は、初老といえる年齢となった写真でも、白髪の混じった髪を肩の下まで伸ばし、トンボ眼鏡をかけ、鮮やかな虹色《にじいろ》のサリーを着ていた。

大伯母がロンドンの大学に招かれたのは五十代のときだったという。その頃から、屋敷に若い下宿人の姿が現れ始めていた。

あの長髪の男性が「十六夜荘」というプレートを作っている写真もある。

次のページには、今の門のところにプレートを掲げ、少し白髪の混じり始めた大伯母、中年になった教授、相変わらず奇抜な格好の初老の長髪男性が、若い何人かの下宿人たちと並んでいる写真が貼ってあった。

大伯母は次第に、初老といえる容貌に変わっていったが、雰囲気は少しも変わらなかった。その笑顔は、常に明るいエネルギーに溢れている。いつも一緒に写っている長髪の老人にも、同じことが言えた。

随分色々な人たちが、この屋敷に住んでいたようだ。

次にページをめくり、雄哉は思わず手をとめた。

今より幾分広い庭で、大伯母たちがパーティーをしている。緑の芝生の上に白いテーブルが置かれ、その上にサンドイッチや果物が並んでいる。その楽しげなテーブルに、祖母の雪江と、母の瑠璃子の姿があった。

雄哉の指先が震えた。

はっきりとは写っていない。けれど、瑠璃子の膝の上に、小さな幼児の姿が見えた。

逸る気持ちを抑えながらページをめくると、次のページには一枚の大きな写真が貼ってあった。

それはきっと、後からその写真だけを、教授が引き伸ばしてくれたのだろう。

ページ一杯に貼られた縦長の写真には、老婦人となった大伯母に抱かれた幼児の姿があった。

大伯母は、心からの笑みを浮かべてカメラを見ている。

そしてその腕に抱かれた幼き日の自分は、まるで今の自分に向けるように、小さな掌を精一杯突き出し、嬉しそうに歓声をあげていた。

雄哉の胸に、熱いものが込み上げた。

どこを探しても、とても見つかりそうになかったその人は、ここにいた。

そして自分は、無縁だと思っていたその人と、ここでつながっていた。

母も、祖母も、ここへきていたのだ。

大伯母だけではなかった。

雄哉は今初めて、大伯母、祖母、母の三人から、自分に遺産が手渡されようとしているのを感じた。

休日の午後の喫茶店は混んでいた。

若い母親に連れられた子供たちが、悲鳴に近い歓声をあげて騒いでいる。

喧騒の中、黒ずくめの男は相変わらず大量の砂糖をコーヒーに投入しながら雄哉を見た。

「それで、結局あなたも十六夜荘に住むことにしたと」

雄哉が頷くと、「賢明ですな」と呟き、スプーンでそれをぐるぐるとかき混ぜる。

「そのほうが、節税もできますしな」

「節税ができても、そもそも税金を払えるかどうかが問題ですよ。僕は今、無職ですから」

「それも又よろしい。今は失業者に対する様々な優遇措置もありますのでな」

失業者――。そんな言葉に自分が当てはまることになるとは、ついぞ思ってもみなかった。

だが雄哉は、自分の新しい現実と、きちんと向き合おうと考えるようになっていた。

「それで……」

書類を一式受け取りながら、雄哉は男の顔を見やる。

「この結果は、あなたの思う壺《つぼ》でしたかね」

「これは又、異なことを」

あくまでとぼけようとする男の前に、雄哉は一枚の写真を差し出した。

「あなたも昔は、随分とやんちゃしてたみたいですけどね」

それは送られてきたアルバムの中にあった、歴代入居者を写したうちの一枚だ。

ノウゼンカズラの蔓の下に集合した入居者たちの一番端に、鋲《びょう》打ち革ジャンにモヒカン頭のパンクロッカーのような若者が写っていた。

モヒカン男のイースター島巨大石像遺物を思わせる長い顎が、眼前の五十がらみの男にぴたりと重なる。

暫しの沈黙の後、「ばれ、ま、し、た、か!」と、石原税理士がやけにはっきりとした口調で言った。

「うぇぇぇぇぇぇ」

不気味な呻き声があがる。

やっぱり——。笑っているらしかった。

石原税理士との面会を終えると、雄哉は十六夜荘に戻ってきた。

「ちょっと、大崎さんも手伝ってください」

玄関に入るなり、凪に手招きされる。

離れでは、拡とローラが油絵の梱包《こんぽう》に勤しんでいた。

これから秋の展覧会シーズンを迎え、離れの油絵たちは全国を旅することになるという。

雄哉は石原税理士から渡された不動産受遺のための書類一式と、一冊のノートをグランドピアノの中に入れて、梱包作業に加わった。

「これは、あなたが十六夜荘を引き継ぐと決めたときに渡して欲しいと、玉青さんの遺言の中にあったものです」

別れ際、雄哉は石原税理士から、その革の表紙のノートを渡された。

それは、大伯母の手記のようだった。少しめくったページには、いかにも書き慣れた感のあるブルーブラックのインク文字が、びっしりと記されていた。

もし最初にこのノートを渡されていたら、自分は、「蔡宇煌」のヒントになるところしか読もうとは思わなかっただろう。だが今は、時間をかけて、じっくり大切に紐解いていこうと考えている。

大伯母は、やっぱり一筋縄ではいかない、したたかで用意周到な人だった。

この顚末《てんまつ》を俯瞰《ふかん》してみると、自分は石原税理士だけでなく、大伯母の思う壺にも、まんまと嵌まってしまったようだ。

エアーパッキンをダンボールのあちこちに詰め、雄哉はふと笑みをこぼした。

それでもいい。自分は大伯母に、もっと大事なものをもらったから。

覚えていない――。

雄哉は常に自分を中心にそう考えていたけれど、逆の考え方があることに、初めて気づかされた。

大伯母は、自分を覚えてくれていた。

当然のこととして、母も又、自分を覚えているのだ。

たとえ己に記憶がなくても、母の短かった人生に、三年分の記憶を残すことができた。

そう自覚できたとき、写真の中でしか見たことのない母の笑顔が、急に五感を伴って肉薄してきた。

記憶は自分だけのものではない。自分が忘れていることが、周囲に大きな影響を及ぼしていることもある。人の一生も又、同じことなのかも分からない。

梱包している絵には、一つ一つ、凪の作ったキャプションパネルがついている。

熊倉康臣《やすおみ》　大正六年、広島に生まれる。昭和九年、十七歳で上京。シュルレアリスムの影響を受けつつ、独学で美術を学ぶ。昭和十九年応召し、大陸へ渡る。武漢《ブカン》にて戦死。享年二十七。

峯村《みねむら》忍　大正十一年、広島に生まれる。昭和十四年、東京美術学校入学のため上京。昭和十九年、帰郷。昭和二十年八月、広島への原爆投下に被災し死亡。惜しくも多くの作品が焼失される。享年二十三。

金重勲（キム・チュンフン）　明治四十三年、漢城《カンジョウ》（現在のソウル）に生まれる。大正十四年来日。昭和十年、金田勲名義の作品が二科展に入選。以降、池袋のアトリエ村に移り住む。昭和二十年応召し、南洋へ渡る。フィリピンにて、アメーバ赤痢《せきり》に罹り病死。享年三十五。

宗志雄（ツォン・チーシオン）　大正四年、上海に生まれる。大正十年、父の商用に伴い来日。昭和十年、東京美術学校入学。昭和二十年、終戦と共にアメリカに亡命。以後、消息不明。

今はもう、この世にいない彼らの絵は、大伯母が取り戻した屋敷を拠点に全国の美術展を巡り、見る人たちに多くの感慨を残している。失われた記憶は、違った形で甦り、伝播する。

自分も又、それに学ぼう。

過去は取り戻せないから、ひたすらに前に進む。そうした強迫観念からは卒業だ。

十六夜荘を引き継ぐと決めたとき、様々な反応があった。

エンパイアホームの担当者は完全に仰天していたし、邦彦伯父からは怒りさえぶつけられた。

そして表現の仕方の違いこそあれ、両者が最後に自分にみせた共通の表情は侮蔑だった。

そのとき雄哉は、自分も又「規格外」の道を選んだのだと、つくづく悟らされた。

だが、焦ることはない。

今までが勢いよく満ちていくことを学んできたのなら、これからは緩やかに欠けていくことを学んでいく時期なのだろう。

雄哉はそんなふうに、覚悟を決めるようになっていた。

〝欠けていくタイミングはつらい〟

真一郎はそう言ったが、決してそれだけではない。

自分一人が強気に輝いていたときには気づけなかった周囲の星の明かりに、雄哉は気づき始めていた。

実家に連絡をしたとき、失職を知った父が開口一番に言ったのは、「どうして」でも「どうするつもりか」でもなかった。「困っているなら頼れ」という言葉だった。

新築の家を建てたばかりだった父は、家を売ることも、赴任先に子供を連れていくことも、難しかったのだろう。それに娘を失ったばかりの義母と義父に孫を預けるのは、双方にとってよいことだと考えたのかもしれない。

事実、自分は愛された。

遠足の日、祖母の雪江が朝早く起きて作ってくれた弁当には、精一杯の「今風」のおかずが詰まっていた。祖父までが早起きして、「いってこい」と自分を送り出してくれたのだ。

今ならたくさんのことを思い出せる。

自分は決して一人でここまできたわけではなかった。

それに――。

幼児のときしか知らなかった姪孫に、大切な遺産を賭けた大伯母の豪胆は、きっと自分の中にも受け継がれているはずだ。

なによりも、自分は、瓦礫の中から立ち上がってきた人たちの末裔《まつえい》なのだ。本当に自由に生きるための勇気を、持ち合わせていないはずがない。

満月にだって雲はかかる。けれど一度闇を知った月は、今度は群雲《むらくも》なんかにびくともしない、本物の十五夜《もちづき》になるのだろう。

だからこそ、大伯母はここを、十六夜荘――。欠けていく月が集まるところと、名づけたのかもしれなかった。

「さ、皆さんお疲れ様でした。今日の夕食はソウメンよ！」

すべての梱包が無事終了すると、凪が晴れ晴れとした声をあげた。

「えー、又ソウメン？　明らかに夏のあまりもの処分じゃん」

背後で拡が小さく文句を垂れ、ローラにつつかれている。

雄哉はふと、一年後、自分たちがどうなっているのだろうと想像した。

戻ってきた真一郎は、十六夜荘に居残っている自分を見て、一体なんと言うだろう。

その想像は、楽しくもあり、疎ましくもあり……。

大きく深呼吸しながら、窓の外を眺めてみる。
暮れていくにび色の空が、遠く誰かと繋がっている気がした。

一連の記憶をようやく一冊のノートにまとめたときには、丁度二週間がすぎていた。

随分と夢中になって、書いていたようだ。ライティングデスクの上のインク壺は、ほとんど空になっていた。凍てつくようだった寒さが、少しだけ緩んでいる。

ふと窓の外を眺めると、西の空が橙色に染まっていた。

——闇に溶けた月はどうなるの？

あの日、兄は優しく微笑んだだけで、答えをくれようとはしなかった。

この記憶を記し始めたとき、東の空の雲の奥にたゆたっていた十六夜は、一度は闇に呑み込まれた。

そして今、あのときとは真反対の西の空。

夕映えのほんの少しだけ上に、細い糸のような三日月が浮かんでいる。

答えは誰の空にも等しくある。

闇に溶けた月は、夕暮れと共に甦り、再びゆっくりと満ちるのだ。

それに倣い、冷たく美しいこの世界を旅立った後に。

懐かしい離れで、少しだけ先の空を眺めている愛すべき身の程知らずたちに、長くて短い一冊の手紙《ノート》を送ってみよう。

主要参考文献

『池袋モンパルナス』宇佐美承　集英社
『シュルレアリスム絵画と日本』速水豊　日本放送出版協会
『「撃ちてし止まむ」――太平洋戦争と広告の技術者たち』難波功士　講談社
『康子十九歳　戦渦の日記』門田隆将　文藝春秋
『橋渡る人――華僑波瀾万丈私史』林同春　エピック
『闇市の帝王――王長徳と封印された「戦後」』七尾和晃　草思社
『日本華僑・留学生運動史』日本華僑華人研究会／編　中華書店
『東京闇市興亡史』東京焼け跡ヤミ市を記録する会／著　猪野健治／編　草風社
『戦中派闇市日記』山田風太郎　小学館
『華族たちの昭和史　昭和史の大河を往く第六集』保阪正康　毎日新聞社
『華族歴史大事典（別冊歴史読本70）』新人物往来社
『戦争中の暮しの記録――保存版』暮しの手帖編集部／編　暮しの手帖社
『ジョルジュ・サンドはなぜ男装をしたか』池田孝江　平凡社

解説　作家・古内一絵の原点

田口幹人

「この世界は元々公平にできているわけじゃない。仕方のないことや、どうしようもないことは、山ほどある。それを一々、僕らが恥じる必要はない」

「人も月と同じで、満ちてくときもあれば、欠けてくときだってあるのよ」

作中、登場人物に語らせたこの言葉は、古内一絵《ふるうちかずえ》という作家の柱の太さと幹《みき》のしなやかさを最も表現している一節だろう。

本書に出会ったのは、二〇一二年十月だったと記憶している。五年の月日の経過が嘘《うそ》のように、読み終えた時に感じた感動を今でもはっきりと覚えている。そして、なぜこの傑作《けっさく》が文庫化されないのかと思い続けた五年間でもあった。

この間、著者は、多くの作品を世に送り出してきた。その作品は、大きく分けて二つに分類することが出来る。一つは、第五回ポプラ社小説大賞特別賞受賞作であり、デビュー作の『快晴フライング』（ポプラ社）や『風の向こうへ駆け抜けろ』（小学館）、『マカン・マラン　二十三時の夜食カフェ』『女王さまの夜食カフェ　マカン・マラン　ふたたび』（中央公論新社）などのエンターテインメント小説。もう一つは、本書や『痛みの道標』（小学館）、『花舞う里』（講談社）などの大河小説である。僕は、本書をファンタジー小説として、『痛みの道標』を超大型エンタメ小説として宣伝され、売り出されていることに強烈《きょうれつ》な違和感を覚えていた。大河小説に分類した三冊を、エンタメ小説という枠《わく》に収めてしまうことが、それぞれの物語に失礼なのではないかと感じていたのがその理由だ。売り出し方と物語の重厚さとのギャップは、古内一絵という作家の柱の太さを薄めてしまっていたのではないか、とも。

前者は、著者の幹のしなやかさが存分に発揮された作風の作品群で、ひたむきな情熱と優しい眼差しから見える温かさが滲《にじ》み出る物語として多くの読者を魅了《みりょう》した。

後者の三冊は、メッセージ性が強い骨太の物語であるのにもかかわらず、そこが読者に伝わりにくい状況にあったのではないだろうか。店頭でのそれぞれの作品の動きを見ながら、悔しい気持ちを抱いていた。著者の大河小説の代表作である本書の文庫化に際し、微力ながら解説を通じ、そのギャップを少しでも埋めることができたら幸いである。

本書は、現代に忙しく生きる男・大崎雄哉《おおさきゆうや》と戦中戦後を生き抜いた大伯母《おおおば》・笠原玉青《かさはらたまお》の二つの物語が交互に語られるという構成で進んでゆく。


マーケティング会社で、エリート社員として効率と結果に固執《こしつ》し最年少で管理職となり、がむしゃらにやってきた己が道以外の道を否定してきた大崎雄哉に、突然、ロンドンで暮らす大伯母である笠原玉青の訃報《ふほう》とともに「相続される土地がある」という知らせが届く。記憶の片隅にうっすらとしか残っていない親族の訃報に戸惑いつつも、都内の一等地に建つ屋敷に魅力を感じ、「十六夜荘《いざよいそう》」と呼ばれているシェアハウスとして使われている屋敷と、そこに住む奇《き》妙《みょう》な住人たちに関わることになる。土地の権利関係の問題を発端《ほったん》として、雄哉が十六夜荘の過去を探ることになる様子を描いた現代編。

華族という身分に翻弄《ほんろう》されながらも、戦前から戦中、戦後という激動の時代を生き抜いた笠原玉青は、なぜ遠く離れたロンドンの地で孤独死《こどくし》をしたのか。玉青や職業軍人だった兄・一鶴《いっかく》の元に集まった奇妙な画家たちの暮らしぶりは、その屋敷だけ戦時中であることを忘れさせてくれるような雰囲気だったが、戦局の悪化に伴い、屋敷に集う画家たちも一人、また一人と召集され戦地へ赴くのだった。総ての国民が、同じことを想い願い行動することを強要され、監《かん》視《し》されていた時代にあって、弾圧される芸術や文学を愛する者たちを守ろうとした玉青と一鶴の願いが詰まった屋敷の離れには、お国のためにという旗の下、多様性を失いつつある価値観との闘《たたか》いの歴史が刻まれていた。戦争が終わり、急激に変化してゆく社会情勢と価値観の変化に怯《ひる》むことなく、己を貫いて生きた玉青の潔《いさぎよ》さと力強さを描いた過去編。

現代編は雄哉の価値観の変化を軸に、過去編は困難な時代にあっても信念を貫いて生きようとする玉青の己たちの価値観を守ろうとする姿を軸に物語が紡《つむ》がれている。現代と過去、その二つの屋敷をめぐる物語が緩《ゆる》やかに交わり収束してゆく終盤《しゅうばん》、タイトルに込められた著者のメッセージが見えてくる。

十五夜の夜空に浮かぶ満月よりも少しだけ欠けた十六夜の月。その輝きや美しさは、満月の月に劣るかもしれないが、その代わりに周りの星の輝きに気づくことができるのだ、と。

戦後の復興を成し遂げ、世界屈指の経済大国となった日本に住む僕たちは、カネやモノを手に入れ、豊かさを手に入れたはずだった。経済成長に陰りが見え始め、人口減少と高齢化社会を迎えた。かつてないほどの人口の減少が話題となっている今、本当の豊かさとは何かが問われる時代に突入した。カネやモノを所有する豊かさとは違う。成長が終わり、成熟《せいじゅく》型の社会、持続可能な社会を模索《もさく》する中で語られ始めたのは、共生と個の尊重と心の豊かさだった。上り坂を登るとき、登りきるために社会全体に共通の価値観を共有することが課せられてきた。意識するかしないかにかかわらず。その価値観の中で培《つちか》われた常識と非常識の狭間《はざま》で苦しむ人も多かったはずだ。今、その価値観が大きく変わろうとしている。玉青が生きた時代は、上り坂のスタートだったという時代背景は違うが、下り坂を下り始めた今の世に、あらためて本書が文庫化される意味を感じることができる。

「この世界は元々公平にできているわけじゃない。仕方のないことや、どうしようもないことは、山ほどある。それを一々、僕らが恥じる必要はない」。冒頭に掲《かか》げた一節には、僕たちに自分たちが信じるそれぞれの価値の創造を促しているのではないかと感じている。

著者は、本書のあとに大河小説の流れを汲む物語として『痛みの道標』を出版している。本書とは直接繋がりのない物語なのだが、本書の登場人物の一部を登場させている。それは、本書を読んだ読者に向けてのメッセージだと思っている。

骨や墓、そして国。そういう所謂《いわゆる》「側」の向こう側にある緩やかな繋がりの先に、本当の豊かさがあるのだと。あわせてお読みいただきたい。

（たぐち・みきと　書店員）

本書は『十六夜荘ノート』（二〇一二年九月　ポプラ社刊）
を加筆・修正したものです。
またこの物語はフィクションです。実在する人物、団体等
とは一切関係ありません。

中公文庫

十六夜《いざよい》荘《そう》ノート

2017年 9 月25日　初版発行
2024年 5 月10日　再版発行

著　者　古《ふる》内《うち》 一《かず》絵《え》

発行者　安 部 順 一

発行所　中央公論新社
〒100-8152　東京都千代田区大手町 1-7-1
電話　販売 03-5299-1730　編集 03-5299-1890
URL https://www.chuko.co.jp/

DTP　平面惑星
印　刷　三晃印刷
製　本　小泉製本

Published by CHUOKORON-SHINSHA, INC.
Printed in Japan　ISBN978-4-12-206452-2 C1193